수상한 이발소

※ 주의. 깜빡 잠들었다가
머리도, 인생도 180도 바뀜.

수상한 이발소

야마모토 코우시 지음
정미애 옮김

수상한 이발소를 찾아오셨나요?

여기, 마음 편히 앉아 보세요.

골치 아픈 고민까지 싹둑 잘라드릴 테니까요.

차례

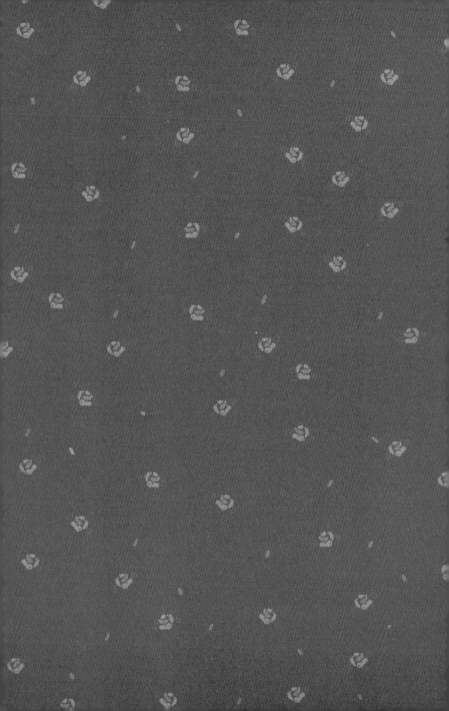

눈썹의 중요성

비품용 철제 캐비닛 문을 열고 안을 들여다본 이노구치 서무 계장이 혀를 찼다. 책상에서 지출 명령부를 파일로 철하고 있던 스가와 사키는 조건반사적으로 손을 멈추고 살짝 긴장했다.

맞은편 책상에서 노트북을 들여다보던 후배 이케시타 하루미와 순간 눈이 마주쳤다. 그러나 이케시타 하루미는 바로 노트북으로 시선을 돌리더니 아무 일도 없었다는 듯 계속 자판을 두들겼다.

내 알 바 아냐, 어차피 잔소리를 들어야 할 사람은 당신이지. 싸늘한 시선은 그렇게 말하고 있었다.

아니나 다를까, 이노구치 계장은 "스가와 씨"라고 큰 소리로 부르며 손짓했다. 사키는 "네" 하고 대답하며 자리에서 일어섰다. 기어들어 가는 목소리로 대답하고 말았다. 이 단계에서 이미 밀린 거다. 사키는 자기 혐오에 사로잡히며 이노구치 계장 쪽으로 다가갔다.

"A4 봉투, 이것뿐이야?"

이노구치 계장은 캐비닛 안에 쌓여 있는 봉투를 가리켰다. 평소에도 그다지 웃지 않고 오만상을 하던 남자가 더 험악한 표정을 짓는다.

"저기⋯⋯." 사키는 자신의 목소리가 조금 날카로워지는 것을 느끼며 침을 한번 삼켰다. "200장은 있을 텐데요."

"그걸로는 안 돼." 이노구치 계장은 짜증 섞인 목소리로 말했다. "아까 학생과에서 전화 와서 300장 준비해달라고 했는데 어떡할 거야? 비품은 항상 넉넉하게 확보해두라고 했잖아. 대체 뭘 하는 거야."

아무리 그래도 그렇지, 저런 식으로 말하면 미안한 마음이 싹 가신다. 사키는 서무계에서 최고 선임자이고, 주임이라는 직함도 달고 있는 데다 굳이 따지자면 비품 관리 담당은 이케시타다.

그렇다고 "전 모르는 일이에요. 담당인 이케시타 씨에게 물어보세요"라고 대답할 수는 없었다. "자네는 주임이잖아!"라고 호통이 떨어지거나 이케시타에게 원망을 살지 모른다.

"저…… 무늬 없는 사무용 봉투는 안 될까요?"

"안 돼."

학교 법인 도시나미 학원의 봉투는 밑부분에 도시나미 전문 대학 캠퍼스 풍경이 인쇄돼 있고, 법인명과 주소도 인쇄돼 있다. 색깔은 파란색으로 규격 봉투와 A4 봉투, 두 종류다.

"저기…….." 사키는 눈을 깜빡였다. "학생과는 학생과대로 봉투가 있을 텐……."

"갑자기 여분이 필요하니 좀 달라고 학생과에서 요청한 거 아니야." 이노구치 계장은 사키의 말을 가로막듯이 말했다. "그 럴 때 어떻게든 해결해주는 것도 총무과에서 할 일이잖아."

"아, 네." 사키는 반항적인 눈빛으로 쳐다보지도 못한 채 고 개를 숙였다.

"아무튼 A4 봉투 300장, 어떻게 좀 해봐."

"100장 더 준비하면 될까요?"

"우리는 우리대로 재고가 없으면 곤란하잖아. 100장은 남겨 둬야지."

"그럼 200장 필요한 거죠?"

"일일이 좀 물어보지 마." 이노구치 계장은 다시 한번 혀를 찼다. "다른 과 돌면서 조금씩 얻어오든지, 업자한테 미리 만들어둔 게 있나 물어보든지, 암튼 5시까지 어떻게든 해결해."

어떻게든 해결해. 이 남자의 입버릇이다. 어떻게든 해결하고 싶으니 지혜를 모아보자는 식으로 말하면 그나마 나을 텐데.

상사에게 말대답한다는 건 사키에게는 유독 정신적 에너지가 필요한 일이었다. 이러한 상황이 생기면 머릿속은 온통 야단맞지는 않을까, 나중에 다른 사소한 실수를 들먹이지는 않을까 하는 두려움으로 가득 찼다.

어느새 심장이 두근대고 있었다.

벽시계를 보니 오후 4시 38분. 5시까지 22분밖에 남지 않았다. 그때 어떻게든 할 수 있는 방법이 떠올랐다. 이 방법이라면 다른 과에 싫은 소리 들어가며 고개를 숙이고 돌아다니거나, 업자에게 "에이, 재고가 어딨어요"라며 비아냥대는 대답을 듣지 않아도 될 것이다.

"저기…… 홈페이지와 메일 주소가 인쇄 안 된 예전 A4 봉투라면 재고가 있긴 한데, 그건 안 될까요?"

그 봉투라면 아직 500장 정도는 있을 것이다.

"아, 그거?" 이노구치 계장도 알겠다는 듯 작게 끄덕였다. "좋아, 그럼 그걸 가져가. 이거밖에 없다고 설명하면 그쪽에서도 뭐 별수 없겠지."

사키는 가슴을 쓸어내리며 "네" 하고 끄덕였다.

자료실은 총무과 옆에 있는데, 평소에는 잠겨 있어 서무과 직원이라도 거의 드나들지 않는다. 좁은 실내에는 블라인드가 쳐져 있고 먼지와 곰팡이 냄새가 희미하게 감돈다. 늘어선 철제 캐비닛에 파일이 꽂혀 있고 골판지 상자가 쌓여 있는 음침한 공간일 뿐이지만, 여기서 자료를 정리하거나 검토하는 일을 할 땐 타인과 말을 섞을 필요가 없어서 사키는 이곳이 싫지 않았다.

봉투가 든 상자를 찾는 동안 지난주 일이 문득 떠올랐다.

업무를 시작하기 전, 총무과 쓰레기를 대형 비닐봉지에 모으다가 이노구치 계장의 쓰레기통에서 꾸깃꾸깃 뭉쳐 있는 종이를 발견했다. 사키가 그 종이를 펼쳐본 건 어떤 직감이 작용했다기보다는 구겨진 모양새가 이상하리만치 집요했다고나 할까, 종이를 구긴 인간의 강렬한 의지 같은 게 전해져 살짝 호기심이 발동했기 때문이었다.

펼쳐보니 직접 쓴 편지였다. 종이의 4분의 3 정도만 채워져 있었지만 그래도 이노구치 계장이 쓴 편지라는 건 글씨체로 알 수 있었고, 그의 아들에게 보내는 편지라는 것도 내용을 보고 짐작할 수 있었다.

아들은 고등학생으로 운동부 소속인 듯했다. 이노구치 계장은 편지에서 다른 부원이 저지른 불미스러운 일에 대해 보고도 못 본 척해서는 훌륭한 사람이 될 수 없을뿐더러 후회하게 된다고 이야기하고 있었다.

직접 말로 하기보다는 편지가 더 마음이 잘 전달된다고 생각한 건지, 아니면 말로 할 이야기를 먼저 글로 써서 정리해두려한 건지는 모르겠다. 이노구치 계장이 실제로 아들에게 의사를 전달할 생각이었는지에도 관심은 없었다. 그저 껄끄러운 불쾌감만 느낄 뿐.

아들에게 비리를 못 본 체해서는 안 된다고 설교하면서 당신은 뭐야. 이사장의 수많은 비리에 대해서는 아무 말도 못 하는 주제에.

그리고 아무 말도 못 하는 건 사키 자신을 포함해 다른 직원들도 마찬가지라는 생각에 다다르자 불쾌감은 한층 더 강해졌다. 금세 봉투를 찾아낸 사키는 300장을 학생과에 가져다주었지만, 호리호리하고 음험하게 생긴 취업계장이 봉투가 예전 거라며 투덜댔다.

"죄송합니다. 저희 쪽에도 재고가 없어서⋯⋯."

사키는 고개를 숙였다. 학생과 직원들의 시선이 느껴진다.

"이거 참, 총무가 이래서야 되겠어?" 취업계장은 자리에 앉은 채 테 없는 안경을 검지로 치켜올렸다. "내부에서 사용한다면 모를까 고등학교에 보낼 자료를 넣을 건데, 홈페이지랑 메일 주소가 없으면 모양 빠지잖아."

"죄송합니다."

지금은 그저 사과하고 또 사과해서 넘어갈 수밖에 없다. 취업계장은 언짢은 얼굴로 한동안 말이 없었다. 불편한 침묵의 시간이 흘렀고 사키는 가벼운 현기증이 났다.

"이렇게 하면 어때?" 등 뒤쪽 자리에 있던 학생과장이 말을 건넸다. "스가와 씨, 얼른 홈페이지 주소랑 메일 주소가 찍힌 라벨 300장만 만들어주겠어? 그걸 봉투 여백에 붙이면 되잖아."

당연하다는 듯한 말투에 사키는 머릿속이 새하얘졌다.

"저기, 저 보고 라벨을 만들라는 말씀인가요?"

"그래. 미안하지만 부탁하네." 작은 몸집에 불그레한 얼굴의 학생과장은 전혀 미안한 기색이 없었다. "우리 직원들은 이제부터 자료를 봉투에 넣고, 수신인 라벨 스티커를 출력해서 붙여야 하거든. 좀 협조해줘."

학생과장은 그렇게 말하자마자 전화기로 손을 뻗어 내선 전화로 총무과에 연락했다. 상대는 이노구치 서무계장인 듯했다.

30초쯤 뒤 사키는 야근이 확정됐다.

학생과 업무 지원을 마치고 총무과에 돌아간 건 1시간쯤 뒤였다. 남아 있는 사람은 니시야마 총무과장과 이노구치 서무계장뿐이었다. 이노구치 계장은 노트북 자판을 두들기고 있었고, 니시야마 과장은 스포츠 신문을 펼쳐놓고 있었다.

"스가와 씨, 학생과 업무를 도와줬다며?"

니시야마 과장이 스포츠 신문을 접으며 말했다. 이 남자는 평소에는 태도가 온화하지만, 부하가 이의를 제기하거나 말대답을 하면 별안간 성질을 부리며 히스테릭해진다. 머리숱은 적고 가끔 콧속에서 하얀 털이 보인다. 이사장의 예스맨, 아니 아첨꾼으로, 휴일에는 늘 함께 골프를 치는 듯했다.

"아, 네." 사키는 책상 위를 정리하며 일단 고개를 돌려 대답했다.

"자네 말이야, 그런 건 싫으면 싫다고 얘기해도 돼." 니시야마 과장은 놀리듯 엷은 웃음을 띠었다.

"직장에는 업무 분담이라는 게 있잖나. 그렇게 이 사람 저 사람 다 신경 써주다간 버티질 못해."

수고했다는 위로의 말 정도는 해줄 수 있지 않나 하는 생각이 들었지만 사키는 작게 "네"라고 대답하고 퇴근 준비를 한 뒤 이노구치 계장에게 물었다. "이제 퇴근해도 될까요?"

이노구치 계장은 노트북 화면을 보며 귀찮다는 듯 대답했다. "어, 가." 이 사람이나, 저 사람이나. 학생과 업무를 돕게 된 경위에 대해 과장에게 설명하든지, 좀 감싸주는 태도를 보이면 어디 덧나나?

총무과 사무실을 나오면서 "그럼 이만 가보겠습니다"라고 했더니 "어어~" 하는 한 사람의 나른한 목소리만 들려왔다. 누구 목소리인지는 상관없었기에 굳이 누구인지 확인하지 않았다.

혼자 사는 아파트로 곧장 돌아가고 싶은 기분이 아니어서, 역 앞에 있는 백화점과 번화가에 들러 옷과 잡화를 둘러보고 다녔다. 금요일 밤에 아무런 약속도 없어 울적한 기분이었지만, 그래도 내일과 모레는 쉬기에 해방감이 들었다.

붐비는 상점가에 자리한 디저트 가게에 들어가 파르페를 먹으며 인파 속을 오가는 사람들을 유리창 너머로 멍하니 바라보았다. 팔짱을 낀 커플, 휴대폰을 귀에 댄 채 떠드는 직장인, 짧은 교복 치마를 입고 큰소리로 웃는 여고생들.

눈앞에 낯익은 긴 머리 여자가 나타났다. 총무과 서무계 후배 이케시타 하루미. 친구로 보이는 여자와 이야기하며 이쪽을 전혀 못 본 듯 걸어간다. 연한 갈색 스트레이트 팬츠에 굽 높은 백스트랩 펌프스는 긴 다리를 한층 돋보이게 했다. 위에는 옷깃이 넓은 셔츠블라우스에 검은색 재킷을 입고, 어깨에는 명품 숄더백을 걸쳤다.

사키는 유리창에 어렴풋이 비치는 자기 모습에 시선을 돌렸다. 누가 봐도 소심해 보이는, 밋밋하고 평범한 얼굴. 말랐지만 약간 등이 구부정해 스타일에는 자신이 없다. 위에는 촌스러운 베이지색 재킷. 옷 가게에서 고를 때는 나름 멋진 재킷을 샀다고 생각했는데 이게 뭐야. 옷을 입는 사람의 외모와 분위기가 옷 자체의 인상까지 바꿔버리는 걸까.

귀에 익은 목소리가 들려 사키는 반사적으로 몸을 움츠리고 얼굴을 돌렸다. 방금 지나간 이케시타 하루미가 가게로 들어온 것이다. 그녀는 일행에게 "저기 안쪽에 앉자"라고 말하고는 사키 뒤편 테이블로 온 듯했다. 다행히 관엽식물이 가로막고 있어 사키를 알아보지는 못했다. 사키는 마음속으로 나는 왜 이렇게 되는 일이 없나 한탄했다. 모처럼 가진 개인적인 시간에 건방진 후배가 가까이 있다.

왜 내가 숨어서 웅크리고 있어야 하지? 생각하는데 이케시타와 같이 온 여성이 물었다 "일은 어때?"

"영 아니야." 이케시타 하루미는 정말 따분하다는 듯 말했다. "학교 법인 총무과라는 게 보람 없는 일을 견디는 대신 월급을 받아 가는 곳이니까. 명부 관리에 시설 관리. 회의 준비에 전화 받기."

"도시나미 학원이 전문대학이었나?"

"여고도 있어. 좋은 집안 딸들이 다니는 학교라고 하는데, 버릇없는 애들뿐이야. 교정에서 마주쳐도 누구 하나 인사하는 애들이 없어. 난 조만간 그만둘 거야."

"그렇게 재미없어?"

"그보단 이렇게 일하다 나중에 어떻게 될지 생각하면 너무 무서워. 우리 과 주임이 서른 다 된 여자인데, 그렇게 되면 진짜 끝장이야."

"왜? 혹시 그 사람이 너 괴롭혀?"

"전혀. 소심해서 후배한테도 단호하게 말 한마디 못 하는 사람이야. 근데 왠지 싫어. 말을 분명하게 안 하는 대신 눈물을 글썽이며 제발 내 말 좀 들어달라는 표정을 짓거든."

"우와."

두 사람이 주문한 음식이 나오자 잠시 대화가 끊어졌지만 곧 다시 시작되었다.

"그 사람, 일은 제법 잘해. 기억력도 좋고, 서류 작성하고 정리하는 것도 빨라. 그래서 여기저기 쓸모는 많은 사람인데, 협상 능력이나 대인관계는 꽝이라 다들 무시하거든."

"그럼 너랑은 성격이 다르네. 그 사람처럼 되기 싫다고 걱정 안 해도 되잖아."

"그게 아니라, 이러다가 그 사람처럼 위험한 일도 해야 하는 건 아닌가 걱정하는 거야."

"위험한 일?"

"비밀인데, 아무한테도 말 안 하겠다고 약속할 수 있지?"

이케시타 하루미의 목소리가 갑자기 낮아졌다.

"그럼, 약속할게."

"우리 학원 이사장이 독재체제를 펼치고 있거든. 요컨대 1인 독재 경영이라는 거지. 사업이고 예산이고 뭐든지 이사장이 결정하고, 직원들은 아무리 사소한 것이라도 이사장에게 물어봐야 해. 이사장을 화나게 하면 끝이야."

"끝이라면, 잘린다는 거야?"

"그래. 실제로 이사장에게 말대꾸하다 잘린 직원이 한두 명이 아냐. 이사회도 요직은 이사장 친인척들이 차지하고 있고."

"흠, 뭔가 드라마에 나오는 세상 같네."

"그치? 그래서 위험한 일이 뭐냐면, 그 여자 선배, 실제로는 열리지도 않았는데 이사회가 열린 것처럼 꾸미는 회의록을 만들고 있거든. 그러니까 이사장은 이사회와 상의도 없이 뭐든지 맘대로 결정하는 거야. 자세한 건 모르겠지만, 이사장이 임원으로 있는 회사에 학교 자산을 빼돌리거나 부동산 되팔거나 뭐그런 짓들을 하는 거 같아. 이건 사실 횡령이나 배임 같은 범죄잖아."

"그러게."

"총무과에선 공공연한 비밀인지 그런 얘기는 금기라서……."

사키는 더 이상 들을 수가 없어 슬며시 자리에서 일어나려 했다. 이케시타 하루미 몰래 가게를 나갈 생각이었다. 그러나 당황한 탓인지 파르페 유리잔이 손에서 미끄러져 테이블 위에서 요란한 소리를 냈다.

이케시타 하루미가 뒤를 돌아보았다. 아, 하는 얼굴. 그 얼굴이 흑백으로 변하더니 흰색과 검은색 부분이 반전돼 필름처럼 바뀌었다.

벌떡 일어났다. 3층짜리 아파트 2층에 있는 내 방. TV가 켜져 있고 개그맨이 콩트를 하고 있다. 꿈이었나. 사키는 TV 화면을 멍하니 바라보며 한숨을 내쉬었다.

혼자서 포도주를 마시다 소파에서 잠이 든 모양이다. 눈앞의 작고 낮은 테이블 위에는 마른오징어와 쌀과자 봉지, 싸구려 포도주 빈 병이 있다.

이 얼마나 끔찍한 꿈인가. 사키는 리모컨으로 TV를 끈 뒤 다시 소파에 엎드려 누웠다. 손으로 얼굴을 가리며 "최악이야" 하고 중얼거렸다.

난 정말 벼랑 끝에 내몰려 있구나. 어딘가 남의 일처럼 생각했다. 삶의 보람을 찾기는커녕 옳지 않은 일에 가담까지 하고 있다. 서른을 앞두고 애인도 없다. 고압적인 상사, 건방지고 신경 거슬리는 후배, 외로움, 불안, 자기 혐오뿐. 사키는 다시 한번 "최악이야" 중얼댔지만, 그런 말로 이 상황을 어물쩍 넘기고 있는 것 같아 더욱 우울해졌다.

토요일은 하늘이 파랗게 개어 살짝 동쪽으로 새털구름이 떠 있었다. 햇빛도 11월답게 온화해서 눈부시기는 해도 내리쬐는 느낌은 아니었다.

아침 식사, 방 청소, 빨래 등을 끝낸 뒤 청바지에 후드티를 입은 가벼운 차림으로 스포츠 백을 어깨에 걸치고 아파트를 나섰다. 부족한 운동량을 채우고 건강 관리를 위해 사키는 평일에 최소 한 번 그리고 주말에도 한 번, 집 근처 체육관에 있는 트레이닝 룸에서 가볍게 땀을 흘리고 있다. 예전에는 더 고급스러운 피트니스 클럽을 다녔지만, 이용 횟수에 비해 회비가 비싸서 그만두었다. 게다가 자꾸 클럽에서 주최하는 파티에 참석하라는 트레이너들의 요청도 고역이었다. 딱 한 번 참석한 적 있었는데, 게임 등으로 분위기가 무르익어갈수록 사키는 왠지 따분해지고 오히려 외로워졌다. 떠들썩한 분위기는 도무지 자신과 맞지 않았다.

좁은 골목길에서 차도로 나오려는 경차가 사키의 앞을 가로

막았다. 모자를 비스듬히 쓴 채 운전대를 잡은 젊은 여자는 보행자를 막아서고는 나 몰라라 하는 얼굴로 차량 행렬이 끊기기를 기다리고 있다. 시선을 느꼈는지 그 젊은 여자가 이쪽을 보았다. 하지만 그뿐이었고, 흥 하는 표정으로 고개를 돌렸다.

흔한 일이었다. 대다수 사람은 상대의 얼굴이나 겉모습을 보고 순식간에 자신이 취해야 할 태도를 정한다. 사키는 자신이 전형적으로 '만만해 보이는 타입'임을 알고 있었다.

경차는 차도로 진입하라며 배려해준 사륜구동차를 향해 가볍게 인사하더니 비상등을 깜빡이며 사라졌다.

번화가 근처 교차로에서 신호를 기다리고 있는데 옆에서 "안녕하세요!"라며 낯선 여자가 말을 건넸다. 요란한 화장, 완벽한 억지웃음. 손에는 서류를 끼운 보드와 펜을 들고, 목에는 휴대폰을 걸고 있다. 판촉 아르바이트구나, 알아챘지만 만면에 웃음을 띠고 인사하는 상대를 모른 척할 수도 없어서 사키는 "안녕하세요"라고 대답했다.

"저기, 실은 지금 화장품 설문조사를 하고 있는데, 얼마 안 걸릴 테니 잠깐 시간 좀 내주실 수 있을까요?"

이런 수법에 응해선 안 돼. '잠깐'이라는 말은 분명 새빨간 거짓말이고, 근처 카페에 끌려가 입담 좋은 패거리에 둘러싸여 비싼 물건을 억지로 계약하게 될 것이다.

딱 잘라 거절해야 하는데. 사키는 심장 박동이 빨라지는 것을 느꼈다.

"죄송하지만 지금 바빠서요."

주변 사람들이 '아, 저 사람 판촉 행사에 걸려들었구나'라고 생각할 거란 상상만으로도 온몸이 긴장으로 굳어졌다.

"지금 어디 외출하세요?"

거절했는데도 상대는 개의치 않고 말을 건넨다.

"네."

"직장은 쉬는 날?"

"아, 네."

신호가 파란색으로 바뀌자 뿌리치듯 걷기 시작했다. 상대는 당연하다는 듯 나란히 걸으며 따라왔다.

"화장품은 특정 브랜드를 구매하시는 편인가요?"

무시하려 했으나 웃는 얼굴로 말을 건네는데 어색한 침묵을 만들기도 싫어서 "아뇨, 딱히 그런 건……" 하고 대답해버렸다. 교차로를 건넌 뒤에도 상대는 나란히 걷고 있었다.

"아, 그러시구나. 실례지만 나이는 20대 초반?"

속 뻔한 빈말은 그만 좀 하지, 생각하며 사키는 "아뇨" 하고 고개를 흔들었다.

"그럼 20대 중반?"

"아니에요……."

"어머, 그럼 더 많아요? 정말 전혀 그렇게 안 보여요. 피부도 좋고. 나이보다 어리게 보죠?"

"……."

무시했다기보다 어떻게 대답해야 할지 몰랐다.

"하지만 방심하면 피부는 갑자기 기미나 주름이 생기고 칙칙해지기도 해요. 특히 20대 후반은 피부의 분기점이라고 하잖아요. 그래서 드리는 말씀인데, 지금 가을 특별 캠페인으로 설문조사에 응해주시는 분들께 저희 화장품을 반값으로 살 수 있는 쿠폰을……."

"저기, 정말 죄송해요. 지금 볼일이 있어서요."

사키는 발걸음이 빨라졌다.

"아, 그러세요. 그럼 걸으면서 답하셔도 괜찮으니 설문조사만이라도……."

"죄송합니다!"

사키는 더 발걸음을 재촉해 뿌리치기로 했다. 상대도 그제야 포기한 듯 더는 쫓아오는 기색이 없었다. 길모퉁이를 돌아 뒤를 돌아보고는 마음이 놓이는 동시에 한심한 자신에게 화가 치밀었다. 왜 피해를 입은 자신이 몇 번씩이나 "죄송합니다"라고 한 걸까.

외출하자마자 느닷없이 불쾌한 일을 겪었지만, 체육관 트레이닝 룸에서 실내 자전거를 타는 동안 기분이 조금씩 나아졌다. 사키는 이렇다 할 운동 경력은 없지만, 몸을 움직이는 일 자체는 좋아했다. 특히 러닝머신 위에서 달리거나 실내 자전거를 타는 것은 복잡한 동작이 필요하지 않고 머리를 비울 수 있어 마음에 들었다. 여기서는 대개 러닝머신이나 실내 자전거를 가볍게 20분 정도 타고 나서 간단한 기구로 운동 후 마무리로 스트레칭을 했다.

스트레칭을 하고 있으니 옆에서 "몸이 유연하시네요"라는 목소리가 들렸다. 트레이닝 룸에서 자주 마주치던 남자가 티셔츠에 반바지 차림으로 서 있었다. 지금껏 대화를 나눈 적은 없지만, 호리호리하면서도 단단한 체격과 남자답고 뚜렷한 이목구비 때문에 왠지 신경 쓰이는 존재였다. 그런 상대가 갑자기 말을 걸었으니, 사키는 머리에 피가 확 몰리면서 약간 혼란스러운 상태에 빠지고 말았다.

어쩌지, 뭐라고 대답할까? 빨리 무슨 말이든 해야 해.

필사적으로 재치 있는 말을 생각해내려 했지만 아무 말도 떠오르지 않았고, 결국 입에서 나온 말은 "아, 아니에요"였다.

사키는 말하고 나서야 웃지도 않았다는 것을 깨달았다. 너무 무뚝뚝하게 대답한 건 아닐까?

"따로 하시는 운동이 있나요?"

남자가 또 묻자 사키는 고개를 저었다. "아뇨."

바보. 또 웃지 않았어.

어색한 침묵이 흘렀다. 남자는 가볍게 미소 지으며 트레이닝 기구가 늘어서 있는 쪽으로 가버렸다.

서른 다 된 여자가 뭘 그렇게 긴장하고 난리야, 이 바보. 사키는 두 다리를 벌려 상체를 앞으로 숙이다가 매트에 이마를 찧었다.

집으로 돌아오는 길에 편의점에 들렀다. 점심을 해 먹을 기분이 아니어서 도시락과 녹차 팩을 장바구니에 넣었다. 스낵과 초콜릿 과자를 집어 들었다가 유혹을 이겨내고 다시 제자리에 갖다 놓았다.

먼저 계산을 하고 있는 손님 뒤에 서 있는데, 한 손에 탄산 소주 두 캔을 든 젊은 여자가 끼어들었다. 새치기하지 말라고 한마디하고 싶었으나 막상 말을 하려니 온몸이 굳어버렸다. 상대가 큰소리로 쏘아붙일 수도 있고, 이쪽이 트집 잡은 것처럼 몰아세울지도 모른다.

앞사람과의 공간을 너무 비워둔 내 잘못이야. 그래서 이 젊은 여자는 뒤에 사람이 있는 줄 몰랐고, 새치기한다는 의식도 없었을지 몰라.

억지로 자신을 설득하려는 기분이 들기도 했지만, 사키는 아무 말 않고 참기로 했다. 계산 좀 늦어졌다고 화를 내는 것도 어른스럽지 않고, 스스로 분란을 일으키다니 말도 안 된다.

집에 돌아오자 우편함에 편지가 들어 있었다. 본가 어머니에게서 온 편지임을 안 순간 내용도 짐작이 갔다. 계단을 내려오던 젊은 여자와 인사를 주고받았다. 사키와 마찬가지로 2층에 사는 기요타키인가 하는 이름의 여자다. 6개월 전쯤 이사 왔을 때 인사하면서 서로 간단한 자기소개는 했으나, 그 이상의 교류는 없었기에 무슨 일을 하는지도 모른다. 단지 이 여자가 자신과 같은 부류에 속하는, 내향적인 타입이라는 건 감지했다.

집에 들어가 편지를 뜯으니 아니나 다를까 안에는 맞선 상대의 사진이 들어 있다. 사키는 제대로 보지도 않은 채 두꺼운 편지 봉투 안에 다시 집어넣었다.

어머니는 요즘 자꾸 맞선을 보라고 한다. 딱 한 번 설득에 못 이겨 본가에 갔을 때, 부모님이 경영하는 인테리어 회사의 전무라는 남성과 만난 적이 있는데, 그 단 한 번의 경험으로 아주 넌더리가 나고 말았다.

상대는 하관이 불룩하고 혀 짧은 소리를 내는, 본능적으로 호감이 가지 않는 남성이었다. 덕분에 대화도 미적지근했고, 사

키는 어머니에게 더 이상 만나고 싶지 않다는 뜻을 전해달라고
부탁했다. 그런데 상대편에서 먼저 거절하는 전화가 왔다. 최근
수년간 가장 굴욕적인 사건이었다.

샤워를 한 뒤 테이블 위에 편의점에서 사온 도시락을 펼쳐놓
고 리모컨으로 TV를 켰다. 한국 로맨스 드라마에서 술에 취한
여자가 남자에게 안겨 있는 장면이 나왔다.

사키에게도 남자와 사귄 경험이 없지는 않다. 대학 시절에
사귀기 시작한 같은 학년의 남자와는 졸업 후에도 연인이라 부
를 수 있는 관계가 한동안 지속됐다. 성격도 원만하고 재미있
는 농담도 할 줄 아는 괜찮은 상대였지만, 취직하고 2년째 되던
해에 그가 멀리 전근을 가면서 흐지부지 관계가 끝나버렸다.
한동안 전 남자 친구의 친구이자 동창이기도 한 남성이 관심을
보인 덕에 서로 전화 통화를 하다가 데이트 비슷한 걸 한 적도
있지만, 결국 연인이라 할 수 없는 단계에서 끝나버렸다.

점심을 다 먹고 빈 그릇을 버리려다 벽을 기어 다니는 큰 거
미를 발견하고는 비명을 질렀다. 벌레는 거의 다 싫어하지만
거미는 특히 싫었다. 싱크대 밑에서 살충제를 꺼내 거미에게
뿌렸지만, 거미는 그 직전에 잽싸게 도망가 냉장고 뒤쪽으로
사라지고 말았다.

그러고 보니 헤어졌던 남녀가 거미 한 마리 때문에 재결합한

다는 영화를 언젠가 본 적이 있다. 두 남녀는 완전히 끝난 사이였으나, 어느 날 갑자기 여자가 남자에게 전화해 울먹인다. "거미가 나왔어!" 그 말을 들은 남자는 단숨에 달려가 포옹한다는 바보 같은 이야기였다.

학창 시절에는 그런 이야기에 눈물을 다 흘렸구나. 사키는 기운 없이 한숨을 내쉬었다.

오후에는 옷이라도 사러 나갈까 했으나 곧 그럴 마음이 사라졌다. 지난번에 간 부티크에서 점원이 집요하게 따라붙는 바람에 하마터면 5만 엔이나 하는 스웨터를 살 뻔했다. 다행히 마침 매장에 들어온 손님에게 점원이 말을 건네는 틈을 타 그야말로 도망치듯 가게를 빠져나와 그 위기를 벗어날 수 있었다.

전신 거울에 비춰보니 머리가 꽤 자랐다. 끝이 갈라진 머리카락도 많아져서 신경 쓰이던 참이었다.

하지만 어디서 자르지?

원래 다니던 미용실에는 다시 가고 싶지 않았다. 몇 년째 다니던 단골 가게였고, 담당 디자이너와도 친구 같은 사이라고 생각했건만, 매우 불쾌한 말을 들은 이후로 다시는 가지 않으리라 마음먹었다. 그날 사키는 큰마음 먹고 머리 모양을 바꿔보려고 카탈로그를 뒤적이다 한 사진을 골라 이렇게 해달라고 말했었다. 그러자 디자이너가 "손님처럼 가늘고 곱슬기 있는 머리는 이 사진처럼 안 돼요. 나중에 불평하지 마세요"라며 차갑게 쏘아붙이는 게 아닌가. 정말이지 화가 치밀었지만 아무 대꾸도 못 하고 결국 평소대로 자르고 집에 왔다.

그때의 기분이 떠올라 사키는 점점 더 다른 미용실에서 머리를 자르고 싶어졌다. 멋지게 이미지 변신을 한 뒤 손님을 우습게 아는 그 미용실 앞을 일부러 지나가는 것이다. 그럼 유리창 너머로 나를 발견한 점원은 앗 하고 놀라겠지? 나는 힐끗 차가운 웃음을 짓고는 사라질 테고.

사키는 자신의 상상이 너무 유치해서 혼자 쓴웃음을 지었다.

좋아, 아무튼 이번에야말로 이미지 변신을 해보자.

그러면 무언가가 달라질지도 몰라.

사키는 재빨리 가까운 미용실을 찾았다. 도보로 갈 수 있는 범위 내에서 대충 외관이 떠오르는, 괜찮아 보이는 가게를 골라 전화를 걸어보았다. 기껏 예약해서 갔더니 나이 지긋한 아줌마들만 가득한 곳이면 곤란하니까. 다섯 군데에 전화를 걸어보았으나 전부 예약이 꽉 차 있다고 한다. 좀 더 범위를 넓혀볼까 하다가 문득 바로 근처에 한 곳, 눈여겨보던 가게가 떠올랐다.

그곳은 미용실이 아니라 이른바 이발소였다. 하지만 주인은 남자가 아니라 자신과 비슷한 또래의 여자였다. 미혼인지 기혼인지는 알 수 없지만, 어쨌든 그 여자 이발사 혼자 꾸려나가고 있는 듯했다. 손님은 물론 대부분 남자 손님이었지만 간혹 여자 손님도 있었다. 퇴근할 때 그 이발소 앞을 지나가기 때문에, 굳이 관찰하지 않아도 그 정도쯤은 유리창 너머로 알 수 있었다. 그곳에 일하는 이발사를 찬찬히 들여다본 적은 없지만, 강단 있고 야무진 느낌의 사람이었다.

과감하게 이미지 변신을 할 거라면 이발소도 괜찮지 않을까? 그래, 커트하는 김에 솜털 정리도 해달라고 하자.

예전부터 입 주변 솜털이 좀 신경 쓰였는데, 미용실에서는 해주지 않는 데다 혼자 털을 밀다 실수할까 두려워 못 하고 있었다. 얼른 전화해보니, 지금 당장이라면 예약 손님도 없어서 괜찮다는 말에 사키는 바로 집을 나섰다.

이발사는 몇 차례 오가면서 봤을 때보다는 조금 작은 체구에 의외로 귀여운 인상이었다. 붙임성 좋고 수다 떨기를 좋아하는 이발사는 사키를 눕혀 머리를 감기면서, 예전에 같이 일하던 남편과 이혼하면서 이 가게를 빼앗았다는 이야기, 남자 손님 중심의 이발소가 신경 쓸 일이 적다는 이야기를 들려주었다.

이발사는 남의 이야기에 귀를 기울여주는 능력도 있었다. 사키는 이야기를 듣다가 자연스럽게 자기 이야기를 꺼내기 시작했다. 전에 다니던 미용실을 가지 않게 된 사연을 들은 이발사는 어처구니없다는 듯 한숨을 내쉬었다.

"머리 모양은 커트와 세팅을 어떻게 하느냐에 따라 얼마든지 바꿀 수 있어요. 손님 머리카락이 가늘고 살짝 곱슬기가 있는 건 맞지만, 어떤 스타일이든 가능해요. 맡겨만 주세요."

단호하면서도 용기를 북돋는 말에 사키는 여기 오길 잘했다는 생각이 들었다.

카탈로그를 보면서 이발사의 의견도 들어본 뒤 짧은 길이에 이마를 드러내는 스타일을 해보기로 했다. 사키에게 잘 어울리는 스타일로 커트한 뒤 부분부분 갈색으로 염색해 입체감을 주고, 머리카락 끝을 날렵하게 다듬어 이지적이면서도 야성적인 느낌으로 완성되는 듯했다. 사키는 자신에게 어울릴까 하는 불안감을 내비쳤지만 "걱정하지 마세요. 분명 아주 멋지게 이미지 변신을 할 수 있을 테니까"라는 말에 완전히 마음을 놓았다.

현란한 손놀림에 머리카락이 잘려나가면서 순식간에 머리 모양이 바뀌었다. "요즘 무슨 좋은 일 있으세요?"라고 묻기에, 좋은 일은 없지만 아파트에 질색하는 거미가 나왔다고 하자 이발사는 웃으면서 말했다. "근데 집에서 나오는 큰 거미는 바퀴벌레를 잡아먹어요. 익충이랍니다."

머리를 염색할 때 중년의 남자 손님이 들어왔고, 이발사는 그 손님과 낚시 이야기를 시작했다. 중간에 마음도 편안해진 탓인지 사키는 오후의 부드러운 햇살 속에서 꾸벅꾸벅 졸기 시작했다. 이발사는 어깨와 목 마사지도 해주었다. 솜씨가 좋아 지압을 받을 때마다 뭉친 곳이 사르르 풀리는 느낌이었다. 덕분에 졸음은 더 쏟아졌고, 누워서 솜털 정리를 받을 때는 더 이상 졸음을 견딜 수 없었다.

편안한 무의식의 시간이 흐른 뒤 "의자 세우겠습니다"라는 목소리에 눈을 떴다. 전동의자의 등받이가 세워지면서 사키는 거울과 마주했다.

누구지, 이 사람은? 사키는 자기 눈을 의심했다.

머리 때문이 아니었다. 머리는…… 그래, 분명 요구한 대로 완성돼 있다. 그런데 얼굴이 다르다.

눈썹. 눈썹이 가늘고 매끈하게 치켜 올라가 있다. 그 눈썹은 어딘가, 보는 사람에게 위압감을 주는 포악함마저 띠고 있었다.

"누, 눈썹이……."

"어떠세요, 괜찮죠? 머리 모양과도 잘 어울리고."

이발사는 몹시 흡족한 듯 웃고 있다.

"저, 저기…… 눈썹을 미신 거예요?"

"네." 이발사는 자신감 넘치는 미소로 고개를 끄덕였다. "눈썹은 어떻게 할까요, 머리 모양에 어울리게 다듬어드릴까요? 했더니 그러라고 하셔서 이렇게 해봤어요. 어떠세요, 괜찮죠?

무척 잘 어울리세요."

너무도 당당한 태도에 그만 따져 물으려던 사키의 마음이 흔들렸다. 그러고 보니 선잠을 자며 그런 대답을 한 것도 같다.

"정말 멋져요." 이발사는 입꼬리를 한껏 올리며 사키의 양어깨를 가볍게 주물렀다. "손님에게 무척 잘 어울려요."

집으로 돌아가는 길에 사키는 그 이발사가 본심을 말한 건지 의심하기 시작했다. 아까 거울에서 본 얼굴은 평소의 자신과는 전혀 다른 사람이었다. 혹시 이발사도 속으로는 아차 싶었던 게 아닐까? 하지만 그런 속내가 겉으로 드러난다면 프로가 아니지. 어울린다, 멋지다고 칭찬해대는 것이 당연한 세계잖아. 옷 가게 점원이 옷을 입어 본 손님에게 "너무 잘 어울리세요"라고 알랑거리듯이.

그렇다면 아까 한마디했어야지. 그러지도 못하면서. 사키는 자책했다. 이발사는 정말 근사하게 완성했다고 생각했을 수도 있어. 멋지다는 기준은 사람마다 다르니까. 더구나 어찌 됐든 알아서 해달라는 의사 표시를 하긴 했잖아.

이미 벌어진 일을 지금 와서 어쩌겠어. 시간을 되돌릴 수도 없고. 하지만 이런 눈썹을 다른 사람은 어떻게 생각할까? 무서운 사람, 하고 싶은 말을 거침없이 내뱉는 사람, 차가운 사람이라는 인상을 줘서 지금보다 더 타인과 삐걱대지는 않을까?

쓸데없는 생각을 하고 있던 탓에 반응이 굼떴다. 옆 골목길에서 튀어나온 자전거가 급브레이크 밟는 소리를 내더니 앞바퀴가 사키의 무릎을 스치며 멈췄다.

몸집이 크고 둥근 얼굴에 입이 큰 중년 여성이었다. 이쪽을 노려본다고 생각한 순간 갑자기 상대가 멋쩍은 듯 웃었다. "미안해요. 부딪쳤어요?" 사키가 대답하지 않자 상대는 "죄송해요. 나도 모르게 그만" 하고 미안하다는 듯 고개를 숙였다.

어떻게 대답을 해야 하나 망설이는 동안 상대는 다시 한번 "죄송합니다" 하고 고개를 숙인 뒤 도망치듯 자전거 페달을 밟으며 사라졌다. 사실 보행자가 우선이니 저쪽에서 사과하는 게 맞기는 하다. 하지만 저 아줌마, 처음에는 노려보는가 싶더니 갑자기 아차 싶은 얼굴로 사과했다.

이거 혹시 눈썹 때문인가……?

집에 돌아와 전신 거울에 자신을 비춰보았다. 가늘고 매끈하게 치켜 올라간 눈썹. 보고 있자니 머리 모양이 바뀌면서 눈썹이 바뀌었다기보다는 눈썹에 맞춰 머리 모양이 바뀌었다는 생각이 든다. 그만큼 눈썹이 자기주장을 하고 있다.

"역시 사나워 보여."

사키는 거울 속 자신에게 중얼거렸다. 계속 보고 있자니 조금씩 익숙해졌다. 어느새 나쁘지 않은 것 같다는 생각이 들기 시작했다.

"뭐야, 너." 거울 속 자신을 노려본다. "네 잘못인데, 어쩌라고."

말하고 나서 쓴웃음을 지었다. 왠지 자신이 다른 사람으로 변신한 것 같았다. 머리 모양이나 옷은 성격이나 기분에 따라 선택하는 것이라고 줄곧 생각했는데, 그 반대도 있지 않을까? 새로운 머리 모양으로 기분도 달라지고, 새로운 눈썹 때문에 성격도 달라진다거나.

갑자기 생각이 연쇄적으로 떠올랐다. 제임스 딘은 영화 〈이유 없는 반항〉의 촬영에 들어가기 전, 다른 배우와 스태프들에게 소개될 때 "뭐야, 니들은? 뭘 봐!"라며 거친 말을 퍼부었다고 한다. TV에서 그 이야기를 하던 영화평론가는 그때 이미 제임스 딘은 자기 배역에 빙의돼 있던 것이라고 해설했다. 만들어낸 이야기인지 실화인지는 알 수 없지만, 배우가 실제로는 온화한 성격의 소유자라도 직업상 냉혹하고 거친 성격을 연기하는 등 완전히 다른 사람이 되는 경우가 종종 있다. 그건 단지 연기라기보다는 자기암시 또는 잠재된 또 다른 자아를 불러내는 것이라고 볼 수 있지 않을까.

또 하나 생각이 났다. 드라마에 자주 나오는 중년 남자배우의 일화다. 그는 젊을 때 일이 없어서 가전제품 판매점에서 일한 적이 있었다. 원체 타인과 대화하는 것이 서툴러 접객 업무는 도저히 못 하겠다며 바로 그만두려고 했으나, 이왕 하는 거 공부도 할 겸 판매원을 연기해보자고 생각을 바꾸었다. 그리고 몇 달 뒤, 그는 가맹점에서 가장 큰 실적을 올린 우수 사원이 됐고, 어느새 타인과 대화하는 것이 아무렇지도 않았다고 한다.

또 다른 자신이라……. 사키는 거울 속 자신을 바라보며 입가를 심술궂게 일그러트렸다.

자기 내면을, 성격을 완전히 바꾼다는 건 꽤 무모한 일일 수도 있다. 하지만 연기라고 자기암시를 건다면 평소의 자신과는 다른 말투를 쓰거나 다른 행동을 하는 게 불가능한 일은 아니지 않을까?

평소의 자신보다 기가 세고 할 말은 하는 여자. 그런 배역을 맡게 된 배우. 그런 상황이라면 어떨까. 사키는 팔짱을 끼고 거울을 보며 의연한 표정을 지어보았다.

유능한 변호사. 의뢰인인 회사 사장이 거만한 태도를 보이자 쏘아붙인다.

"잠시만요, 사장님. 전 당신 부하가 아닙니다. 지금 뭐 하자는 거죠?"

이번에는 턱을 치켜들고 장승처럼 우뚝 버티고 섰다. 야쿠자

세계의 큰 누님.

"마사, 당신 요즘 의리를 잊은 거 아냐? 적당히 하지 않으면 피를 보게 될 거야."

좀 과했나? 사키는 피식 웃었다.

거울에 비친 자신을 바라보고 있자니 묘한 위화감을 느꼈다. 너무 치켜 올라간 눈썹 때문이 아니다. 눈썹 자체에는 제법 익숙해졌다. 익숙해졌다기보다는 눈썹의 강한 힘에 마음이 억눌려 있는 느낌이다.

잠시 생각해보니 화장이 눈썹에 밀리고 있음을 깨달았다. 그래, 눈썹만으론 안 돼. 눈썹에 맞게 화장도 달라져야 해.

사키는 책장에 처박혀 있는 지난 패션 잡지를 뒤져서 메이크업 정보를 얻은 뒤, 세면대 앞으로 장소를 옮겼다. 일단 기분을 리셋하기 위해서라도 클렌징오일로 화장을 지운 다음 화장수, 로션, 베이스, 파운데이션을 다시 발랐다.

이발사가 그려준 펜슬 라인도 지워져서 조심스럽게 펜슬로 다시 그렸다. 가지고 있던 펜슬은 원래 색과 미묘하게 달랐지만, 브러쉬로 흐릿하게 그리자 별 차이 없이 마무리되었다. 안도하는 동시에 더욱 의욕이 생겼다.

자, 이 눈썹에 맞는 화장……. 패션 잡지를 살펴본 바로는 립스틱 색은 그다지 중요하지 않다고 한다. 하지만 아이라인과 아이섀도는 중요하다. 그리고 블러셔도.

사키는 좀처럼 사용하지 않던 아이라인용 펜슬로 눈의 위아래 모두 안쪽에 꼼꼼히 라인을 그려 넣었다. 이렇게 하면 눈빛이 강렬해진다고 잡지에 쓰여 있었다. 이어서 오랜만에 뷰러를 사용해 속눈썹을 말아 올려주었다.

"오……. 점점 다른 사람 같아."

사키는 거울 속 자신을 보며 작게 고개를 끄덕였다. 소심해 보이던 눈매가 한층 힘차게 자기주장을 하기 시작해 비로소 눈썹과 어울리는 느낌이다.

이제까지 해오던 화장은 완전히 잘못된 것이었다. 잡티를 가리고, 혈색을 좋게 하고, 나 화장했어요, 하고 남들에게 알리는 화장은 진정한 화장이 아니다. 진정한 화장은 내면을 변화시키는 것이다.

"오, 하니까 되네. 이왕이면 마스카라도 칠해볼까?"

갈색 계열 아이섀도를 칠했더니 뭔가 부족한 느낌이다. 패션 잡지 모델의 얼굴을 다시 보고 그 차이를 알았다. 반짝이다. 금색 반짝이가 들어가면 눈이 더욱 빛나고 더 강렬해진다. 사키는 화장을 멈추고 근처 드러그스토어까지 걸어갔다. 반짝이가 들어간 펜슬 아이섀도를 세 개 골랐다.

계산대에서 계산을 하는데, 젊은 여자 점원이 바코드를 중복

해서 찍은 듯했다. 삐 하는 전자음이 네 번 들렸기 때문이다. 잔돈을 받고 영수증을 확인해보니 역시나. 세 개 중 하나가 두 번 결제돼 있다.

편의점이나 슈퍼에서도 이런 적이 있다. 그때는 바빠 보이는 점원이나 뒤에서 기다리는 손님들 눈치도 보이고, 무엇보다 따져 물을 용기가 없어 별수 없이 참았지만 지금은 전혀 그럴 생각이 없었다.

계산대에서는 다른 손님이 이미 계산을 시작하고 있었지만 사키는 점원에게 말했다.

"잠시만요. 계산이 잘못됐어요. 세 개 샀는데, 네 개 산 걸로 계산됐어요."

점원은 처음에는 미간을 찌푸리며 쳐다보더니 사키와 눈이 마주치자 기가 죽은 듯 겁먹은 표정으로 바뀌었다.

"죄송합니다. 잠시만 기다려주세요."

기다려달라고? 사키는 계산대 구석에 탁 내려치듯 영수증을 놓았다. 계산 중이던 삼십 대 후반의 손님이 흘끔흘끔 쳐다보다가 눈이 마주치자 뜨끔한 듯 고개를 숙였다. 계산을 끝낸 점원이 영수증을 확인하고는 조금 표정이 굳어졌다.

"정말 죄송합니다. 제가 실수했네요. 당장 환불해드릴게요."

점원이 잘못 계산한 현금을 건네준 뒤 휴대용 티슈 두 개와 비타민제 샘플을 작은 비닐봉지에 담아 "죄송합니다"라며 내밀었다.

"티슈 좀 더 주실 수 있어요?"

그런 말을 할 생각은 없었는데 입 밖으로 튀어나왔다. 또 다른 자신이 멋대로 말한 것 같았다. 점원은 고분고분 티슈 세 개를 더 넣어주었다. 가게를 나와서 생각해보니, 점원에게 따질 때 몸이 경직되거나, 목소리가 떨린다거나, 심장이 쿵쾅대지 않았다.

집에 돌아와 반짝이가 들어간 허니 옐로우 색 아이섀도를 바르자 눈썹 주위에 점점 힘이 넘쳐나는 느낌이었다. 브러쉬로 뺨에 블러셔를 발랐다. 얼굴이 갸름해 보이도록 광대뼈 아래 약간 움푹 들어간 부분은 베이지 계열로 자연스러운 음영을 주고, 광대뼈 부분은 혈색이 좋아 보이도록 붉은색을 사용했다. 한편 립스틱은 눈썹처럼 자기주장을 하지 않도록 은은하고 연한 적갈색을 발랐다.

완성된 화장을 보고 깊이 숨을 내쉬었다. 나쁘지 않다. 집중하니 화장도 순조롭게 잘 되잖아.

거울 속에 있는 사람은 완전히 딴 사람이었다. 사키는 또 다른 자신을 보는 동안 몸속 깊은 곳에서부터 뜨거워짐을 느꼈다. 겉모습만 달라진 것이 아니라 겉모습이 변하면서 내면도

변화해가는 느낌이었다.

그때 시야 한구석에서 까맣고 작은 물체가 움직이는 것을 포착했다. 바퀴벌레가 기다란 더듬이를 흔들며 벽 위로 기어가고 있다. 사키는 바로 옆에 있던 패션 잡지를 둥글게 말아 오른손에 쥐었다. 인간을 우습게 아는지 바퀴벌레는 도망치려고도 하지 않는다. 사키는 살금살금 다가가 둥글게 만 잡지를 내려쳤다. 그러나 바퀴벌레는 그 공격을 아슬아슬하게 피하더니, 바스락거리는 소리와 함께 날아올라 하필이면 사키 쪽으로 다가왔다.

"악, 이놈이!"

바퀴벌레는 가슴 언저리에 착지했으나 사키는 얼른 털어냈다. 발밑에서 잽싸게 도망가려는 바퀴벌레. 사키는 거의 무의식적으로 그것을 짓밟았다. 오른발 뒤꿈치에 불쾌한 감촉. 천천히 발을 들어보니 바퀴벌레 사체로 뒤꿈치와 마루가 더러워져 있다. 한쪽 발을 든 채 티슈를 뽑아 바퀴벌레 사체를 감싸들고 휴지통에 버렸다. 그리고 티슈를 한 장 더 뽑아 뒤꿈치와 마루를 닦고 난 뒤 세면대에 오른발을 올려놓고 비누로 뒤꿈치를 씻어냈다.

바퀴벌레를 잡다니, 어떻게 이런 일이. 사키는 뒤꿈치를 씻으며 생각했다. 그때 초인종이 울렸다. 수건으로 뒤꿈치와 손을 닦고 나서 현관으로 갔다.

"누구세요?"

"안녕하세요, 택배입니다."

택배 기사인 줄 알고 문을 열었더니, 폴로 셔츠에 구깃구깃한 재킷을 입은, 눈매가 사나운 중년 남자가 서 있었다. 손에는 포장지로 싼 가벼워 보이는 상자를 들고 있다.

"안녕하세요." 중년 남자는 히죽대며 인사하더니 손에 든 상자를 사키에게 떠안기듯 건넸다. "혹시 신문 구독하세요?"

사키는 상대를 노려보며 건네받은 상자를 다시 디밀었다.

"됐어요. 필요 없어요."

내용물은 수건이나 시트겠지.

남자는 쏘아보는 눈빛에 순간 움찔하는 듯했으나 곧 히죽거리는 얼굴로 돌아왔다. 문을 닫지 못하도록 한 손으로 문을 잡은 채 한 발짝 더 다가온다.

"신문 안 보세요? 직장인이라면 신문을 읽어야죠. 구독해보시죠."

"필요 없다고 했을 텐데요. 필요 없다는 건 이미 다른 신문을 보고 있다는 뜻 아닌가요?"

사키는 현관에 침입하려는 남자를 상자와 함께 밀쳐냈다.

"3개월만이라도 좋으니 구독해보세요. 저 영업 성적이 나빠서 잘릴지도 몰라요. 도와주는 셈 치고 네? 3개월만 부탁합니다."

남자는 소름 돋는 간사한 목소리로 두 손을 모았다. 그따위 읍소 작전에 누가 속아 넘어갈 줄 알고!

"영업 성적 올리고 싶으면 다른 데 알아보세요!"

사키가 큰소리로 쏘아붙이자 상대도 당황한 기색이었다. 그리고 순간 남자는 "앗, 거미!" 하고 소리를 지르더니, 문에서 손을 떼고는 사키에게 건넸던 상자를 냅다 빼앗아 갔다. 그러고는 "거참, 꽉 막히셨네" 하며 도망치듯 계단을 내려갔다.

문 옆에는 커다란 거미가 기어가고 있었다. 고작 거미 때문에 저렇게 허둥대다니, 모자란 녀석. 사키는 조건반사적으로 거미를 털어내려고 손을 치켜들었으나 생각을 바꿨다. 거미는 바퀴벌레를 잡아먹는 익충이라고 이발사가 그랬으니까.

"야." 사키는 거미에게 말했다. "밟히고 싶지 않으면 바퀴벌레 좀 잘 잡으란 말이야. 바퀴벌레!"

말이 통할 리 없겠지만, 거미는 엉덩이에 불이라도 붙은 듯 쏜살같이 신발장 밑으로 사라졌다. 이번에도 평상심으로 대처할 수 있었다. 잘했어. 사키는 마음속으로 자신을 칭찬했다.

신문 판매원을 쫓아낸 뒤 사키는 자신이 가지고 있는 옷들을 이것저것 입어보며 전신 거울에 비춰보았다. 처음에는 새로운 얼굴에 맞게 새 옷을 사야지 했으나 그럴 필요는 없는 듯했다. 표정과 머리 모양이 바뀌면서 옷의 인상도 싹 바뀐 것이다. 지금까지는 촌스러워 보이던 재킷과 바지, 치마가 이제는 하나같이 옷 주인을 돋보이게 해주고 있다. 마치 옷에 의지가 깃들어 있기라도 하듯.

몇 년 전, 사촌 동생에게 받았던, 입을 엄두가 나지 않아 줄곧 넣어두기만 한 적갈색 가죽 재킷이 이렇게나 어울릴 줄이야. 사키는 거울 앞에서 한동안 이리저리 비춰보았다. 방심하면 금세 등이 구부정해지는 습관이 있는데 어느새 무의식적으로 가슴을 펴고 있다.

다시 현관 초인종이 울려 문 앞에서 "누구세요?"라고 묻자 남자 목소리가 들려왔다. "수도 점검입니다." 또 한심한 사기꾼 외판원이라고 확신했다. 오늘은 마치 나를 시험하듯이 찾아오는구나 싶어 살짝 쓴웃음을 지었다.

사키는 도어체인을 걸어두려다 생각을 바꿔 체인을 걸지 않은 채 문을 열었다. 넙데데한 얼굴에 작업복 차림의 남자. 짧은 머리에 다부진 체격. 나이는 마흔 정도. 사근사근한 미소에서 교활함이 엿보인다.

사키가 차가운 눈빛으로 쳐다보자 순간 흠칫한 남자는 이내 "안녕하세요" 하고 웃으며 인사했다. "수도국에서 왔습니다. 수도관 점검을 좀 하려고 하는데요."

수도국에서 온 거 좋아하시네. 누굴 속이려고. "우리 집 수도는 아무 문제 없으니, 외판원한테 점검받을 필요 없어요"

"아니, 전 외판원 아닙니다. 무슨 말씀이신지." 남자는 약간 발끈하는 태도를 보였다. "우리 회사는 이 구역을 담당하는 시 지정업체입니다."

"그럼 그 증거를 보여주세요."

"좋습니다. 여기 보세요."

남자는 작업복 가슴 주머니에서 래미네이트로 가공된 카드 모양의 증명서 같은 걸 꺼냈다. 지역 자치단체의 지정 업체라는 문구와 회사 이름 등이 적혀 있다.

"그런 걸로는 정말 믿을 만한 업체인지 알 수 없잖아요."

"네? 그런 말씀하시는 분은 처음이네요. 이걸 보고도 믿지 못하시겠다면 그건 좀." 남자는 표정이 더 험악해졌지만 곧 능글거리는 웃음을 되찾았다. "하지만 수도관 점검만 할 뿐 별도의 요금을 청구하는 일은 없습니다. 곧 끝나니 좀 부탁드려요. 아까 말씀드린 것처럼 우리 회사가 이 구역 담당이라, 제대로 점검하지 않으면 큰일 납니다."

사키는 악덕 업자라고 확신했다. 뉴스에서 수법도 배운 바 있다. 곧 끝난다며 점검을 요구한다. 설사 점검은 무료라 해도 이대로 두면 누수가 발생한다거나, 수도관이 오래돼서 교체하지 않으면 건강에 악영향을 준다고 겁을 줘서 공사 계약을 독촉한다. 그런 이야기는 집주인과 해보라 해도, 임차인이 비용을 부담해야 한다는 규정이 있다는 둥 적당한 거짓말을 늘어놓겠지. 그렇게 집요하게 떠들어대면 기가 약한 사람은 그 상황에서 벗어나고 싶어서, 또는 수도관 수리는 정말 필요한 일이라고 자신을 설득하며 그냥 계약해야겠다는 쪽으로 마음이 기운다.

그러나 상대의 거짓말을 폭로할 필요는 없다. 문 앞에서 쫓아내면 그만이다.

"아무튼 아저씨한테 점검받을 생각 없어요. 꼭 해야 한다면 다음 주에 다시 오세요. 그때까지 수도국에 전화해 그쪽 회사에 대해 문의해두죠. 문 닫을 테니 비켜주세요."

상대는 매서운 눈초리와 쓴웃음이 뒤섞인 표정을 지으며 물러섰다. 사키가 문을 닫자 문 너머로 쳇 하고 혀 차는 소리와 함께 발소리가 멀어졌다.

나 홀로 패션쇼가 다시 시작됐고, 진회색 스트레치 팬츠에 벽돌색 셔츠를 입었을 때 문을 조심스레 노크하는 소리가 들렸다.

"초인종 안 보여? 초인종."

사키는 투덜대며 문으로 다가가 일부러 잔뜩 경계하는 투로 대답했다. "누구세요!"

"저기……." 가냘픈 여자 목소리. "같은 층에 사는 기요타키라고 하는데요."

뭐지? 늘 고개를 숙이고 있는 그녀의 하얀 얼굴을 떠올리며 다시 한번 "네" 하고 말했다.

상대가 아무 말도 하지 않아 사키는 문을 열었다. 살짝 얼굴을 붉히며 그녀는 종이봉투를 들고 서 있었다. 흰색 하이넥 스웨터에 청바지. 목에는 가느다란 금목걸이가 은은하게 반짝이고 있다.

"아……." 그녀는 사키의 얼굴을 보고는 표정이 굳어진 듯했다. "저, 갑자기 죄송해요."

"아니에요."

"저기, 이거."

"아 네……."

주뼛주뼛 내민 종이봉투를 받았다.

"시골에서 보내준 건데, 괜찮으시면……."

사키는 그제야 그녀가 무언가를 나눠주려고 찾아왔다는 걸 알았다.

"어머, 저한테요?"

"네." 그녀는 수줍은지 어색하게 웃으며 고개를 끄덕였다. 무슨 속셈이 있어서 하는 행동 같지는 않았다.

"고마워요."

봉투 안을 들여다보니 말린 문어와 조개관자가 들어 있다.

"집에서 이런 해산물 장사를 하거든요."

"와, 맛있어 보여요." 대화에 조금 공백이 생기자 사키는 살짝 망설이다가 물었다. "혹시 괜찮으시면 잠깐 들어오시겠어요? 누추해서 좀 그렇지만."

어? 하면서도 기쁜 표정이다.

"지금 바쁘세요?"

"아뇨." 그녀는 당황해하며 고개를 저었다. "한가해요. 그럼 문 좀 잠그고 올게요."

금세 돌아온 그녀는 주저하며 집 안으로 들어왔다. 두 사람은 부엌의 작은 테이블에 서로 마주 보며 앉았다. 사키가 "아까 주신 거 맛있어 보여서 좀 먹어보고 싶은데, 음료수는 맥주 괜찮아요?"라고 묻자 "아, 네"라고 대답하기에 냉장고에서 맥주 두 캔을 꺼내서 테이블에 놓았다.

"자, 그럼." 사키는 캔 뚜껑을 딴 뒤 캔을 들어 올렸다. "친해진 기념으로."

"아, 네."

그녀도 허둥대며 캔을 들어 올려 건배했다. 문어와 조개관자는 쫄깃쫄깃 감칠맛이 풍부했다. 두 사람 모두 금세 맥주 캔을 비웠고, 냉장고에서 다시 맥주 캔 두 개를 꺼냈다. 기요타키도 사키가 권하자 문어를 집어먹기 시작했다.

처음에는 서로 하는 일이나 나이, 출신지 같은 무난한 이야기를 나눴다. 그녀의 정확한 이름은 기요타키 나쓰미, 사키보다 다섯 살 어린 스물네 살로, 이웃 도시에 있는 작은 봉제 회사의 사무직 직원이라고 한다.

이야기를 나누다 보니, 어쩌면 기요타키 나쓰미는 직장에서나 집에서나 외로워서 무언가에 기대고 싶은 심정이 아니었을까 하는 생각이 들었다.

두 번째 캔 맥주가 다 비워질 즈음에는 두 사람 모두 살짝 취한 상태여서 나쓰미도 허물없이 수다를 떨게 되었다. 자연스레 더 마시고 싶네요, 그러게요, 라는 말이 오가다 나쓰미가 "제가 편의점에서 더 사 올게요"라고 했고, 사키가 돈을 건네려 하자 "아휴, 됐어요" 하더니 여섯 캔짜리 맥주 두 묶음을 사 왔다. 밖이 벌써 어두워져서 사키는 방에 불을 켰다.

서로 애인이 없다는 사실을 알고는 다시 한번 건배.

"사실 아까, 사키 씨가 수상한 외판원 내쫓는 소리를 들었어요." 나쓰미는 살짝 혀가 꼬였고, 뺨도 붉게 물들어 있었다. "그래서 와, 대단한 사람이다, 이 사람하고 친해지고 싶다는 생각이 갑자기 들었죠. 저는 외판원이나 졸졸 따라다니는 점원을 보면 어찌할 바를 몰라 결국 울기 직전까지 가거든요."

"흠. 그래서 문어를 가지고 온 거구나."

"네. 근데 사키 씨 인상이 예전과 달리 무척 당차 보여서 깜짝 놀랐어요. 전 다른 사람인 줄 알았어요."

"아하하하. 이미지 변신 좀 했거든."

"왠지 얼굴에 뭔가가 깃들어 있다고 해야 하나, 힘이 넘친다고 해야 하나."

"에이, 설마. 눈썹 밀고, 머리 모양이랑 화장 좀 바꿨을 뿐이야."

왠지 자신을 존경하는 듯 보여서, 꾸벅꾸벅 조는 사이 이발사가 멋대로 눈썹을 민 것이 모든 일의 발단이었다는 사실은 말하지 않기로 했다. 사키는 마음속으로 혀를 빼꼼 내밀었다.

"저도 강인한 얼굴이 되고 싶어요."

"그럼 나쓰미도 눈썹 밀어 보면 어때?"

"좋아요, 저도 밀어 볼까요? 근데 직접 밀었어요?"

"아니. 근처 이발소에서. 여자가 운영하는 데라 마음도 놓이고."

"아, 거기요?"

"응, 거기."

"좋아, 저도 눈썹 밀고 변신해야겠어요!"

"오……!"

출출하네, 그러게요, 그렇게 두 사람은 편의점에 가서 주먹밥과 샌드위치를 샀다. 먹고, 마시고, 수다를 떨었다. 이야기에 열중하는 사이 기요타키 나쓰미는 한때 처자식 있는 직장 상사와 사귀었지만, 점점 자신이 비참해져 헤어졌다고 털어놓았다. 사키도 얼마 안 되는 남자 이력을 털어놓았지만, 이상하게도 분위기는 가라앉지 않아 두 사람은 실실 웃을 수 있었다. 그리고 내일은 기요타키 나쓰미의 경차를 타고 목적지를 정하지 않은 드라이브를 가기로 하면서, 새벽 2시 전에 두 여자의 파티는 끝이 났다.

일요일에는 늦잠을 잤고, 숙취 탓에 머리가 조금 무거웠다. 식욕이 없어 아침은 인스턴트커피만 블랙으로 마셨다.

눈썹을 민 부분이 조금 자라기 시작해서 족집게로 하나하나 뽑았다. 처음에는 아팠으나 하다 보니 별 느낌이 없었다.

취기에 드라이브를 가기로 약속했지만, 기요타키 나쓰미는 약속을 깜빡했거나 약속한 걸 후회하고 있을지도 모른다는 생각에 사키는 먼저 말을 꺼내지 않기로 했다. 그쪽에서 아무 말 없으면 흐지부지 지나갈 작정이었다.

나쓰미가 사키를 찾아온 건 오전 11시를 지나서였다.

"세상에, 나쓰미, 다른 사람 같아."

사키는 깜짝 놀라며 그녀를 바라보았다.

"다녀왔어요."

나쓰미는 살짝 미소를 띠었다. 보기 좋게 눈썹이 가늘어졌고,

표정 전체가 이미 자신감에 차서 어딘가 대담함마저 느껴진다. 사키보다 속눈썹이 길고 눈매가 갸름해서인지 굳이 화장까지 바꾸지 않아도 변신이라 하기에는 충분했다.

"대단하다, 대단해."

나쓰미는 조금 쑥스러운 듯 웃었다.

"거울을 보다 보면 내면까지 달라지는 기분이 들어요."

"외출하고 싶은 기분이 들거나 하진 않아?"

"들죠."

"그럼 드라이브 갈래?"

"괜찮으시겠어요?"

"물론이지. 미리 말해두지만, 난 장롱면허니까 운전 부탁해."

"넵, 선배님!"

나쓰미는 가라테 선수 흉내를 내며 가슴 앞에서 양손을 교차한 뒤 힘차게 내렸다.

서둘러 화장을 한 뒤 검은색 셔츠에 적갈색 가죽 재킷을 걸치고 청바지를 입었다. 밖에 나가자 나쓰미는 벌써 경차에 시동을 걸고 기다리고 있었다.

조수석에 올라타자 나쓰미가 물었다. "정말 어디로 갈지 안 정하고 가는 건가요?"

"그래. 직감으로 방향을 정해봐."

"알겠습니다!"

나쓰미는 출발하기 전에 라디오를 켰다. 일기예보가 흘러나와 흐린 날씨가 이어지지만 강수 확률은 20퍼센트라고 알려주었다.

북서쪽으로 향했다. 나쓰미는 눈썹이 달라진 것에 흥분한 듯 몇 번씩 고개를 쭉 빼고 룸미러에 비춰보고는 작게 고개를 끄덕였다.

좋아하는 음악, 좋아하는 배우, 좋아하는 남자 스타일에 관해 이야기를 나눴다. 어찌 됐든 두 사람이 입을 모아 한 말은 그런 취향은 앞으로 크게 바뀔 수도 있다는 것이었다.

패밀리 레스토랑에서 점심을 먹은 뒤 경차를 타고 더 달렸다. 그 무렵에는 숙취도 사라져 머리가 맑아졌다.

강변을 따라 오르막길이 이어지더니 구불구불한 산길로 접어들었다. 중앙선이 없고 도로 폭은 좁다. 이쯤 되니 앞뒤로 다른 차량이 보이지 않았고, 맞은편에서 오는 차와도 거의 마주치지 않았다.

잠시 후 별안간 뒤에서 경적이 울리더니 전조등을 깜빡거렸다. 돌아보니 흰색 차가 다가오고 있었다. 앞 유리 너머로 양아치 같은 남녀가 보인다. 남자는 짧은 금발에 선글라스를 썼다. 껌을 짝짝 씹고 있는 여자는 매서운 눈초리로 손가락질하며 남자에게 뭔가 말하고 있었다.

"이상한 것들이 귀찮게 하네요."

나쓰미는 어제까지의 그녀와는 같은 인물이라고 생각할 수 없을 만큼 침착한 말투였다. 사키 역시 마음의 동요는 없었다.

한동안 그대로 달리자 뒤에서 다시 경적을 울리더니 전조등을 요란하게 깜빡거렸다. 차간 거리도 좁아졌다.

"그냥 추월하고 싶은 거겠지." 사키는 다시 앞을 보았다. "왼쪽으로 붙어서 앞질러 가게 하자."

"그러죠 뭐."

나쓰미는 비상등을 켜고 왼쪽으로 붙어 차를 세웠다.

흰 차가 옆에 나란히 차를 세우더니 선팅한 창문을 내렸다.

"앞에서 꾸물대지 마, 이 굼벵아!"

남자가 소리를 질렀다. 여자도 공격적인 표정으로 노려보고 있다. 사키와 나쓰미는 아무런 대꾸도 없이 쳐다보았다. 여자가 씹고 있던 껌을 퉤 하고 뱉었다.

달려나가는 흰 차를 바라보다 그 모습이 사라지자 나쓰미는 "정말 같잖은 것들이네" 하더니 다시 차를 출발시켰다.

사키는 그 인간들에게 불행이 찾아오기를 마음속으로 세 번 빌었다. 하는 김에 주술처럼 양 눈썹을 손가락으로 쓰다듬었다.

한동안 달리자 전망대가 보였다. 차 몇 대 세울 만한 주차장이 있었고, 그곳에 아까 본 흰 차가 있었다. 어쩐지 차는 한쪽으로 기우뚱 쏠려 있었다.

서 있던 금발 남자가 이쪽을 알아보고는 멋쩍게 웃으며 손을 흔들었다. 잘 보니 흰 차는 주차장 구석의 도랑에 왼쪽 앞바퀴와 뒷바퀴 모두 완전히 빠져 있었다. 여자는 전망대 벤치에 앉아 언짢은 듯 팔짱에 다리를 꼬고 있었다.

나쓰미는 주차장에 들어가기 직전에 정지해 "맙소사" 하고 중얼거렸다. "제가 저 녀석들에게 천벌을 내려달라고 마음속으로 기도했거든요. 근데 진짜 그렇게 됐네요."

"정말? 나도 그랬어."

두 사람은 서로의 얼굴을 물끄러미 바라보았다.

금발 머리 남자가 다가왔다. 벤치에 앉아 있던 여자는 이쪽을 한번 힐끔 쳐다보더니 홱 고개를 돌렸다.

나쓰미가 말했다. "어쩌죠? 전 이딴 녀석들 태우고 싶지 않은데."

"나한테 맡겨."

사키가 조수석 창문을 내리자 남자가 그쪽으로 다가왔다. 길게 기른 구레나룻에 아랫입술 밑에만 수염이 나 있다. 선글라스를 머리에 걸친 채 멋쩍은지 괜히 손바닥을 탁탁 마주친다.

"아깐 미안했어요, 누님들." 남자는 경차 지붕 위에 손을 걸

쳤다. "바퀴가 빠져서 긴급 출동 서비스를 부르려고 하는데, 여긴 신호가 잘 안 터지네."

"……."

사키는 말없이 차가운 눈빛으로 쳐다보았다.

"미안한데 중간까지만 좀 태워줘."

사키가 여전히 말없이 쳐다보자 남자는 짜증이 났는지 다그치듯 말했다. "에이, 그 정도는 괜찮잖아?"

"당신들 태워줄 생각 없는데요?" 사키는 단호하게 말했다. "그 대신 우리가 연락해줄 테니, 여기서 기다려요."

남자는 불만스러운 표정이었으나 "그래, 그 대신 좀 빨리 해줘요"라며 지붕에서 손을 뗐다.

경차는 주차장 안에서 차를 돌려 왔던 길로 되돌아갔다.

"사키 씨, 연락할까요?"

"쟤네들에게 득이 되는 일이 뭘까?"

"흐음."

"역시 그거야. 남한테 민폐를 끼치면 어떻게 되는지 제대로 보여주는 게 저 두 사람을 위한 거지. 내버려 둔다고 죽는 것도 아니고."

나쓰미가 "아하하하" 하고 요란하게 웃었다. "사키 씨, 존경스러워요."

그 뒤 사키와 나쓰미는 어두워질 때까지 드라이브를 계속했다. 아파트로 돌아와 나쓰미네 집에서 저녁으로 피자를 시켜 먹고 맥주를 마셨다. 맥주를 마시며 두 사람은 직장에서도 자신들의 변신을 주위에 알리자고 약속했고, 어기면 엉덩이를 걷어차여도 군말하지 않기로 했다.

월요일, 사키는 자명종 시계를 끄고 이불에서 벌떡 일어나 세면대 앞에 서서 먼저 족집게로 눈썹을 손질했다. 이어서 세안, 화장. 거울을 보며, 나는 달라졌어, 다른 사람이 된 것처럼 연기할 수 있고, 그건 사실 단순히 다른 사람이 아니라 또 다른 나이기도 하다며 마음속에서 주문처럼 자기암시를 걸었다.

사놓고도 너무 차려입는 것 같아 쑥스러워서 자주 입지 못했던 진회색 바지 정장을 입었다. 안에는 브이넥 셔츠블라우스. 전신 거울에 비춰보고는 "좋아" 하고 마음을 다잡았다.

문을 열고 밖으로 나갔다. 하늘은 어제와 마찬가지로 흐렸지만 울적한 기분 따윈 느껴지지 않았다. 나쓰미는 사키보다 출근 시간이 빠른지 아침에 마주친 적은 없다. 한발 먼저 그 야무진 눈썹으로 씩씩하게 직장에 갔으리라.

늘 다니던 출퇴근길을 걸어서 역 승강장의 같은 위치에서 열차를 탔다. 서로 말한 적은 없지만 통근 시간에 마주치는 사람

중 몇몇이 알아봤는지 힐끔힐끔 쳐다보는 시선이 느껴진다. 역에서 나와 도시나미 학원으로 향하고 있을 때도 마찬가지였다. 사키는 일일이 상대를 쳐다보지 않고 무시하듯 어깨에 힘을 빼고 걸었다.

총무과에 들어가 "안녕하세요"라고 인사를 건네자, 먼저 와 있던 후배 이케시타 하루미가 입을 쩍 벌렸다.

"……어떻게 된 거예요, 스가와 씨?"

"뭐가요?"

"아니…… 얼굴이 딴사람 같아서……."

"그래요? 따뜻한 물은?"

"아, 끓이고 있어요."

"고마워요."

이케시타 하루미는 하고 싶은 말과 물어보고 싶은 말이 산더미 같은 표정이었지만, 무엇을 어떻게 물어야 할지 모르겠다는 듯 결국 잠자코 있었다.

출근한 다른 직원들과 상사들도 사키를 보자마자 하나같이 눈이 휘둥그레졌다. 이케시타 하루미와 마찬가지로 "무슨 일 있어요?"라고 묻는 사람, "분위기가 확 바뀌었네요"라는 사람도 있었지만 사키는 그저 "그래요?"라고만 대답했다. 그리고 냉랭한 표정으로 "그래요?"라는 대답을 들은 상대는 다들 할 말을 잃고 무안한 듯 자리를 떴다.

업무 시작을 알리는 벨 소리가 울리자 니시야마 과장과 이노구치 계장이 필기도구를 들고 사무실을 나갔다. 매주 월요일 아침은 부과장 회의가 있다. 명칭은 부과장 회의지만 계장 직급도 포함된다.

30여 분 후 회의를 마치고 돌아온 니시야마 과장이 "스가와 씨" 하고 불렀다. "네" 하고 책상 앞으로 다가가자 니시야마 과장은 서류를 내밀었다. "이거 부탁하네."

또 이사회 회의록 작성인 듯하다. 니시야마 과장이 직접 항목별로 쓴 메모를 바탕으로 그럴싸한 회의록을 만드는 일이다. 실제로는 열리지도 않은 이사회 회의록.

평소 같으면 기계적으로 받아 들고 자리로 돌아갔겠지만, 사키는 서류를 받아 들고는 다른 직원들에게 다 들리도록 말했다. "이게 뭡니까?"

"지금 몰라서 물어?" 니시야마 과장은 순간 험악한 표정을 지었다. "회의록 만들라고. 늘 하던 일이잖아."

"이 안에 있는 이건 뭔가요? 1억 엔이 넘는 부동산을 이사회와 상의도 없이 멋대로 사들이는 겁니까?"

"뭐야?" 니시야마 과장은 금세 얼굴을 붉히더니 "잠깐 이리 와봐" 하며 바로 메모를 빼앗아 사무실을 나갔다.

뒤따라 복도로 나가자 뒤에서 인기척이 느껴졌다. 이노구치 계장이 따라온 것을 알고는 굳이 뒤돌아보지 않았다. 작은 회의실에 들어가 긴 책상을 사이에 두고 니시야마 과장, 이노구치 계장과 마주 앉았다.

"자네, 어디 머리라도 부딪쳤나?" 니시야마 과장이 표독스러운 표정과 말투로 말했다. "갑자기 평소랑 다른 화장에 옷차림으로 출근하더니만 다짜고짜 반항하는 태도라니. 여자 주인공이 활약하는 황당무계한 영화라도 보고 감동한 거야, 어?"

사키는 니시야마 과장을 노려보았다. 사키의 감정은 침착하고 냉정했다.

"이 이상 부정행위에 협조할 수는 없습니다."

니시야마 과장은 한동안 노려보더니 "흥" 하고 비웃는 표정을 지었다. "건방지네, 일개 직원 주제에."

"학교 법인 도시나미 학원은 최고 결정 기관인 이사회에서 중요한 일을 결정하게 돼 있습니다. 이사장이 뭐든지 결정해도 되는 곳이 아닙니다. 실제로는 이사회가 열리지도 않았는데, 열린 것처럼 꾸미고 이사장 마음대로 하는 건 범죄 행위입니다. 그런 일에 이 이상 가담하는 건 거부하겠습니다."

"소속장인 나에게는 직무 명령에 따르지 않는 부하를 해고할 권리가 있어." 니시야마 과장은 거기서 일단 말을 끊더니 사키를 노려보았다. "지금 당장 생각을 고쳐먹고 머리 식힌 다음, 평소대로 업무를 본다면 이번만은 봐주지. 두 번 다시 같은 말은 하지 않겠네."

이노구치 계장 쪽을 돌아보니 명상하듯 눈을 감은 채 팔짱을 끼고 있다. 말하자면 이 남자는 평소에는 고압적이고 거만한 주제에 비상사태가 되면 이렇게 보고도 못 본 척, 못 들은 척, 상관없는 척 도망치는 인간이다.

해고 따위 무섭지 않았다. 무슨 일을 해서라도 살아가겠어. 자존심이야말로 삶의 에너지다. 그 에너지를 잃으니 내가 먼저 그만두겠어. 지금까지 무슨 미련이 있어 이런 직장에 매달리고 있었는지 나 자신도 이해하기 힘들 지경이다.

"위법한 명령은 직무 명령이 아닙니다. 저를 해고하시겠다면 지금까지 제가 알고 있는 부정행위를 전부 공개하겠습니다."

"……뭐라고?"

니시야마 과장의 얼굴이 다시 붉으락푸르락 달아오르기 시작했다.

"학교 법인 도시나미 학원을 건전한 상태로 되돌리기 위해 이사장은 사임해야 합니다."

"계장! 이 정신 나간 여자 좀 어떻게 해봐!" 니시야마 과장은 거칠게 소리치며 긴 책상을 손바닥으로 쾅 내리쳤다. "흥분해서 제정신이 아닌 놈하고 무슨 대화가 되겠어. 진정시키고 나서 자네가 얘기 좀 해 봐."

"흥분한 사람은 과장님 아니신가요?"

"닥쳐!" 니시야마 과장이 벌떡 자리에서 일어났다. 그 바람에 의자가 뒤로 넘어졌다. "무슨 속셈인지는 모르겠지만, 기회는 두 번 다시 오지 않아. 10분 뒤에 다시 오겠어. 그때까지 머리 좀 식히고 잘 생각해."

니시야마 과장은 그렇게 말하더니 회의실 문을 열었다. 있는 힘껏 문을 닫으려 했으나 천천히 닫히는 유압식 문이라서 쓸데없이 힘만 쓴 꼴이 되었다.

이노구치 계장과 단둘이 되었다. 잠시 후 이노구치 계장이 눈을 뜨고 팔짱을 풀었다.

"주말 동안 자네 무슨 일 있었나?"

이노구치 계장의 시선이 슬슬 눈치를 살피는 분위기로 바뀌었다.

"누구나 마음에 쌓아둔 것들 때문에 갑자기 변하기도 하죠." 사키는 조용히 입을 열었다. "얌전했던 사람이 벌컥 화내기도 하고, 멀쩡했던 사람이 자살하기도 하고, 소심하던 사람이 갑자기 밝아지기도 하고, 저마다 다르겠지만 어떤 계기로 변할 때가 있어요. 겉으로 봐서는 알 수 없어도, 자신도 모르는 사이에 한계에 도달하면 극적으로 변할 때가 있다는 말씀입니다."

"자네 마음속에도 뭔가가 쌓이고 쌓여서 마침내 변했다는 건가." 이노구치 계장은 어색한 쓴웃음을 짓고는 작게 고개를 저었다. "알 듯하면서도 잘 모르겠지만…… 하나는 말할 수 있네."

그게 뭔데요? 하는 눈빛으로 되물었다.

"나에게는 바로 지금이 인생의 분기점인 듯하네."

"……."

"이사장은 도시나미 학원의 자금으로 땅을 사들여 호토쿠 케미컬이라는 화학약품 처리 회사에서 사용하게 하려는 게 목적이야."

"아까 과장님 메모에 있는 그 땅 말인가요?"

"그래. 이사장은 호토쿠 케미컬의 임원이기도 해. 그 호토쿠 케미컬에 싸게 땅을 빌려주고 리베이트를 챙기려는 속셈이지."

이노구치 계장은 일단 말을 끊고 나서 한숨을 내쉬었다.

"난 왜 이런 말을 떠들어대고 있는 걸까…… 또 다른 내가 멋대로 떠드는 것 같네." 이노구치 계장은 희미하게 쓴웃음을 지으며 고개를 갸웃거렸다. "뭐 아무튼 말이지. 너무 오글거리는 말은 피하고 싶지만…… 자네의 다부진 눈빛 덕분에 한 번 부딪혀볼 용기가 좀 났다고 할까."

눈빛이 아니라 눈썹의 힘. 눈썹이 눈빛에 힘을 실어준 거예요. 사키는 마음속으로 그 말을 정정했다.

"그러면 제 편이 돼 주실 건가요?"

"일개 직원인 자네가 부정에 맞서고 있는데, 내가 모른 척하면 앞으로 평생 꿈자리가 사나울 거야. 매일 밤 자네의 그 눈빛에 시달릴 생각을 하면 정말 끔찍하지."

사키는 이노구치 계장이 아들에게 쓰다 만 편지가 떠올랐다. 이 사람은 이 사람대로 아들에게 설교해놓고 나는 뭔가 하는 갈등을 겪은 듯하다.

"계장님, 해고될 수도 있어요."

"그니까 그렇게 되지 않도록 손을 써야지. 이사회 회의록 자료, 복사해놨나?"

"아뇨."

"그럼 안 되지. 그런 건 선전포고하기 전에 해둬야 해."

그러고 보니 그렇다. 애초에 작전도 세우지 않았다.

"좋아. 그건 내가 하지." 이노구치 계장은 자리에 앉은 채 자세를 바로잡았다. "그리고 아군을 늘려야지. 직원은 물론 이사장의 꼭두각시가 아닌 이사부터 차례로 접촉해 이사장 해임에 동참하도록 설득하자고."

"변호사와도 상담해두는 게 좋겠네요."

"아, 그래. 앞으로 쉽지 않을 거야. 적은 강해. 우리가 지쳐서 나가떨어질 수도 있어. 마음 단단히 먹으라고."

사키는 싱긋 웃으며 아이를 타이르듯 말했다. "걱정하지 마세요. 제가 있으니까."

이노구치 계장은 웃지도 않고 최면술에라도 걸린 듯 한 점을 응시하며 순순히 고개를 끄덕였다.

그 눈은 사키의 눈썹에 포박당하듯 빨려 들어가고 있었다.

야쿠자의 기억상실

몸을 가늘게 떨면서 나는 눈을 떴다.

어디선가 새가 지저귀고 있다. 잔뜩 찌푸린 하늘. 바람은 없지만 몸을 움츠러들게 하는 냉기가 고여 있다. 머리가 무거웠다. 지금 왜 여기에 있는지 잘 모르겠다. 꿈인지 생시인지 잠시 생각하다가 현실 같다고 판단했다.

윗몸을 일으켜 세우고 보니, 나는 가랑잎 속에 쓰러져 있었다. 한기에 다시 한번 몸이 부르르 떨렸다. 내쉬는 숨이 하얘질 정도는 아니지만, 이런 곳에서 계속 정신을 잃은 채로 있다가는 목숨이 위태로울 듯싶다.

왼쪽에는 붉은 흙이 드러난 낭떠러지 같은 가파른 비탈이 바로 앞에 있다. 오른쪽에는 경사가 완만한 내리막으로, 나무들이 우거져 어둡고 시야가 좋지 않다.

몸 어딘가에 이상은 없는지 확인해보기로 했다. 오른쪽 팔꿈치, 오른쪽 무릎, 목 주변에 통증이 있었지만, 타박상 정도이고 뼈가 부러지거나 하지는 않은 듯했다. 손바닥을 보니 흰색 목장갑을 끼고 있고, 손등에는 몇 군데 적갈색 피가 배어 있다.

목장갑을 벗어보니 작게 베인 상처가 몇 군데 나 있었다. 상처는 생긴 지 얼마 안 돼 딱지가 앉지는 않았다. 그렇다면 정신을 잃고 의식을 찾기까지 오래 걸리지 않았다는 의미인가.

머리에는 상처가 없는 듯했다. 그러나 얼굴을 이리저리 만져보니 몇 군데 긁힌 상처가 있는 듯했다.

나는 검정 바탕에 금색 줄이 들어간 바람막이를 위아래로 입고 있었다. 여기저기 붉은 흙이 묻어 있었지만 그리 더러워지진 않았다.

나는 일어서서 주위를 둘러보았다. 산비탈 같았다. 길이 보이지 않는다. 시간을 확인하려 했지만 손목시계를 차고 있지 않았고, 해가 저물어갈 무렵이라는 것만 알 수 있었다. 몸에 묻은 붉은 흙. 한동안 정신을 잃었다는 점. 아무래도 눈앞의 이 가파른 비탈에서 굴러떨어지면서 의식을 잃은 것 같았다.

내가 이해할 수 있는 건 기껏해야 그 정도였다.

왜 이런 곳에서 굴러떨어졌을까?

여기에 뭘 하러 온 걸까?

중요한 것들이 전혀 생각나지 않았다.

그뿐만이 아니었다. 나는 내가 누구인지 모른다. 이름을 기억해내려 해도 아무것도 기억나지 않는다. 내가 남자이며, 어린아이도 아니고 젊은이라 불릴 나이도 이미 지난 건 알겠는데, 어디 사는 누구이고, 어떤 인간인지는 전혀 모르겠다.

머리가 혼란스러워졌다. 하지만 먼저 이 추위를 벗어나고픈 마음이 앞섰다. 나는 주위를 둘러보고는 앞으로 갈 수 있을 법한 방향을 선택하며 걷기 시작했다. 머리가 묵직해서 이것저것 생각할 겨를이 없었다.

오른쪽 무릎 부위가 조금 아파서 그쪽에 체중이 실리지 않도록 걸었다. 한동안 헤맨 끝에 좁은 산길로 나올 수 있었다. 그다음부터는 아래쪽으로 걸었다. 몸을 움직이는 동안 추위는 가셨지만, 이번에는 허기가 찾아왔다.

좁은 길이 갑자기 끊기더니 콘크리트 계단이 나타났다. 계단을 몇 개 내려가니 아스팔트 포장도로였다. 포장도로에 들어서니 가드레일 건너편 산기슭에 마을이 보였다. 빌딩과 민가가 의외로 가깝게 보인다.

안심이 되는 한편 내가 누구인지 모른다는 사실이 다시 떠올랐다. 여전히 머리는 무거웠지만 초조함이 몰려와 생각해야만

했다.

나는 도로를 내려가면서 소지품을 다시 살펴보았다. 바람막이 주머니에 만 엔짜리 지폐가 두 장, 천 엔짜리 지폐 세 장, 그 밖에 동전이 6백 엔 정도 들어 있다. 소지품은 그뿐이었고, 신분을 알 만한 물건은 전혀 없었다. 왜 그런지는 물론 모른다.

그리고 몸의 일부에 이상이 있다는 것도 알게 되었다. 왼손 새끼손가락의 첫 번째 마디가 없었다. 손톱이 없는 짧은 새끼손가락은 반들반들한 것이 상당히 오래전부터 이런 상태임을 알 수 있었다. 하지만 어째서 손가락 끝이 없는지 전혀 짐작이 가지 않는다. 결국 기억을 잃은 상태라고 이해할 수밖에 없었다.

그런데 어떻게 된 일일까? 나에 대해서는 전혀 모르겠는데, 그 외의 지식은 온전히 남아 있는 듯하다. 기억상실이란 그런 것일까?

뒤에서 짧게 두 번 경적이 울렸다. 뒤를 돌아보자 소형 트럭이 다가와 옆에서 멈춰서더니 창문이 내려갔다. 작업복을 입은 초로의 남자가 물었다.

"어디 다쳤소? 다리를 저는 것 같던데……."

"아…… 네. 혼자서 산길을 걷다 넘어져서."

"이 시간에?" 상대는 어이없다는 표정이다. "당신, 이 동네 사람이 아니구먼."

"아, 뭐……."

"이 산은 길을 잃으면 큰일 날 수 있으니 조심해야 해. 초보자가 하이킹하는 기분으로 올라갈 만한 곳이 아니라고."

"……그러게요."

"괜찮다면 차에 타요. 갈 수 있는 데까지 태워다줄 테니."

나는 고맙다고 하고는 조수석에 올라탔다. 이때 나는 내가 하는 말이 표준어 억양임을 알았다.

JR선 역 앞에서 나는 고맙다고 손을 흔들며 트럭 주인과 헤어졌다. 트럭 주인은 나에게 "무슨 일을 하시오?"라고 물었지만, 실직 상태라고 대답하자 괜한 질문을 했다고 생각했는지 그 뒤로는 거의 아무것도 묻지 않았다. 덕분에 어디서 왔는지, 누구인지 지어낼 필요가 없었다.

역 이름을 보고 수도권의 지방 도시 외곽에 있는 동네임을 알았지만, 내 기억과 연결 지을 만한 자극은 아무것도 얻지 못했다. 이 지역이 나에게 익숙한 장소인지도 전혀 모르겠다.

역 바로 옆에 파출소가 있었다. 나는 망설이다가 왠지 꺼림칙한 직감을 우선하기로 하고, 역 앞 슈퍼로 발걸음을 옮겼다. 슈퍼 화장실 세면대에서 거울을 보았다. 내 나이는 서른을 좀 넘은 듯하다. 처음 보는 얼굴 같으면서도 낯익은 얼굴 같기도 했다. 늠름하다면 늠름하게 생긴 얼굴이기는 한데, 어딘지 모르게 불안한 느낌도 든다. 뺨과 이마, 턱 주변에 작게 긁힌 상처가 나 있다.

길지도 짧지도 않은 머리는 마구 헝클어져 있어서, 물 묻힌 손가락으로 비스듬히 넘겨 매만졌다.

화장실 휴지를 물에 적셔 바람막이에 묻은 붉은 흙을 닦아냈다. 슈퍼에서 나오니 이미 날은 저물었다. 일단 오늘은 어딘가 잠잘 곳을 찾아야겠다고 생각했으나, 이 근처에 머무는 건 위험할 듯싶었다. 어떤 문제에 휘말려 산속에서 기억을 잃었다면, 누군가가 지금도 나를 노리고 있을지 모른다. 지나친 생각일 수도 있지만 조심해서 나쁠 건 없다.

나는 20여 분간 JR 열차에 몸을 싣고 현(縣) 내 다른 도시로 이동했다. 역 앞에 빌딩이 몇 개 늘어서 있는 아담한 도시였다. 현 중심부를 피해 이 동네를 택한 이유는 적에게 (있다는 가정하에) 발견되기 어려울 것이라는 생각에서였다.

먼저 배를 채워야 한다. 나는 역 뒷골목에 있는 우동 가게에 들어가 냄비우동 정식을 먹었다. 배가 따뜻해지자 차갑게 굳었던 몸 마디마디가 이완된다. 몸이 이완되니 마음도 편안해진다. 나는 의식을 찾은 뒤 지금까지 몹시 긴장 상태였던 모양이다.

경찰에게 가면 금세 신원을 알 수 있을지도 모른다. 그러나 경찰에게 신원이 알려지는 것이 나에게 과연 좋은 일일까? 아까 파출소에 갔을 때, 순간 머릿속에서 경고음이 울린 느낌이었다.

얼마 안 되는 소지금만 지닌 남자가 무슨 일인지 산속에 있었다. 기억을 잃을 만한 사건에 휘말렸다. 왼손 새끼손가락의 첫마디가 없다.

이러한 정황상 도출해낼 수 있는 걸 막연하게나마 느꼈기에 파출소에 가지 않았다. 산속에 있던 건 나름의 사정이 있어서는 아닐까? 적이 목숨을 노렸거나 경찰에게 쫓겨 도망치고 있다거나. 그리고 실족하면서 머리를 부딪쳐 기억을 잃은 것 아닐까? 구체적인 사실에서 도출해낼 수 있는 추리는 그런 내용이었다.

자신이 '그런 세계'의 인간이었을 가능성에 대해서는 전혀 실감이 나지 않는다. 하지만 내 이름이나 과거조차 알 수 없으니 부정할 수도 없다.

아무튼 오늘은 따뜻한 곳에서 자면서 체력을 회복해야 한다. 우동 가게에서 전화번호부와 펜을 빌려 현 내의 적당한 지명과 주소, 전화번호를 손바닥에 적어두었다. 이때 나는 내가 악필이라는 걸 알았다.

드러그스토어에 들러 두통약을 샀다. 다양한 생활용품도 판

매하는 곳이어서 새 속옷과 양말도 샀다. 가진 돈이 넉넉한 편
은 아니었기 때문에 저렴한 비즈니스호텔을 찾았다. 호텔을 찾
으며 등 뒤와 주변을 살폈지만, 누군가가 미행하거나 감시하는
기색은 없어 보였다.

역에서 조금 떨어진 인적이 드문 곳에 자리한 비즈니스호텔
에 들어갔다. 예약하지 않으면 선지급해야 한다는 말에 방값을
치렀다. 이름과 주소를 작성하라는 요구에 요네바라 가즈히코
라는 가명과 함께 전화번호부에서 알아낸 주소와 전화번호를
일부 변조해서 적었다.

방에 들어가 옷을 벗어보니 오른쪽 넓적다리 바깥쪽과 무릎
언저리 그리고 오른쪽 팔꿈치와 팔뚝 부분에 피멍이 들어 온통
푸르스름한 자주색을 띠고 있었다.

몸에 문신은 없었지만 총상으로 추정되는 동그란 상처 자국
이 왼쪽 팔뚝에 있었다. 체격은 보통 몸집에 보통 키. 딱히 단련
된 몸은 아니지만 운동 부족이라 할 만한 몸도 아니다.

붙박이 욕실은 안이 전체적으로 누렇게 변해 있었지만, 온수
샤워는 더할 나위 없는 평온함을 안겨주었다. 나는 몇 번이고
한숨을 내쉬고는 입에 머금은 물을 뱉어냈다.

두통약을 먹고 한 시간 이상 지나도록 무거운 머리가 가라앉
지 않았다. 하지만 적어도 잠을 촉진하는 효과는 있는 듯했다.

이튿날 아침, 나는 체크아웃 시간이 임박했다는 내선 전화 소리에 잠이 깼다.

프런트에서 도서관이 어디에 있는지 물어보니, 걸어갈 수 있는 거리여서 그쪽으로 향했다. 하늘은 오늘도 흐렸고, 오가는 사람들 모두 몸을 움츠린 채 걷고 있었다.

나는 어젯밤과 마찬가지로 등 뒤와 주변 경계를 소홀히 하지 않도록 주의했다. 잠을 푹 자서인지 몸 마디마디의 통증은 신경 쓰이지 않을 만큼 좋아졌다.

도서관에서 정신의학 전문서가 진열된 서가를 찾아 기억상실에 대해 조사해 보았다. 먼저 자신이 처한 상황을 이해하고 나서, 그다음에 무엇을 해야 할지 생각해보기로 했기 때문이다.

1시간이 좀 안 돼 어느 정도의 지식은 얻을 수 있었다.

기억상실이라는 말은 대중적으로 부르는 명칭이며, 전문적으로는 역행성 건망증이라고 한다. 요컨대 과거 일정 기간의 기억을 잃는 증상이다. 좀 더 자세히 설명하자면, 범죄, 재해, 질병, 사고 등의 충격으로 의식 장애에 빠진 뒤 몇 시간에서 몇 주에 걸쳐 기억을 잃는 상태다. 기억이 사라지는 건 당사자의 과거 생활사뿐이며 일반적인 지식은 남아 있다. 따라서 쇼핑이나 표를 사서 열차를 타는 일 같은 일상생활은 문제없이 해낼 수 있다. 해마라는 뇌 일부가 생활사를 기억하는 역할을 담당하는데, 이 해마가 정상적으로 기능하지 않으면 기억상실에 빠진다고 한다.

생활사 전부를 기억하지 못하는 증상을 특히 전건망(全健忘)이라고 하며, 과거 어느 특정 인물이나 특정 상황에 관한 기억만 돌아오지 않는 것을 부분 건망이라 한다. 나 같은 경우 전자이리라.

원인으로는 심인성(心因性)인 경우와 뇌 일부 손상 등 기질성(器質性)인 경우가 있다. 전자는 마음의 상처에 대한 방어 반응으로 의식 일부가 해리돼 다른 인격이 되는 해리성 정체성 장애 등이 있으며, 후자는 두부 타박상 등이 원인이다. 나 같은 경우, 산비탈에서 굴러떨어질 때 머리를 부딪쳐 이렇게 된 거라면 기질성 전건망으로 볼 수 있지만, 실제로 어떤 일이 있었는지는 명확하지 않다. 어떤 견디기 힘든 정신적 충격을 받아 마음이 그것에 강한 방어 반응을 일으켜 기억을 잃었다면 심인성 전건망이다.

치료법에 대해서는 뚜렷한 답을 찾을 수 없었다. 눈에 띄는 설명으로는, 의사에게 맡긴다고 해서 반드시 낫는 종류의 질환이 아니며, 부분적 증상에 대해서는 약물 치료가 효과적인 경우도 있다는 정도였다. 전문가들이 치료에서 중점을 두는 부분은 기억을 되찾는 일 자체보다는 환자의 고통을 덜기 위해 주위에서 증상을 이해하고 대응함으로써 문제를 방지하는 일인 듯했다.

요컨대 나는 과거의 생활사 기억을 전부 잃은 전건망 상태이고, 원인이 명확하지 않아 언제 기억이 돌아올지도 알 수 없는 상황에 놓인 것이다. 그러나 몇 주 이내에 기억이 돌아온 사례가 많다고 하니, 희망이 남아 있었다.

자, 이제 앞으로 어떻게 해야 할까. 나는 도서관 안에 있는 소파에 몸을 파묻고 생각에 잠겼다.

우선 먹고 살기 위해 일거리를 찾자는 당연한 결론에 도달했다. 욕심만 부리지 않는다면, 숙식을 제공하는 일자리 한두 개쯤은 찾을 수 있을 터이다. 물론 그러기 위해서는 가짜 이력서를 만들어 이름과 주소를 정해두는 등 어느 정도 자기 이력을 만들어둬야 한다.

가까운 패스트푸드점에서 아침 겸 점심을 먹은 뒤 나는 역을 기점으로 그 주변을 걸어보았다. 기억을 잃었다고는 해도 생활사 이외의 지식이 어느 정도인지 알아낸다면, 어떤 일자리를 구해야 할지 방향을 정할 수 있을 것 같아서였다. 이를테면, 차도를 보면 다양한 차들이 달리고 있다. 나는 일반 승용차 운전은 문제없이 할 수 있다는 자신감이 있으니 보통면허는 가지고 있는 듯하다. 하지만 대형 트럭을 운전하라고 한다면 힘들 듯

싶다. 이런 사실로 보아 대형면허는 없으며, 트럭을 운전한 경험도 없음을 알 수 있다. 또 자동차의 상세한 구조도 머릿속에 떠오르지 않는다는 건 자동차 수리나 차량 판매 일도 한 적이 없다는 의미 아닐까?

이런 식으로 거리를 걸으며 자신의 지식 수준을 탐지해간다면, 일자리뿐 아니라 상황에 따라서는 자신이 어떤 인간이었는지 상당 부분 추측할 수 있을지도 모른다.

나는 자기 발견이라는 흥미에 이끌려 거리를 거닐었다. 등 뒤와 주변에 늘 주의를 기울이면서.

도로 건너편에 파친코 가게가 있다. 파친코 하는 방법 정도는 알고 있지만 읽는 법까지는 모른다. 요컨대 나는 파친코를 잘 알지는 못한다, 파친코 가게 운영자나 전문가는 아니라는 말이다.

음식점. 주방일에 대한 지식은 없다. 치과의사. 감도 오지 않는다. 악기점. 역시 전혀 마음에 걸리는 바 없음.

철거된 건물. 유압식 굴착기가 폐자재를 들어 올려 덤프트럭에 싣고 있다. 그 맞은편에는 적하기가 정차돼 있다. 나는 발걸음을 멈췄다.

일반인은 잘 모르는 이름 아닌가? 굴착기나 트럭 정도라면 모를까, 적하기를 아는 사람이 얼마나 될까?

뭔가 나와 관련된 요소가 여기에 있다는 느낌이 들었다.

이를테면 폐기물 처리업에 종사하는 사람은 아니었을까?

하지만 그 기억을 더듬으려 하자 머릿속에 안개가 낀 듯 뿌예졌다. 마치 무언가가 기억을 파헤치려는 걸 방해하는 듯했다.

지식 중에서도 일상생활과 밀접한 지식은 기억해내지 못하는 걸까?

그 뒤에도 한동안 여기저기 다녀 봤으나, 무엇을 봐도 자기 발견은커녕 어떤 일자리를 찾아야 하는지 그 방향조차 잡을 수 없었다. 뭔가 있다고 느낀 건 철거된 건물의 폐자재를 봤을 때 정도다. 하지만 그것을 단서로 기억을 더듬으려 하면, 오히려 머리가 혼란스러워져 종잡을 수가 없다.

나는 계획을 바꿔 가장 가까운 서점에서 구인 잡지를 살펴보았다. 조건은 잠자리 제공에, 가능하면 일당으로 보수를 받는 일이다. 자기 발견도 중요하지만, 오늘내일 잠자리와 끼니를 해결해야 한다.

파친코 홀 담당, 건설 현장, 유흥업소, 건강식품 외판원 등 기숙사에 입사할 수 있는 일자리가 몇 개 있었지만, 일당으로 보수를 주는 곳은 찾을 수 없었다. 그러나 서로 합의하면 일부 선지급을 해주는 곳이 있을지도 모른다.

나는 구인 잡지를 사서 공중전화를 찾아보았다. 다소 시간이

걸렸지만 주민센터 앞에서 발견했다.

여기저기 전화를 걸어 임금 지급 조건을 문의하다가 일당제로 지급해준다는 하수도 배관공사 업체를 찾았다. 업무는 일반 가정의 하수도 공사 보조. 현재 시내에서 하수도 정비사업이 진행 중인데, 일손이 부족해 경험 유무를 따지지 않고 사람을 구하고 있었다. 평상복 차림도 좋으니 오후 세 시쯤 면접에 와달라고 한다.

하늘이 돕는다는 말이 이런 건가 싶었다. 나는 "감사합니다. 그럼 이따 뵙겠습니다"라고 바로 대답한 뒤 수화기를 내려놓았다.

오후 3시까지는 아직 시간이 남아서, 이발 정도는 해두자고 생각했다. 정장을 살 만큼의 여유는 없지만 적어도 몸가짐이라도 단정히 하고 싶다.

금세 이발소를 발견한 나는 문을 밀고 들어갔다.

"어서 오세요." 웃는 얼굴로 맞이해준 사람은 20대 후반에서 30대 초반으로 보이는 작은 몸집의 여자였다. 이 여자 이발사 혼자서 운영하는 가게인 듯했다. 다른 손님은 없었고, 거울 옆에 놓인 작은 평면 TV에서는 살짝 작은 음량으로 요리 방송이 나오고 있었다.

세 자리 중 가운데 자리로 안내받아 의자에 앉았다. 가게 안은 난방이 잘 안 되는 것 같아 바람막이는 그대로 입고 있었다.

"손님, 처음 오신 분이죠?"

거울 너머로 웃으며 묻기에 "네" 하고 고개를 끄덕였다.

"이 근처에 사세요?"

"아. 아뇨……. 이쪽에 볼일이 있어서."

"그러시구나. 얼굴을 좀 다치셨나 봐요."

"아, 네……. 산에서 넘어져서."

"어머나. 크게 다치지 않으셔서 다행이네요. 머리는 어떻게 해드릴까요?"

"적당히 다듬어주세요."

"면도도 해드릴까요?"

"네."

이발사는 우선 머리를 감긴 뒤 "수염을 먼저 깎겠습니다. 상처 난 곳은 조심해서 면도할게요"라고 하더니 의자를 눕혔다. 따뜻한 수건이 얼굴을 덮고 있는 동안 기분 좋은 안도감에 갑자기 졸음이 쏟아졌다.

이발사는 수다 떨기를 좋아하는지 면도칼로 수염을 깎으면서 이전에 같이 일하던 남편과 이혼하면서 이 가게를 빼앗았다는 이야기, 남자 손님 중심의 이발소가 신경 쓸 일이 적다는 이야기를 늘어놓았다.

의자를 일으켜 세우더니 이번에는 목과 어깨를 주물렀다. 지압을 받을 때마다 몸의 긴장이 풀려 안도감이 온몸에 퍼져나간다.

이발사는 무슨 말인가를 더 하는 듯했으나 저항하기 힘든 졸음이 쏟아져 그 목소리가 오히려 자장가처럼 들렸고, 에라 모르겠다 싶은 기분이 들었다.

나는 "자, 끝났습니다"라는 목소리에 잠이 깼다.

거울과 마주한 나는 할 말을 잃었다.

어느새 머리카락은 싹둑 잘려나가 있었다. 옆머리는 관자놀이까지 바싹 깎여 있었고, 윗부분도 상당히 짧아져 있었다.

그뿐만이 아니다. 눈썹이 가늘어진 데다, 잘 보니 옆머리가 호랑이나 얼룩말처럼 줄무늬가 생겨 있다. 머리카락이 남아 있는 검은 부분과 면도한 흰 부분으로 인해 줄무늬가 만들어진 것이다.

"이게……."

이게 뭐지.

선수를 치듯 이발사는 거울 너머로 웃었다.

"조금 대범한 스타일도 괜찮다고 하셔서 이렇게 해봤어요. 진짜 잘 어울리세요."

이건 누가 봐도 야쿠자 아닌가. 하지만 당혹스러운 기분이

드는 한편 기묘한 만족감도 느꼈다. 이 기분은 대체 뭘까?

그때 중년 남자 손님이 하나 들어왔다. 순간 경계를 했으나 상대는 나에게 관심이 없어 보였다. 동네 단골손님인지 자치회 회장이 심근경색으로 죽었다는 이야기를 꺼냈고, 이발사는 그 손님에게 누구누구한테서 들었다는 식으로 대답했다.

뭐라고 따질 타이밍을 놓친 난 결국 아무 말 없이 돈을 내고 이발소를 나왔다.

몇 시간 뒤, 나는 아동공원 벤치에 앉아 어찌할 바를 모르고 있었다. 면접 약속을 잡은 하수도 배관공사 업체를 찾아갔더니, 상대는 내 얼굴과 머리 모양을 보고 당황한 기색이었다. 형식 적인 면접은 금세 끝났고, 조만간 채용 여부를 전화로 알려주 겠다고 했다.

어차피 불합격이라는 건 면접한 남자의 태도로 바로 알 수 있었기에, 나는 엉터리 연락처를 알려주고 회사를 나왔다. 전화 로 문의할 때는 일손이 필요해서 바로 채용하고 싶어 하는 분 위기였는데, 조만간 연락을 주겠다고 한 건 분명 떨어졌다는 의미겠지. 그 정도는 누구나 알 수 있다.

이게 다 그 이발사 때문이다. 아무리 그래도 그렇지, 옆머리 를 이렇게 줄무늬로 깎아놓다니 너무 비상식적이다.

그런데 왜 그때 화를 내지 않았을까? 그 웃음에 속았다. 그리고 "정말 잘 어울리세요"라는 아첨에. 잠에서 막 깨어나 머리가 멍한 탓도 있어 당황한 상태에서 그 상황을 받아들인 것이다.

하지만 지금 와서 따진들 머리를 원래대로 되돌려 놓을 수는 없다. 어쩌면 지명수배범일지도 모르는 처지에 말썽을 일으키고 싶지는 않다. 그리고 왠지 모르게 꾸벅꾸벅 조는 상태에서 이발사의 제안에 동의하는 대답을 한 것 같기도 하다.

역시 난 야쿠자였던 것이다. 나는 점점 더 강하게 그것을 사실로 받아들이고 있었다. 이런 머리를 하니 괜히 더 그런 생각이 드는 건 아니다. 분명 그 이발사가 내 분위기나 눈빛을 보고 뭔가 감지한 것이다. 그래서 이런 식으로 나에게 어울리는 머리 모양을 해준 것이다. 야쿠자에게는 야쿠자의 냄새가 난다.

머리 모양은 그렇다 치고 난 앞으로의 일을 생각하기 시작했다. 이러다가는 가진 돈도 곧 바닥이 나 굶주림과 추위로 죽을 가능성도 있다. 어떻게든 해야 한다.

문득 옆에 있는 철망 쓰레기통을 보니 아직 새것 같은 잡지가 들어 있다. 잡지를 주워 길거리에서 백 엔에 팔까. 하지만 고작 그걸로는 굶주림은 피해도 노숙자 생활은 피할 수 없으리라.

휴지통에서 잡지를 꺼내 보았다. 성인잡지. 표지에 광역 조직 폭력배의 후계자 분쟁을 대서특필하고 있다. 잡지를 펼쳐보니 구인 코너가 있다. 무슨 업계지 회사인 듯하다. '기숙사 있음'이라는 글자가 눈에 들어왔다.

이런 잡지에 광고를 내는 업체는 꽤 수상쩍은 곳임을 각오해야 한다. 그러나 지금 내 꼬락서니를 보고 채용해줄 만한 회사는 그런 곳뿐이다.

직종은 '기업 정보지 관련 업무'라고 쓰여 있을 뿐 구체적인 내용은 적혀 있지 않다. '의욕 있고 성실한 남성 구함'이라고 적혀 있지만 나이 제한은 적혀 있지 않다. 회사명은 잇시키 타임즈. 무슨 이유에서인지 주소는 실려 있지 않았고, 연락처로 전화번호만 있다.

역 공중전화로 연락을 했다. "네, 잇시키 타임즈입니다"라는 저음의 남자 목소리. 그 목소리만으로도 역시 제대로 된 업체는 아니다 싶었다. 그러나 잠잘 곳이 있고, 한동안 먹고 살 수 있다면 배부른 소리 할 때가 아니다. 구인 광고를 봤다고 하면서 업무 내용에 관해 물어보았다.

"우리는 기업 정보지입니다. 작은 회사라서 업무는 다양하다고 보면 됩니다. 청소나 배달 심부름, 전화 응대, 한마디로 잡다한 업무를 해줄 사람을 찾고 있죠. 나이가 어떻게 되죠?"

"서른 살입니다."

"아, 그래요."

"근데 고용되면 바로 기숙사에 들어갈 수 있나요?"

"지낼 곳이 마땅치 않은가요?"

"네, 좀……."

"좋아요. 잠자리 제공하죠."

"정말 염치없지만, 일부만이라도 돈을 미리 받을 수 있나요?"

"허……." 상대는 어이없다는 투였다. 하지만 바로 "얼마나요?"라고 물었다.

"최소한의 생활비 정도면 됩니다."

"한마디로 지금 무일푼이라는 건가요?"

"네, 실직 상태라서."

"빚 있어요?"

"아뇨."

"그럼, 사채업자한테 돈을 빌리면 될 텐데?"

"할 수만 있다면 그러고 싶은데, 신분증이 없어서요."

"흐음."

수상하다고 생각하는 건지, 아니면 신원에 대해 크게 신경 쓰지 않는 건지 알 수 없는 대답이었다.

그러나 "뭐 의욕만 있다면 지금이라도 와요. 만나서 얘기를 해봐야 뭘 해도 하는 거니까"라는 말이 이어진 것으로 보아, 상대는 내가 처한 상황에는 별 관심이 없는 듯했다. 주소를 물어

보니 도쿄 도심부에서 조금 떨어진 곳이었다. 여기서 출발하면 JR선을 타든 해서 1시간 이상 걸린다. 나는 "그럼 2시간 안에 가겠습니다"라고 대답했다.

잇시키 타임즈가 입주해 있는 상가 건물은 고속도로변의 크고 작은 빌딩이 밀집해 있는 구역에 있었다. 좁고 긴 5층짜리 건물의 2층이었는데, 간판이 없어 찾는 데 다소 애를 먹었다.

층계참에 인접한 출입구는 묵직해 보이는 철제문이었는데, 열쇠 구멍이 두 개 있었다. 문 위에는 감시 카메라. 잇시키 타임즈라는 이름은 어디에도 보이지 않는다.

초인종을 누르자 인터폰에서 "네"라는 응답이 들려왔다.

"저, 아까 통화한 요네바라라고 합니다. 면접 보러 왔습니다."

잠시 문 앞에서 기다렸다. 감시 카메라로 확인하고 있을 터이다. 잠금장치 두 개가 열리는 소리가 나더니 문이 열렸다. 진회색 정장을 입은 호리호리한 남자가 나타났다. 나이는 나와 비슷한 정도? 넥타이 없이 오픈 칼라 셔츠를 입고 목에는 기다란 금목걸이. 머리는 뒤로 넘겨 매만졌고, 턱 밑에만 수염을 기르고 있다. 누가 봐도 평범한 사람은 아니다.

상대도 나에 대해 그런 인상을 받은 듯했다. 날카로운 눈매로 나를 빤히 노려보며 "자네 야쿠자야?"라고 묻는다. 전화로 이야기할 때와는 말투가 영 딴판이다.

"아닙니다."

상대는 내 대답을 신뢰할 마음이 없는 듯했다. 밖으로 나오더니 등 뒤로 문을 닫았다.

"잠깐 몸수색 좀 하지."

"네⋯⋯."

두 손을 들자 상대는 겨드랑이와 배, 등, 다리 등을 뒤졌다.

"좋아, 들어가."

그는 문을 열어 나를 먼저 들여보냈다. 사무용 책상 두 개와 철제 캐비닛, 복사기, 컴퓨터, 응접 소파 등 최소한의 물품만 놓인 좁은 사무실. 구석에는 싱크대와 가스레인지 등 간단한 급탕 설비와 냉장고. 나를 맞이해준 남자 외에는 아무도 없었다.

사무실 안에는 다른 방으로 통하는 문이 두 개 있었다. 하나는 화장실인가. 오른쪽 벽 위에는 작은 제단이 있었다.

소파에 앉으라는 말에 자리에 앉았다. 상대는 몸을 뒤로 젖혀 다리를 벌리고 앉더니 여전히 공격적인 눈빛으로 나를 빤히 쳐다보고 있었다.

나는 다시 "요네바라 가즈히코라고 합니다. 이런 차림이라 죄송합니다. 잘 부탁드립니다" 하고 고개를 숙이며 이력서를 펼쳐 내밀었다. 이력서는 구인 잡지에 붙어 있던 것으로, 적어 넣은 내용은 물론 엉터리다. 고등학교 졸업 후 수산회사, 건설

회사, 금융회사 등에서 일한 것처럼 적어놓았다.

상대 남자는 이력서를 얼핏 보더니 별 관심 없다는 듯 테이블 위에 휙 던져놓았다.

"딱 봐도 야쿠자인데."

"아닙니다."

"일반인이 누가 그런 머리를 해?"

"그건……." 나는 면목 없다는 듯 머리를 쓰다듬었다. "어쩌다 보니 이렇게 된 거라서."

"손가락이 잘려 있잖아. 숨기지 마."

상대는 턱으로 내 손가락 끝을 가리켰다.

"아뇨, 아닙니다." 나는 쓴웃음을 지으며 손을 흔들었다. "건설회사에서 일할 때 절단기에 잘린 겁니다."

"별은?"

"네?"

"전과."

"없습니다."

"무슨 골치 아픈 일이라도 있나?"

"아뇨. 일자리를 찾고 있을 뿐입니다."

10초는 거뜬히 넘긴 시간 동안 가만히 노려본다.

"뭐 좋아. 일반인 아니라고 일 못 시키는 것도 아니고."

"야쿠자 아닙니다. 정말입니다."

"운전면허는 없고?"

"네, 벌점이 누적돼 취소됐습니다."

상대는 혀를 찼다. 어쩔 수 없다는 표정이다.

"전화로도 얘기했지만, 우리는 기업 정보지라는 걸 하고 있어. 다양한 기업 정보를 모아서 그걸 활자화한다. 여러 기업이 구독한다. 또는 광고료를 낸다. 알겠지?"

"네."

대략적인 상황은 이해할 수 있었다. 요컨대 기업으로부터 구독료나 광고료 명목으로 돈을 받아내는, 이른바 블랙 저널리즘이라는 것이리라. 당연히 야쿠자나 우익이 배후에 있다.

"하지만 자네한테 취재해라, 기사 써라, 회사 가서 구독 계약 따와라, 그런 일을 시키지는 않아. 그런 전문적인 일은 나와 여기 대표가 해. 자넨 잡다한 일을 하면 돼. 주로 여기 사무실을 지키거나 청소, 구독자에게 우편 발송, 장보기, 뭐 이런 거."

"네."

"오늘부터 할 수 있겠어?"

"네. 저, 근데……."

묻고 싶은 말을 꺼내려는 찰나 초인종이 울렸다. 아직 이름도 모르는 내 상사는 "잠깐 기다려" 하더니 자리에서 일어나 인터폰 수화기를 들었다. 인터폰에는 작은 모니터 화면이 있지만 내 위치에서는 잘 보이지 않는다.

"네…… 네? 니시자카가 그렇게 말했습니까? 잠시만요."

방문자와 몇 마디 오가더니 문 잠금장치를 해제했다.

상사는 손을 축 늘어뜨린 채 무슨 일인지 뒷걸음질을 치며 돌아왔다.

방문자는 60대 전후로 보이는 더블 블레이저 차림의 남자였다. 백발을 뒤로 넘기고 흰 콧수염도 길게 기르고 있었다. 중간 정도 키에 보통 체격이지만, 전체적인 분위기나 물끄러미 응시하는 눈빛에 위압감이 서려 있다.

상사가 왜 말없이 뒷걸음질을 쳤는지 알 수 있었다.

초로의 방문자는 손에 소형 자동권총을 쥐고 있었다. 나에게는 이 상황이 도무지 현실 같지 않아서 드라마 촬영장을 견학하는 기분이었다.

"거기 앉아."

총구를 겨눈 채 앉으라는 남자의 말에 상사는 내 옆에 앉았다.

"저기, 선생님. 그런 위험한 물건은 집어넣으시면 안 되겠습니까?"

상사는 이런 분위기에 익숙한지 차분한 말투였다.

"입 다물어." 초로의 남성은 선 채로 상사에게 계속 총구를 겨누었다. "니시자카 불러와."

아무래도 니시자카라는 사람이 이곳 대표인 듯하다.

"니시자카는 지금 여기에 없습니다."

"그러니까 불러오라고 했잖아, 이 얼간아."

"지금 어디 있는지 모릅니다. 용건이 있으시면 저한테 말씀하시죠."

"너 같은 잔챙이한텐 볼일 없어. 니시자카한테 전화해."

"죄송하지만 니시자카는 휴대폰을 가지고 다니지 않습니다."

"어이, 어디서 개수작이야." 초로의 남자는 내 쪽으로 총구를 겨눴다. "이 녀석 머리통 날려서 뇌수 쏟아지는 거 보고 싶어?"

초로의 남성과 눈이 마주쳤다. 무슨 말이라도 해야겠다 싶었다. "저 같은 잔챙이 쏴 죽여서 뭐 하실 겁니까?" 나는 드라마 대사를 말하는 기분으로 입을 열었다. "그러다간 몇 년씩 철창신세일 겁니다. 다음에 다시 여기에 오려면 몇 년 뒤가 될 거라 보십니까?"

중년 남성이 상사 쪽을 보더니 살짝 고개를 갸웃거렸다. 그러고는 껄껄껄 하고 뱃속에서부터 울려 나오는 듯한 소리를 냈다.

"이거 또 배짱 좋은 놈이 왔네, 히구치." 초로의 남자가 웃으며 소파 맞은편에 앉았다. "야쿠자냐?"

"본인은 아니라고 합니다만." 상사가 무표정하게 대답하더니 나에게 설명했다. "이분이 잇시키 타임즈 대표 니시자카 씨다."

그 니시자카가 권총을 테이블 위에 올려놓았다.

"모형 권총이란 건 알고 있었나?"

"아뇨." 나는 고개를 저었다.

"이 녀석, 뭔가 숨기고 있는데." 니시자카는 입가를 일그러뜨렸다. "뭐 좋아, 한동안 일 좀 시켜봐. 싹수가 보이면 그때 제대로 가르치면 돼."

아마도 혼란스러워하는 속내가 표정에 드러난 듯하다. 히구치라는 이름의 상사가 말했다. "자네를 좀 시험해본 거야. 너무 어리바리하면 엉덩이를 걷어차 내쫓을 생각이었거든."

요컨대 면접에 합격했다는 의미였다.

불투명한 유리창 너머는 어느새 어두워져 있었다.

가장 처음 시킨 일은 청소였다. 히구치는 나에게 접착 돌돌이로 카펫을 청소하고, 화장실은 손잡이 달린 수세미와 밀대로 닦고, 청소포로 실내와 창문을 모조리 닦으라는 말만 하더니 "우리는 잠시 나갔다 올 테니, 문은 안쪽에서 잠가 둬"라며 니시자카와 함께 사무실을 나서려 했다. 나는 허둥대며 "저기" 하고 그를 불러세웠다. "전화나 손님이 오면 어떻게 할까요?"

"내 휴대폰으로 자동 연결되도록 해놨으니 안 받아도 돼. 어차피 찾아올 사람도 없으니 초인종이 울려도 내버려 둬."

"네, 알겠습니다." 나는 고개를 숙이며 나가는 두 사람을 배웅했다.

시킨 대로 청소를 시작했다. 안쪽에 있는 또 다른 방은 니시자카 전용인 듯했고, 응접 소파와 큰 책상이 놓여 있었다. 책상 바로 옆 벽에는 일본도 다이쇼가 걸려 있다. 진검인지 모조품인지는 모르겠다. 그 근처 구석에는 비싸 보이는 큰 도자기 항아리. 손님이 앉는 위치에서 볼 때 정면 벽에는 무슨 글귀인지 모를 호쾌한 서예 작품이 액자에 걸려 있었다. 한편 책상이 있는 곳의 반대편 구석에는 골프채가 세워져 있고, 길쭉한 연습용 퍼팅 매트가 깔려 있었다.

살짝 호기심이 생겨 니시자카의 책상 서랍을 열어보려 했지만 하나같이 다 잠겨 있었다. 한편 사무실에 있는 책상 두 개는 서랍 안을 들여다볼 수는 있었지만, 평범한 사무용품만 들어 있었다.

한번은 전화벨이 울렸는데 벨이 두 번 울린 뒤 끊겼다. 히구치의 휴대폰으로 자동 연결된 듯하다.

사무실 컴퓨터를 닦다가 내가 조작법을 알고 있다는 느낌이 들었다. 마침 컴퓨터가 켜져 있기에 워드 프로세서 화면으로 전환해 잠깐 타자해보니 손쉽게 문장을 쓸 수 있었다. 내친김에 인터넷 사전에서 역행성 건망증을 조사해 보았다. 얻은 정보는 도서관에서 알아낸 것보다도 적었다.

블랙 저널리즘으로 검색해보니 방대한 자료가 나왔다. 쭉 훑어봤지만, 대형 신문사를 블랙 저널리즘이라고 부르는 비판이나 악평만 있을 뿐, 좁은 의미의 블랙 저널리즘 정보는 좀처럼 찾기 힘들었다.

잇시키 타임즈에 대해 검색해보니 몇 건이 나온다. 모두 주간지나 어떤 기사에서 인용한 정보 같았다.

대표자는 일찍이 총회꾼으로 알려진 니시자카 겐이치. 총회꾼일 때나 잇시키 타임즈 대표로서 체포 이력은 없지만, 젊을 때 상해죄로 단기 복역을 한 적이 있다. 이때 교도소에서 알게 된 사람이 광역 폭력단 가와나미 파의 직계 조직원이자 훗날 밤바 파의 두목이 되는 밤바 아쓰오라는 남자. 이후 두 사람은 형제 같은 관계를 유지하고 있는 듯했다.

그 밖에 잇시키 타임즈의 고발을 계기로 주간지 등이 뒤따라 취재하게 된 몇 가지 기사를 읽을 수 있었다. 그들 기사에 따르면, 여당 간사장을 지낸 거물 정치인이 성 추문으로 중의원 선거에서 낙선한 이유도 잇시키 타임즈가 최초로 보도한 것이 발단인 듯했다.

이렇게 멋대로 딴짓하다가 들키면 곤란하니, 다시 청소를 시작했다. 한바탕 청소를 끝내고 싱크대에서 손을 씻고 있자니 히구치가 돌아왔다. 히구치는 방을 둘러보고 손가락으로 여기저기 문지르며 먼지가 없는지 확인한 뒤 "좋아, 얘기 계속할 테니, 거기 앉아 봐"라며 소파를 가리켰다.

마주 보고 앉은 히구치는 양복 안주머니에서 말보로 상자를 꺼내 한 개비 입에 물었다. 나는 테이블 위에 있던 유리 라이터에 손을 뻗으려 했으나 히구치는 "됐어. 난 누가 알랑대는 거 좋아하지 않아"라며 자기 라이터로 불을 붙였다.

"그래서 말인데." 히구치는 가느다란 연기를 내뿜었다.

"잠잘 곳이 필요하다고 했지?"

"네."

"그럼, 여기서 자. 난방되니까 담요는 없어도 될 거야."

그런 뜻이었군.

"저기, 이 소파에서요?"

"그래." 히구치는 담배를 입에 문 채 세컨드 백에서 두툼한 지갑을 꺼내더니 아무렇게나 1만 엔짜리 지폐 몇 장을 꺼내 내게 내밀었다. "당분간 쓸 돈이야. 이걸로 밥 사 먹어."

"받아도 됩니까?"

"얼른 받아."

"아, 네!" 받아보니 1만 엔짜리 지폐 다섯 장이었다. "그럼

5만 엔 미리 받은 걸로 알겠습니다."

"그냥 준다고 했잖아. 군소리 말고 받아."

"아, 네."

"언제 어떤 일을 시킬지 모르니, 밥은 근처 편의점 같은 데서 사서 여기서 먹어. 밤에는 외식해도 돼. 목욕은 저녁 먹는 김에 목욕탕이나 사우나를 가든지."

"네."

"이봐, 대표님은 자네가 마음에 드시는 것 같으니 쉽게 도망 갈 생각하지 마."

"알겠습니다."

"어디 건달 조직 끄나풀이라고 밝혀지면 가만 안 둬."

"그런 일 없습니다."

히구치는 잠시 나를 노려보더니 담배를 재떨이에 비벼 껐다.

"대표님이 여기 오시면 고개 숙여 인사해. 그리고 야채 주스 캔하고 물티슈를 갖다 드려. 둘 다 항상 떨어지지 않도록 해."

"네."

아무래도 그런 비용 역시 이 5만 엔 안에 포함된 듯하다.

"너 컴퓨터는 할 줄 알아?"

"어느 정도는 합니다."

"호오." 히구치는 조금 기특하다는 표정을 지었다. "그럼, 문서 작성도 가능하겠군. 편지라든가."

"네, 할 수 있습니다."

"뭐 당장 그런 일을 하라는 건 아니야. 좋아, 오늘은 할 일 없으니 퇴근해. 어디 가서 밥이라도 먹고 와. 이게 사무실 열쇠야. 외출할 때는 이중으로 잠가. 열쇠는 절대 잃어버리면 안 돼."

히구치는 세컨드 백에서 열쇠를 꺼내 내밀었다.

"저, 몇 가지 여쭤보고 싶은데요."

"뭔데."

"니시자카 대표님과 히구치 씨의 성함이⋯⋯."

대표의 성과 이름은 이미 알고 있고 히구치의 이름을 알고 싶은 마음도 없지만, 내 위치에서는 알아둬야 할 사항이다. 히구치는 자리에서 일어나 책상 서랍에서 명함 두 장을 꺼내 내 앞에 놓았다.

잇시키 타임즈 대표 니시자카 겐이치
잇시키 타임즈 편집장 히구치 야스히로

이름과 직함 외에는 전화번호만 적힌 명함이었다.

"저, 잇시키 타임즈는 대표님과 편집장님 두 분이⋯⋯."

"얼마 전까지 한 명 더 있었는데, 사정이 있어서 그만뒀어. 그래서 널 뽑은 거고."

사정이라……. 설마 살해당했다거나 그런 이유는 아니겠지. 궁금했지만 어차피 진실을 말해줄 것 같지도 않아서 묻지 않았다. 단순히 개인적인 사정으로 그만뒀거나, 최악의 경우 감옥에 갔거나, 그 정도의 이유이기를 빌었다.

"그러면 잇시키 타임즈는 유한회사 뭐 그런 겁니까?"

"그런 건 왜 물어봐?"

"아뇨, 그냥 궁금해서요."

"자질구레한 일에 신경 쓰지 마. 좀스러운 녀석일세."

"죄송합니다."

아무래도 법인격은 없다, 등기도 돼 있지 않다는 의미인 듯하다.

"무례한 질문입니다만."

"뭔데?"

"대표님과 편집장님은…… 야쿠자이십니까?"

"그게 무슨 소리야!" 히구치는 인상을 팍 쓰더니 눈앞의 테이블을 한 발로 힘껏 밀었다.

테이블 가장자리가 내 무릎에 닿으면서 둔탁한 통증이 느껴졌다. "기업 정보지라고 했을 텐데. 야쿠자가 그런 장사하는 거 봤어?"

"실례했습니다."

"너 우리가 야쿠자라고 생각한 거야?"

"아닙니다……."

"어이, 요네바라, 내 말 잘 들어."

히구치가 몸을 내밀더니 손가락을 구부려 이리 오라고 손짓했다. 그 손짓에 따라 몸을 앞으로 내밀자 두 손으로 뺨을 가볍게 몇 차례 두들겼다.

"요네바라. 우리는 저널리스트야. 기업의 부정을 발견하면 시민을 대표해서 고발한다. 그로써 사회를 정화한다. 알겠나?"

"네."

히구치는 내 뺨을 계속 찰싹찰싹 때렸다.

"그런 건달들하고는 사명감이라는 게 다르다고. 그냥 건달 짓이나 하고 싶으면, 어디 조직에라도 가서 똘마니 자리 얻어."

"아니, 그런 뜻으로 한 말은……."

히구치는 그제야 때리기를 멈췄다. 가볍게 때려서 통증은 없었지만 얼굴이 화끈거렸다.

"특히 대표님은 건달 야쿠자 취급당하는 걸 싫어하시는 분이야. 말조심해."

"넵, 죄송합니다."

니시자카나 히구치 모두 화나게 하면 무슨 짓을 할지 모르는 인간들 같다. 이곳에 온 것이 후회되기 시작했다. 시민을 대표해서 기업의 부정을 고발한다는 히구치의 말에 수상한 냄새가 나면서도 한편으로는 왠지 모르게 마음이 이끌렸다.

저녁은 근처 편의점에서 산 도시락으로 해결했다. 캔맥주도 사서 아무도 없는 사무실 소파에 앉아 홀짝홀짝 마셨다. 나는 술이 그다지 세지 않나 보다. 두 캔을 마셨을 뿐인데 화장실에서 볼일을 볼 때 발이 휘청거렸다.

좀처럼 잠이 오지 않아서 철제 캐비닛과 책상 안을 뒤져보았다. 사무실을 지키는 임무를 맡았으니 별문제 없겠지.

파일 여러 권으로 철해 놓은 잇시키 타임즈의 발간물을 뒤적였다. 한 부에 고작 여덟 페이지. 더구나 크기는 일반 신문의 절반 수준이다. 구성은 일반 신문과 비슷해서 사진이 들어간 기사와 광고가 실려 있었다. 기사 내용은 온통 기업의 비리와 기업 임원들의 추문뿐이었다. 분식회계, 리콜 은폐, 부정 대출, 투자 실패, 가격 담합, 내부자 거래, 사업으로 인한 환경 파괴 같은 다소 딱딱한 내용부터 사장이나 임원을 지목한 성희롱 의혹, 불륜 폭로, 회삿돈으로 사들인 미술품 사유화, 빚, 자녀의 비행, 교통사고, 질병 등 온갖 스캔들이 주간지 스타일의 문장으로 쓰여 있었다. 사실 질병은 당사자를 비난할 이유는 아니지만, 환자를 임원으로 두면 경영에 차질이 있지 않겠냐는 압박이 될 터였다.

그리고 기사 전체 중 절반 가까이가 내연녀 등 여자 문제였다. 실제로 그만큼 사례가 많기 때문이겠지. 게재된 사진 대부분은 결정적 순간을 포착한 것이 아니라 표적이 된 회사 임원들의 평범한 얼굴 사진이었다.

컴퓨터로 잇시키 타임즈의 문서들을 보려 했지만, 비밀번호를 입력하지 않으면 볼 수 없었다. 대신 철제 캐비닛의 파일 안에 장부와 구독자 명부가 있었다. 그것들을 대충 훑어보니 잇시키 타임즈의 전체 그림이 그려졌다.

그들은 매달 여러 흥신소에 100만 엔 이상 조사비를 지출하고 있었다. 이는 곧 취재는 외주를 주고 있다는 의미이리라. 기삿거리가 될만한 정보를 얻거나 취재하는 일 모두 흥신소에 맡기는 것이다.

또 여러 작가에게도 매달 수십만 엔을 지출하고 있었다. 기사 작성도 프리랜서 작가에게 맡기는 것이다. 요컨대 종합건설사처럼 잇시키 타임즈는 번거로운 일은 거의 다 하청업자에게 맡기는 셈이다. 그렇다면 대표 니시자카 겐이치와 편집장 히구치 야스히로는 장부를 관리하거나 기업과 협상하는 일만 하면 된다. 그래서 소수정예로 꾸려나갈 수 있는 모양이다. 그 밖에 운전사 대신 고급 택시를 자주 사용하고 있다. 수입이 쏠쏠한 가 보다.

잇시키 타임즈의 발행 부수를 기록한 대장에 따르면, 잇시키 타임즈는 두 달에 한 번 발행한다. 부수는 꽤 들쑥날쑥해서 3천 부 정도일 때가 있는가 하면, 1만 부 가까이 될 때도 있다. 그리고 3백여 개의 기업이 취재 대상이자 광고주이자 구독자이기도 한, 기묘한 구조다.

이를테면 어느 회사의 사장이 비서와 불륜 관계라고 하자. 그 증거를 손에 넣은 잇시키 타임즈는 바로 그 회사와 접촉해 기사로 쓰겠다고 넌지시 말한다. 기업 대표에게 애인이 있다는 것이 드문 일은 아니지만 무시할 수도 없다. 기사가 실린 신문 이 회사 거래처나 주주, 일반 언론사로 보내지기 때문이다. 당연히 이런 성추행범을 기업 대표로 둘 수 있느냐며 여기저기서 비난이 쏟아질 것이다. 은행은 대출을 망설이고, 다른 거래처에서도 거래를 재고한다. 회사 내 적대 세력도 이때다 싶어 딴죽을 걸 테고, 주가도 내려갈 것이다. 그래서 잇시키 타임즈에 약점이 잡힌 회사는 기사를 쓰지 말아 달라며 그 보답으로 광고료나 구독료 명목의 돈을 낸다.

만일 홍보부장이나 총무부장이 '단호한 대응'을 한 탓에 기사가 나간다면 어떻게 될까? 지금 제정신이냐는 대표의 불호령이 떨어지고, 결국 발행을 중단해달라며 잇시키 타임즈에게 울며 불며 애원하게 될 것이라. 잇시키 타임즈 측은 기다렸다는 듯이 발행 부수를 대폭 늘려 한꺼번에 사들이게 한다.

잇시키 타임즈에는 가와나미 파 계열의 밤바 파라는 지원군이 있다. 그러니 무력으로 진압하려 해봤자 통하지 않는다. 만일 회사가 적대 세력의 야쿠자를 이용한다 해도 잇시키 타임즈는 회사와 야쿠자와의 유착 관계를 기사로 쓰면 그만이다.

끝까지 단호하게 대응하려는 회사도 드물게 있을 수 있다. 그러면 당연히 거래처, 주주, 언론에 스캔들 기사가 발송돼 사방에서 비난이 쏟아진다. 그리고 대표는 책임지고 물러나거나 회사의 경영 상태가 악화되는 결말을 맞이한다. 이때 잇시키 타임즈는 돈을 뜯어내지 못한 모양새이지만, 반드시 돈벌이에 실패했다고 볼 수는 없다. 잇시키 타임즈에게 돈을 주지 않으면 저렇게 된다는 무시무시한 소문이 저절로 부풀려지기 때문이다.

그래서 당장은 불미스러운 일이 없는 기업일지라도, 잇시키 타임즈가 요구하면 마지못해 열 부 정도는 정기구독을 한다. 흉잡히지 않기 위한 보험이라고 생각하면 체념하기도 쉽다.

잇시키 타임즈 한 부는 3만 엔이다. 5천 부를 발행한다고 하면…… 1억 5천만 엔이다. 흥신소, 프리랜서 작가, 고급 택시 회사, 밤바 파에게 지급하는 모든 경비를 제외하고도 상당한 금액이 남는다. 구독료뿐 아니라 광고료도 들어온다. 쉽게 말해, 아주 짭짤한 돈벌이라는 뜻이다.

니시자카와 히구치가 실제로 얼마나 많은 돈을 벌어들이는지 알아보려 했지만, 그런 수치는 어디에도 기재돼 있지 않았다. 경찰에 적발될 경우를 대비해 그렇게 하는 걸 수도 있다.

잇시키 타임즈의 실상을 알게 됐지만 무덤덤했다. 위험한 일에 연루되었다는 초조함도 없었다. 잇시키 타임즈가 흘리는 부스러기라도 받아먹어야겠다는 비열한 생각 역시 들지 않았다.

나는 내가 어디 사는 누구이고, 무엇을 원하는지 모르기 때문이다. 돈을 어디에다 써야 할지도 모른다는 뜻이다.

이튿날 아침, 편집장 히구치가 9시 넘어 사무실에 와서는 "요네하라, 오늘은 여기에 가봐. 택시를 이용해"라며 메모지와 잇시키 타임즈의 구독자 파일을 건네주었다. 메모지에는 인쇄소의 이름과 주소가 적혀 있었다.

"네."

"요령은 인쇄 업자가 알려줄 거야. 작업 끝나면 돌아와."

"알겠습니다."

편집장 말대로 택시를 타고 이동했다. 가랑비가 내리고 있었다. 15분 정도 지나 도착한 인쇄소는 낡은 3층짜리 건물이었다. 1층 접수처 같은 곳에 이름을 대니, 작업복 차림에 몸집이 작고 사근사근한 중년 남자가 안쪽으로 안내했다. 커다란 인쇄기기가 돌아가는 시끄러운 장소를 지나 작업실에 들어가니 긴 책상이 줄지어 놓여 있고, 그 위에 잇시키 타임즈의 책자와 봉투, 라벨 스티커가 쌓여 있었다.

보기만 해도 작업 요령을 알 수 있었다. 중년 남자가 설명한 절차도 예상대로였다. 봉투에 주소와 이름이 인쇄된 라벨을 붙이고, 구독자 명부를 보면서 각각 정해진 부수를 봉투에 넣는 것이다. 그다음 봉투 입구에 붙은 테이프를 떼어내 봉하면 끝이다.

인쇄소의 중년 남자는 "끝나면 내선 전화로 1번을 눌러 알려주세요"라고 하더니 사라졌다.

단조로운 작업을 하면서 지금 느껴지는 이 답답한 기분의 정체는 무엇일까 생각했다. 마음속 깊은 곳에서 무언가가 새어나오는 듯한 묘한 느낌이었다. 혹시 갇혀 있던 기억이 되살아나고 있는 걸까.

실제로 조각조각 무언가를 기억해내려는 듯한 느낌이 들었다. 머릿속에는 분명 기억이 있는 듯하다. 그러나 그것을 끄집어낼 수가 없다. 목구멍에 생선 가시가 박힌 기분이었다.

머지않아 갑자기 기억을 되찾을지도 모른다. 그러나 한편으로는 너무 기대가 크면 좌절감도 그만큼 클 테니, 지금은 이런저런 생각을 하지 않는 편이 낫겠다는 생각도 들었다.

느긋하게 작업을 했는데도 두 시간 만에 모두 끝났다. 내선 전화로 끝났다고 알리자 아까 그 중년 남자가 와서 확인하더니 "수고하셨습니다. 나중에 저희가 택배 업체를 불러 가져가게 하겠습니다"라고 말했다.

택시를 타고 사무실로 돌아온 뒤에는 청소하며 전화 받는 일을 했다. 그러나 전화벨은 거의 울리지 않았고, 대개는 책상 위에 발을 올려놓고 스포츠 신문을 읽고 있는 히구치의 전화로 직접 걸려 왔다. 이야기의 내용을 들어보니 전화를 걸어오는 사람은 대부분 흥신소나 프리랜서 작가로, 히구치의 대답은 이런 식이었다. "그러면 여자 조사원을 시켜 접근해보면 어때?" "미안하지만 그 건은 내가 신세 진 사람이 끼어 있어서 무산됐어. 다른 일 또 의뢰할 테니 조금만 기다려줘."

청소가 끝난 뒤에는 구독료 납부가 지연되는 회사에 재촉 전화를 걸라는 지시를 받았다. 건수 자체는 얼마 되지 않은 데다 상대는 하나같이 바로 입금하겠다며 조금은 당황한 기색으로 대답했기에 손쉬운 일이었다.

다음 날도, 그다음 날도 청소와 전화 응대, 가끔 심부름하는 생활이 이어졌다. 대표 니시자카는 그 사이 전혀 모습을 보이지 않았고, 히구치도 외출이 잦았다. 히구치는 거의 잡담을 하지 않는 남자라 아직 어떤 인간인지 잘 모른다. 하지만 부당한 요구를 하거나 소리를 지르거나 폭력을 쓴 적은 없어서, 어느 정도 그를 신뢰하게 되었다.

잇시키 타임즈 사무실에서 먹고 자며 지낸 지 나흘째 되던 날 오후, 외출했다 돌아오니 히구치가 만 엔짜리 지폐 몇 장을 들이밀며 말했다. "어이, 점잖은 양복 한 벌 사 와. 그리고 셔츠랑 구두도. 넥타이는 있든 없든 상관없어."

"저기, 제 양복 말입니까?"

"당연한 걸 왜 물어? 당장 가서 예산 내에서 후딱 사 와. 수선하느라 시간 걸리지 않는 걸로. 사고 나면 양복 입고 와."

사무실에서 하품을 참는 것보다는 훨씬 낫기에 나는 고분고분 히구치가 알려준 근처 양복점에서 그리 비싸지 않은 양복을 샀다. 검은색에 가까운 진회색으로 골랐고, 치수 조정은 금세 끝났다. 기다리는 동안 차분한 느낌의 파란색 셔츠와 금색 바탕에 복잡한 무늬가 들어간 넥타이 그리고 근처 신발가게에서 광택 나는 검정 가죽구두를 샀다. 양복만 입으면 추워서 코트도 사고 싶었지만, 예산 내에서는 힘들 것 같아 그만두었다.

바람막이가 든 종이봉투를 들고 양복 차림으로 사무실로 돌아갔더니, 히구치는 내 모습을 보고 '봐줄 만하네'라는 표정을 짓고는 서류 가방을 들고 "좋아, 가자"라며 소파에서 일어섰다.

택시를 잡아탄 뒤 히구치는 시티호텔의 이름을 댔다.

"너는 내 옆에 앉아 있기만 하면 돼." 히구치가 말했다. "상대가 너한테 뭐라 하든 대답하지 마. 잠자코 상대방 눈을 노려보고 있어."

"네⋯⋯."

"뭐야, 그 대답은?"

팔꿈치로 꾹 찌른다.

"죄송합니다. 알겠습니다."

얼마 지나지 않아 호텔에 도착했다. 나는 히구치를 따라 승강기를 타고 3층에 있는 작은 회의실 같은 방으로 들어갔다.

먼저 온 손님이 두 사람. 둘 다 50세 전후나 그 이상으로 보이는 남자들로, 7 대 3 가르마로 보나 수수한 양복으로 보나 언뜻 봐도 일반인이다. 생김새는 평범했고 패기가 느껴지진 않는다. 하지만 양복이나 밑에 입은 와이셔츠는 고급스러워 보였다.

두 남자는 정중하게 고개를 숙이더니 자기소개와 함께 명함을 내밀었다. 두 사람 모두 중견기업으로 알려진 자동차 회사의 이사다. 히구치는 말없이 명함을 받았다.

둥근 테이블을 사이에 두고 2 대 2로 마주 앉았다. 두 남자는 내가 그냥 따라온 사람임을 아는지 히구치 쪽만 쳐다보았다.

"그래서." 히구치가 입을 열었다. "어떻게 됐습니까? 결론은 나왔습니까?"

"네." 머리숱 적은 남자가 붙임성 있게 웃으며 고개를 끄덕였다. "우리 회사에서는 구독료와 광고료 명목으로는 지출하기 어려워서, 컨설팅 비용으로 지급했으면 합니다."

"금액은 지난번에 말한 광고료와 같은 거죠?"

"네."

"서류는?"

"네, 준비해왔습니다."

옆에 있던 은테 안경이 007 가방에서 스테이플러로 철한 서류를 꺼냈다. 히구치가 손에 든 서류를 흘깃 곁눈으로 보니 컨설팅 계약서였다. 같은 서류가 두 장 있다.

히구치는 계약서를 훌훌 넘기더니 "그럼, 다 읽어보고 도장 찍어서 한 부 보내드리죠"라며 서류 가방에 계약서를 넣었다. 맞은편 두 남자는 안도하는 표정으로 고개를 숙였다.

엘리트 코스를 밟아 대기업 임원까지 된 사람들이, 어린 시절부터 시답잖은 일만 했을 듯싶은 히구치에게 굽실거린다. 나에게는 그 광경이 뭔가 불쾌한 농담 같았다.

회의는 그것으로 끝이었다. 나는 자리에서 일어나 히구치를 따라 방을 나왔다. 승강기 안에서 히구치와 단둘이 되자 "저 자동차 회사가 무슨 문제를 일으켰습니까?"라고 물었다.

어색한 침묵. 괜히 물어봤나 싶어 후회하기 시작했을 때 히구치가 입을 열었다.

"리콜 은폐야. 파벌 싸움에 패해 회사에서 쫓겨난 녀석이 증거를 가져왔어. 저 녀석들도 참 멍청해. 해고된 놈이 무슨 짓을 꾸밀 거라 예상도 못 했다니. 게다가 우리 입을 틀어막아 봐야 어차피 조만간 어디선가 들통날 텐데."

하기야 맞는 말이다.

"뭐 덕분에 우리는 짭짤한 수입이 생겼지."

히구치는 그렇게 말하고는 작게 혀를 찼다.

밤이 돼서 외식과 목욕을 마치고 돌아오니, 책상 위 팩스 전화기가 부재중 메시지를 알리며 깜빡이고 있었다. 버튼을 누르자 "나다. 휴대폰으로 전화해"라는 히구치의 목소리가 들려왔다.

전화를 걸자 히구치가 물었다. "양복 입고 있나?" 바람막이로 갈아입었다고 하자 "대표님이 너한테도 술 한잔 사시겠다고 하니 당장 옷 갈아입고 택시 타고 와"라고 했다. 나는 히구치가 알려준 가게 이름과 주소를 메모한 뒤 바로 가겠다고 대답했다.

번화가에 있는 고급스러운 클럽이었다. 니시자카와 히구치 두 사람은 각각 양옆에 미니스커트 차림의 젊은 호스티스를 앉혀놓고 미즈와리로 보이는 술을 마시고 있었다. 히구치는 평소와 다름없이 무표정한 얼굴로 말보로 연기를 뿜어대고 있었지만, 니시자카는 느긋한 표정이었고 거나하게 취해 기분이 좋아 보였다.

나를 발견한 니시자카가 "어, 앉아, 앉아" 하며 턱으로 의자를 가리켰다. 나는 "고생 많으셨습니다" 하고 니시자카와 히구치에게 고개를 숙인 뒤 호스티스가 비워준 자리에 앉았다.

호스티스가 만든 미즈와리를 조금 입에 머금었다. 나는 술이 세지 않으니 조심해야 한다.

"어때, 요네바라." 니시자카가 말했다. "이제 익숙해졌나?"

"네……. 그럭저럭."

"너 하는 거 봐서 조금씩 너한테도 일거리를 줄 테니 똑바로 해."

"감사합니다."

"어머, 요네바라 씨는 잇시키 타임즈에 들어온 지 얼마 안 되셨어요?" 니시자카 옆에 앉은, 약간 나이가 많아 보이는 호스티스가 나에게 미소를 지었다. "힘내세요."

"감사합니다." 나는 예의상 꾸벅 인사를 했다. 니시자카를 즐

겁게 하기 위한 자리라는 것 정도는 알고 있다. 나대는 건 금물이다.

"너 말이야." 니시자카가 유리잔을 든 손으로 나를 가리켰다. "사무실 컴퓨터로 나에 대해 조사했던데."

겨드랑이와 등줄기에 식은땀이 흐르는 걸 느꼈다. 생각해보니 검색어 삭제하는 걸 깜빡했다.

히구치는 모른 체하며 연기를 푸~ 내뿜고 있다.

나는 일단 고개를 숙였다. "죄송합니다."

"사과할 필요 없어. 알려져서 문제 될 건 일절 없으니까."

니시자카는 그렇게 말하고는 술잔을 비운 뒤 잔을 내려놓았다. 옆자리 호스티스가 새로 미즈와리를 만들기 시작했다.

화를 내는 모습은 아닌 듯해 가슴을 쓸어내렸다. 갑자기 목이 말라서 내 술잔을 다 비웠다.

"요네바라, 나는 말이야, 세상 사람들이 블랙 저널리즘이니 뭐니 해도 상관없어. 화이트 저널리즘이 할 수 없는 일을 우리가 한다는 자부심이 있기 때문이지. 그렇지, 히구치?"

히구치가 낮은 목소리로 말했다. "맞습니다."

호스티스 한 명이 "블랙이니 화이트니 하는데, 무슨 뜻이에요?"라고 물었다. 다른 호스티스가 나무라는 몸짓을 했지만 "몰라서 그러는 건데 왜?" 하고 입을 삐죽거렸다.

니시자카가 말했다. "요네바라, 자네가 알려줘."

화이트 저널리즘이라는 말은 처음 들었으나 짐작은 갔다. 요컨대 블랙 저널리즘은 아닌, 양지에 있는 저널리즘이겠지.

"어…… 화이트 저널리즘은 일반 신문이나 TV 같은 겁니다. 블랙 저널리즘은…… 어…… 화이트 저널리즘이 이런저런 이유로 놓친 사건이나 스캔들을 다루는, 잇시키 타임즈 같은 매체를 말합니다."

"뭐 그런 거지." 니시자카가 미소를 지었다. "우리는 말이야, 화이트가 손댈 수 없는 사건을 뒤쫓고 있어. 실제로 윗선의 압력으로 기사가 무산된 화이트 기자가 자주 기삿거리를 가지고 오거든."

그런 일도 있기야 하겠지. 나는 "그렇군요"라며 맞장구를 쳤다.

"근데 말이지, 우리는 기업을 괴롭히려고 이러는 게 아니야. 화이트 놈들은 잘난 체하며 자주 그런 짓을 하지만, 기업이 제대로 반성하고 개선하겠다고 하면 때로는 봐주는 것도 필요해. 그렇지?"

"네."

"어서 마셔."

"네."

할 수 없이 잔을 비웠다. 옆에 앉은 호스티스가 바로 다시 만들기 시작한다.

'기업이 제대로 반성'이라는 말은 결국 잇시키 타임즈에게 구독료나 광고료를 지급한다는 의미이리라.

"화이트 놈들은 그런 것도 모르면서 정의의 사도인 양 무턱대고 두들겨 패잖아. 그건 집단 괴롭힘이지, 괴롭힘. 그 주제에 말이야, 자기네 돈줄의 스캔들은 보도하지 않아. 설령 보도부 기자가 기사를 쓰려 해도, 광고대행사에서 광고부에 압력을 가해 이런저런 핑계로 기사를 날려버리는 거지. 그래서 화이트 놈들은 불공정한 일을 한다는 인식이 없어도 돼. 평생 그 본질을 이해하지 못한 채 기자 무리에서 무사태평하게 지낼 수 있는 거지."

내가 "그럼 화이트가 훨씬 악질이군요"라고 말하자 니시자카는 흡족한 듯 "맞아" 하고 끄덕이며 술을 입으로 가져갔다.

대화가 끊기자 호스티스 중 하나가 "니시자카 씨는 교통사고로 부모를 잃은 고아들을 위해서 기금 마련도 하고 계시잖아요?"라며 아양을 떨었다.

"정말입니까?" 나는 조건반사적으로 물었다. 이 남자가 왜? 하는 단순한 호기심이 생겼다.

"요네바라." 니시자카는 입에 가져가려던 술잔을 내려놓았다. "인간은 혼자서는 살아갈 수 없어. 자네가 여기까지 성장할 수 있던 것도 세상 사람들 덕분 아닌가."

"네……."

"그렇다면 가끔은 이 세상에 한두 가지 보답하는 것도 나쁘지 않잖아?"

"……맞는 말씀입니다."

"자네한테 오늘부터 당장 뭘 하라곤 하지 않겠어. 머리 한구석에 기억해놨다가 언젠가 자네는 자네 나름대로 세상에 보답하라고."

나는 어느새 마시지도 못하는 술을 허용치 이상으로 마신 듯했다. 그 이후의 기억은 가물가물했다.

정신을 차려보니 택시 뒷좌석에 있었다. 승객은 나 혼자였다.

운전사에게 목적지를 확인해보니, 잇시키 타임즈 사무실이 있는 상가 건물로 향하고 있었다. 택시에 탈 때 그렇게 지시한 듯하다. 양복 주머니를 뒤져 돈이 있는지 확인했다. 그런데 어디다 썼는지 갖고 있던 돈이 만 엔이나 줄어 있다.

그리고 기묘한 물건이 양복 겉주머니에 들어 있었다. 금붕어 모양의 간장통 하나였는데, 안에는 간장이 아니라 살짝 노란빛이 도는 투명한 액체였다.

어렴풋이 기억이 되살아난다.

고급 택시에 타는 니시자카를 배웅하고 히구치와 헤어진 뒤

비틀비틀 걷고 있는데, 누군가가 집요하게 무슨 말을 건 것 같다. 그 사람에게 돈을 건네고 대신 이 통을 받았던 것 같다.

뚜껑을 열어 냄새를 맡아보았다. 무슨 냄새인지 알 수 없어서 혀끝으로 살짝 맛을 보았다. 달콤새큼한 것이 무슨 약 같은데 먹을 수 없는 건 아닌 듯하다. 술김에 객기로 그 액체를 단숨에 마셔버렸다. 단맛과 신맛. 백포도주 맛이었다. 그러나 곧이어 쓴맛도 느껴졌다. 그뿐만이 아니었다. 위 속에서 그 액체가 천천히 퍼져나가면서 머릿속 세포가 순식간에 깨어나는 느낌에 사로잡혔다.

온몸의 피가 심장 펌프로 밀려 나와 힘차게 돌기 시작했다. 신경이란 신경은 모두 날카로워지는 느낌이다. 지금 직소 퍼즐을 한다면, 산더미처럼 쌓인 조각들 안에서 원하는 조각을 바로 찾아낼 수 있을 것 같다.

그리고 서서히, 잠들어 있던 기억이 저절로 되살아났다. 그야말로 막혀 있던 물이 콸콸 쏟아져 나오는 느낌이었다.

잇시키 타임즈 사무실로 돌아왔을 때, 나는 내가 어디 사는 누구인지 또렷이 기억이 났다. 산속에서 의식이 돌아온 뒤 지금까지 있었던 일 또한 제대로 기억났다. 한마디로, 나는 내 역사를 되찾은 셈이다.

불도 켜지 않은 어두운 실내에서 소파 깊숙이 앉아 퍼즐의 마지막 조각을 맞췄다는 확신이 들 때까지 나는 가만히 있었다.

내 이름은 미요시 오사무. 서른한 살, 미혼. 최근까지 도쿄에 본사를 둔 준대기업 종합건설회사 시카마 건설의 직원이었다. 본사 총무부 자재과에서 주임이라는 직책을 맡고 있었다.

1년 반쯤 전에는 그동안 사귀던 같은 회사 홍보부 후배 여성에게 "우리는 결국 안될 것 같아"라는 이별 통보를 받았다. 그리고 두 달 전에는 시카마 건설을 퇴사했다. 명목상으로는 희망퇴직이라는 형태였으나 실질적으로는 정리 해고였다. 발단은 시카마 건설이 맡은 야구장 건설을 둘러싼 비리였다.

석 달 전, 야구장 밑에 대량의 건축 폐자재를 묻었다는 익명의 편지가 내 앞으로 도착했다. 내용이 꽤 구체적이라 조사해보니 사실인 듯했다. 편지를 쓴 사람은 어느 정도 친분이 있었던 입사 동기로 추정됐으나 본인은 부정했다.

과장에게 찾아가 이런 일을 어떻게 그냥 넘어갈 수 있느냐, 세상에 알려지기 전에 대표가 직접 나서서 사죄해야 한다고 호소했다. 과장은 "알았어. 내가 위에 보고하겠네"라고 했지만, 며칠을 기다려도 아무런 진척이 없었다. 과장에게 물어도 "상부에 확실히 전달했다니까"라고 말할 뿐 어떤 식으로 이야기했는지는 알려주지 않았다. 조바심이 나서 총무부장에게 직접 상담

했더니 "얘기는 들었네. 조금 기다리게"라는 말뿐이었다.

며칠 후 과장이 말했다. "자네가 말한 그런 일은 없었어." 그럴 리가 없다며 반박하자 벌컥 화를 냈다. "없다면 없는 줄 알아!" 부장에게 의논했더니 "그 건은 이미 얘기가 끝났을 텐데"라며 눈을 부라렸다.

그리고 별안간 희망퇴직에 응하라는 문서가 집으로 날라왔다. 물론 거부했다. 그러자 연수원으로 발령됐다. 총무부장에게 이유를 물어도 그저 인사 결정이라는 말뿐이었다. 연수가 시작되자 회사가 나를 어떻게 하려는지 깨달았다.

쓸데없는 짓을 한 사람을 연수를 빙자해 괴롭혀 퇴사시키려는 것이었다. 매일매일 자기 성찰이라는 명목으로 아무도 없는 방 안에 가만히 있어야 했고, 밤에는 나의 결점을 보고서에 열거해야 했으며, 그것을 읽은 경영 컨설턴트라는 교관에게 "무슨 이런 허접한 보고서가 다 있어? 멍청한 놈"이라는 욕설을 들어야 했다. 연수 6일째, 나는 완전히 기진맥진해 희망퇴직에 응했다.

다른 일자리를 찾았지만 준대기업을 스스로 퇴사한 사람을 받아주는 곳은 없었다. 직업 소개소에 나름 눈높이를 낮춰서 희망 조건을 말했는데도 "그런 좋은 조건의 회사는 없다"라는 대답이 돌아왔다. 구인 잡지를 보고 연락해 어렵게 면접 기회를 잡아도 시카마 건설사를 퇴직한 이유를 들으면 멈칫하더니 결국 채용하지 않았다. 사실대로 이야기하면 조직을 배반한 인간이라는 따가운 시선을 받기 일쑤였고, 그럴싸한 거짓말을 할 요령도 부족했다.

직종을 가리지 않는다면 먹고 살 수는 있었을 터이다. 그러나 그때 나는 인생을 비관하며 우울증에 빠져 있었다. 무슨 일을 해서라도 살아야겠다는 의욕 따위는 진즉에 사라졌고, 차라리 죽고 싶은 심정이었다.

그렇다. 나는 나약한 직장인이었다.

어느 날, 난 죽음의 유혹을 이기지 못하고 산속을 헤매고 있었다. 이쯤이면 괜찮겠다 싶은 장소에서 시중에서 파는 수면제를 생수와 함께 삼켰다. 수면제 용기와 빈 페트병은 수풀 속에 버렸다. 면허증 같은 신원을 알만한 물건은 가져가지 않았다. 나를 알아본 누군가가 패배자라며 비웃는 것이 싫었기 때문이다.

누울 자리를 정하려다 발을 헛디뎌 그대로 가파른 비탈을 굴러떨어졌다. 그리고 기억을 잃었다…….

나는 지명수배자도 아니고 야쿠자도 아니다.

왼쪽 새끼손가락 끝이 없는 이유는 초등학교 때 아버지가 경영하던 작은 목재 가공공장에서 목재를 절단하는 전동 톱을 만진 탓이다. 야쿠자라서 손가락을 자른 게 아니다.

왼쪽 팔뚝에 있는 동그란 흉터도 총탄흔이 아니다. 대학생 때 뜨겁게 달궈진 백열전구에 팔이 닿아 화상을 입은 것뿐이다.

건물 철거 현장에서 유압식 굴착기나 적하기를 보고 어디선가 본 것 같다고 느낀 이유도 산업 폐기물 처리와 관련된 일을 해서가 아니다. 종합건설사의 직원이었기 때문이다.

그런데 나는 멋대로 내가 야쿠자라고 착각하고 있었다. 이발사가 머리를 이렇게 만들어놔서, 나 역시 그렇구나 하고 스스로 어두운 세계에 발을 들여놓은 것이다.

나는 갑자기 뱃속에서 웃음이 터져 나와 불 꺼진 사무실 안에서 한바탕 크게 웃어댔다. 복근에 경련이 일어날 지경이었다.

정말 재밌다. 미치도록 웃기다. 인생 최대의 착각이다.

더구나 고작 실직했다고, 재취업이 힘들다는 이유로 죽으려 했다니. 게다가 부정을 저지른 건 회사인데, 아무 잘못도 없는 내가 그만두다니.

이보다 더한 호구가 세상에 또 있을까. 기가 차서 말이 안 나온다.

나는 한참 동안 배가 당길 정도로 웃었다.

이튿날, 나는 히구치에게 시카마 건설사의 비리에 대해 이야기하고, 협상은 혼자서 하게 해달라고 부탁했다. 자살 시도와 기억상실에 대해서는 숨기고, 얼마 전까지 시카마 건설사의 직원이었으나 회사의 비리를 알게 돼 정리해고를 당했다고 설명했다. 잇시키 타임즈는 지금까지 시카마 건설사와 엮인 적은 없었다.

히구치는 내 표정에서 나름의 각오를 느낀 듯했다. "대표와 얘기해볼 테니 기다려."

그날 밤, 대표 니시자카에게 전화가 걸려 왔고, 허락이 떨어졌다. 단, 실패하면 알아서 뒤처리할 것. 즉, 공갈 혐의로 체포되거나 하면, 혼자서 멋대로 잇시키 타임즈의 이름을 사칭했을 뿐 실제로는 아무 관련이 없다고 진술하라고 지시했다.

이의는 없었다.

나는 기억을 되찾았다. 그러나 기억을 되찾았다는 건 결코 과거의 나로 되돌아갔다는 의미가 아니다. 지금의 나는 기억을 잃기 전의 내가 아니다. 분명히 달라졌다는 확고한 자각이 있었다.

내면에 잠재돼 있던 잔인함과 냉혹함이 기억상실을 계기로 드러난 건지도 모른다. 아니면 야쿠자 혹은 그와 비슷한 부류의 인간일 거라는 자기암시를 했던 것이 계속 이어지고 있는지도 모른다.

이런 심리학적 분석 따위에는 관심 없다. 나는 상대가 나에게 총구를 겨눴을 때도 놀라지 않고 비교적 침착하게 대처할 수 있었고, 제 발로 잇시키 타임즈에 들어왔으며, 블랙 저널리즘 세계에서 도망칠 생각도 없다. 그 점이 중요하다.

나는 바로 잇시키 타임즈 기자 요네바라 가즈히코의 이름으로 시카마 건설 대표이사 사장 이리에 히로아키 앞으로 편지를 보냈다. 야구장 건설을 수주하면서 대량의 건축 폐자재를 묻었다는 의혹에 대해 취재하고 싶다는 뜻을 밝히고, 잇시키 타임즈의 과월호를 몇 부 동봉했다.

편지를 보내고 사흘 뒤, 시카마 건설 이사 겸 총무부장 우메하라 히로타카에게 전화가 걸려 왔다. 거친 남자들에게 둘러싸이는 것이 무서웠는지 우메하라는 약간 떨리는 목소리로, 단둘이 이야기하는 조건으로 취재에 응하겠다고 말했다. 나는 승낙했다.

우메하라는 정리 해고를 목적으로 모욕적인 연수 통지서를 나에게 건넨 남자다. 예전부터 부하에게 오만한 태도를 보이고, 명문대 출신이라고 우쭐대고 다니던 불쾌한 존재였다. 아주 적절한 복수할 대상이다.

바람이 세차게 불고 진눈깨비가 내리는 이튿날 오후, 우리는 요코하마 시내에 있는 시티호텔의 작은 회의실에서 마주했다.

우메하라는 여전히 길쭉한 얼굴에 팔다리는 가늘고 배만 볼품 없이 튀어나온 보기 흉한 체형으로, 그 위에 교활한 얼굴이 얹혀 있다.

우메하라는 처음엔 나를 전혀 알아보지 못한 채 굽실굽실 고개를 숙이며 인사했지만, 명함을 교환한 뒤 마주 보고 앉았을 때 어라? 하는 표정을 지었다. 우메하라의 표정이 반신반의에서 확신으로 바뀌는 듯했다.

"자네는 미요시 아닌가?" 우메하라가 미간을 찌푸렸다. 그리고는 "이게 대체 어떻게 된 일이야?"라며 고압적인 태도로 돌변했다.

"어이, 이봐." 나는 갑자기 언성을 높였다. "나는 잇시키 타임즈의 기자로서 당신을 만나러 온 거야. 미요시 오사무? 당신이 지금도 내 상사인 줄 알아? 멍청한 놈."

별안간 화를 내자 우메하라는 잠시 움찔했지만, 그것도 한순간이었을 뿐 곧바로 표정이 풀렸다.

"아이고, 내가 무례했네, 미안. 아, 아니 죄송합니다." 우메하라가 이번에는 간사한 웃음을 짓는다. "그렇군요, 지금은 이런 일을 하시는구나. 근데 어쩌다……."

"……."

나는 노려보았고, 우메하라는 어색한 미소를 띠고 있었다. 침묵이 10초 이상 이어졌다.

"음, 저기." 침묵을 견디지 못하고 우메하라가 먼저 입을 열었다. "뭐라 할까요……. 갑자기 분위기가 확 달라져서……."

나는 가까이 있던 알루미늄 재떨이를 집어 프리스비를 하듯 우메하라의 얼굴을 향해 집어 던졌다. 재떨이는 조금 궤도를 벗어난 데다 우메하라가 "히익" 하는 비명과 함께 몸을 피한 탓에 뒤쪽 벽에 부딪히면서 맥 빠진 소리를 냈다.

한동안 두 손으로 머리를 감싸고 웅크리고 있던 우메하라는 이내 주뼛주뼛 고개를 들었다. 경악과 공포가 표정에 드러나 있었다.

그 얼굴을 노려보며 말했다.

"쓸데없는 소리 집어치우고 빨리 본론으로 안 들어가?! 바보 같은 놈."

"아…… 이거 죄송합니다……."

우메하라는 한층 더 간사스러운 웃음을 지었다.

"그렇게 실실 쪼개고 있을 시간도 있나? 당신 한 사람 잘리는 정도로는 끝날 문제가 아니라고!"

우메하라는 순간 굴욕감 가득한 표정을 보이더니 다시 미소를 지었다.

"그런 무서운 말씀 마시고, 좀 살살 해주십시오."

"이게 무섭다고? 어이, 너희 회사가 저지른 짓이 훨씬 더 무시무시하지 않나?"

"아니…… 그건."

"그건 뭐? 계속 지껄여봐."

"아닙니다……."

"시카마 건설이 한 짓에 대해, 이사의 한 사람으로서 어떻게 생각하나? 한번 말해 봐."

"저, 저희로서는 말입니다, 먼저 사실관계를 확인하고……."

"이거 완전 한심한 놈이네. 사실 확인이 뭐 어째? 비파괴검사 한 방이면 끝날 텐데. 머리에 똥만 찬 거야?"

우메하라는 여전히 미소를 띠고 있었지만, 얼굴은 완전히 굳어서 뺨과 관자놀이 주변이 미세하게 떨리기 시작했다.

"지적하신 건에 대해서는, 제가 개인적인 의견을 말씀드릴 사안이 아닌 듯해서……."

"이봐, 당신 시카마 건설을 대표해서 여기 온 거 아니야? 뭐야, 이거 그냥 심부름꾼이었네. 그럼 당장 꺼져. 너 같은 똘마니랑 할 말 없으니까 사장 데려와."

"아, 아니……."

"꺼지라고. 쓸데없는 놈."

그 뒤로도 난 우메하라의 말에 생트집을 잡으며 집요하게 물고 늘어졌다. 우메하라는 어떻게든 수습해보려 했지만, 나는 그때 그 연수의 교관이 된 것처럼 말꼬리를 잡고 욕설을 퍼부었다.

그런 상황이 10분 정도 이어졌을까. 우메하라는 끝내 입을 다물고 말았다. "어이" "야!" "대답하라고!" 고함을 쳐도 고개를 푹 숙인 채 움직이지 않았다.

잠시 후 우메하라의 양어깨가 부들부들 떨리더니 "흐윽, 흑" 하고 오열하는 목소리가 새어 나오기 시작했다.

뭐야 이 인간, 그 나이 먹고 지금 우는 거야? 풉.

나는 웃음이 터져 나오려는 걸 꾹 참고 새끼손가락으로 코딱지를 파서 고개 숙인 채 떨고 있는 우메하라의 정수리에 팅 팅 겼다.

명중! 숱 없는 정수리에 보기 좋게 착지. 나는 도저히 참을 수 없어 크게 웃음을 터트렸다.

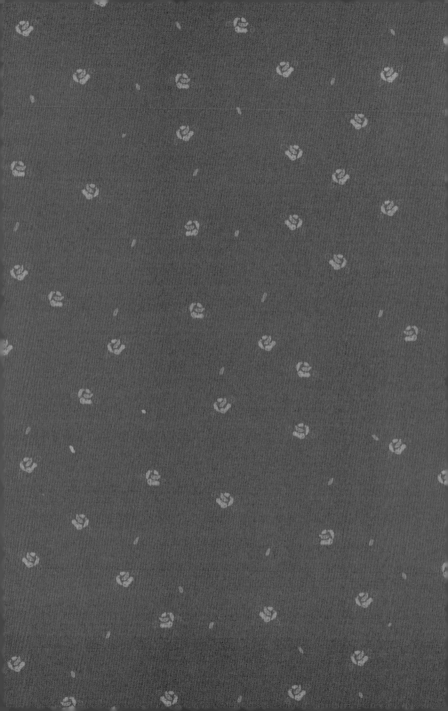

우당탕탕 취업기

엄마는 입을 떡 벌리더니 그릇을 테이블 위에 내려놓고, 리모컨으로 아침 방송이 방영되던 TV를 껐다.

"현청이나 시청 시험 본다며…… 아니 왜?"

마미는 된장국을 후루룩 마시고 밥을 입에 넣은 다음, 되도록 아무렇지도 않은 척 대답했다.

"그런 데서 일하기 싫어서."

현청에서는 얼마 전 여러 부서에서 복사비를 부풀리는 등 거액의 뒷돈을 조성했다는 비리가 적발되었고, 곧이어 시청에서도 대규모 가짜 출장비와 교통비 부정 수급이 드러났다.

엄마는 한숨을 쉬었다. 누가 봐도 실망한 모습이었다. 6개월 전에 "좋은 일자리 찾기 힘들 것 같으니, 1년 더 준비해서 현청이나 시청 시험 볼게"라고 선언하며 공부를 시작했을 때, 엄마는 미리 축하해준다며 유명 브랜드의 숄더백을 사주었다. 엄마에게 현청이나 시청은 가장 안심하고 딸을 보낼 수 있는 직장이었을 것이다.

"일단 들어가서 젊은 너희들이 좋은 조직으로 만들어가면 되잖아."

엄마는 타이르듯 말했다.

"내가 뭘 할 수 있다고. 정신 차려보니 조직과 한 몸이 돼서 부정부패에 가담하고 있겠지."

"그래도 이번에 비리가 밝혀졌으니까, 앞으로는 좋아질 거야."

"순순히? 그럴 리가."

"그냥 시험에 붙을 자신이 없는 건 아니고?"

"아니라니까!"

목소리가 커지자 엄마는 더는 말하지 않고 다시 아침밥을 먹기 시작했다. 이럴 때 딸을 설득하려 들면 오히려 역효과임을 오랜 세월 겪으며 터득했기 때문이리라. 한동안 두 사람은 말없이 젓가락을 움직였다.

식사를 마친 엄마가 찻잔에 차를 따르며 물었다. "그래서 어쩔 건데?"

"회사에 취직할 거야."

"회사라니." 엄마는 어이없다는 듯 눈이 휘둥그레졌다. "작년에도 그러다 다 떨어지고, 현청이나 시청에 지원하려고 한 거잖아."

"계획이 다 있어. 대학 선배랑 친구들한테 메일이랑 전화로 부탁했더니, 수시 채용 기회가 있다고 몇 명한테 답장이 왔어. 내년 봄부터 입사하는 게 아니라 결정만 되면 바로 일할 수 있대."

"거짓말."

"진짜야. 내가 이런 거에 왜 거짓말을 해? 수시 채용을 하는 회사가 의외로 많아. 왜 그 5월병*인가 뭔가 때문에 그만두는 신입사원도 있고, 수시 채용으로 입사하면 공채 입사자한테 라이벌 의식 있어서 열심히 한다는 말도 있어서, 그런 회사가 늘고 있거든. 그러니까 지금은 수시 채용 시즌인 셈이야."

"수시 채용은 보통 다른 회사 경력이 있어서 바로 일에 투입할 수 있는 경력자를 채용하는 거 아니니?"

"신입도 채용하는 데가 있어."

"어디, 무슨 회사?"

평소에는 잔소리가 별로 없는 엄마였지만, 딸의 취업이 달린 문제이니 가만 있을 수가 없나 보다. 엄마가 가만히 날 쳐다본

---

* 신입생이나 사회초년생들이 새로운 환경에 적응하지 못해 생기는 무기력증이나 우울증. 새로운 생활을 시작한 지 한 달 정도 지난 5월 무렵에 많이 발생해 일본에서는 5월병이라 한다.

다. 그러고 보니 엄마의 푸근한 얼굴에 어느새 주름이 늘었다. 지금은 말랐지만 나도 언젠가 엄마처럼 얼굴도 몸도 나이가 들겠지 하는 불안감이 스쳐 지나간다. 하지만 가업인 우동 가게 일이나 가끔 거드는 주부가 아니라 직장에 다닌다면 저렇게 되지 않으리라 생각한다.

"일단 지금은 건강식품 회사, 건설 회사, 부동산 회사. 전부 집에서 출퇴근 가능한 거리에 있어."

마미는 '집에서 출퇴근 가능한'이라는 말을 강조했지만, 사실 거리야 어떻든 적당한 핑계를 대서 대학 다닐 때처럼 독립을 할 생각이었다. 부모님이 싫은 건 아니지만, 본가와 직장을 오가는 생활은 하고 싶지 않다.

엄마가 차를 후루룩 마시더니 물었다. "그러니까 회사 이름이 뭐냐고."

"건강식품 회사는 해피 서플리. 그 왜, 신문에 광고지 자주 끼어서 오잖아."

"아……." 엄마가 고개를 끄덕였다. "그 회사구나. 상어 연골이랑 무슨 버섯을 원료로 만들었다는."

엄마는 살짝 얼굴을 찌푸렸다. 그다지 좋은 회사라고 생각하지 않는 모양이다.

"나가오라고, 합창부에서 한 학년 선배였던 사람이 거기 다녀. 괜찮은 회사야."

"흐음."

"건설 회사는 세미나 같이 들었던 고가가 다니는 곳이야."

"아아, 언제 한번 우리 집에서 자고 갔지?"

"맞아. 미즈노 산업이라는 데 알아? 종합 건설사. 대기업까지
는 아니지만 준대기업으로 꼽히는 곳이야."

"아, 들어본 적 있어. 흐~음."

이번 '흐~음'은 건강식품 회사보다는 반응이 좋다. 나중에 엄
마는 이 회사를 권할 듯싶다.

"부동산 회사는 구도 흥산. 대학 다닐 때 같은 아파트에 살던
요쓰카와라는 두 학년 위 선배가 다녀."

대학은 집에서 특급열차로 약 1시간 거리인데, 통학하기에는
좀 멀다는 이유로 마미는 여학생 전용 아파트에서 4년간 학교
를 다녔다.

"한마디로 이미 정했다는 거구나."

엄마는 작게 고개를 흔들더니 차를 전부 마셨다. '우리 딸은
한번 마음을 정하면 누구 말도 안 듣지'라는 불평을 차와 함께
꿀꺽 마셔버리는 듯했다.

"다음 주부터 OG 방문*하면서 회사 쭉 돌아볼 거야. 대충 약속도 잡아놨고."

"그럼, 그 머리 좀 어떻게 해야 하지 않니?"

"응? 이거?" 마미는 갈색으로 염색한 머리를 움켜쥐며 웃었다. "요즘 이 정도 색깔 가지고 뭐라 하는 회사가 어딨어. 게다가 어깨에 닿지도 않는 길인데."

"그래도 첫인상이 중요하잖니."

"괜찮다니까. 그보다 이 얘기, 아빠한테는 엄마가 해."

"직접 말하면 되잖아."

"말해봐야 어차피……" 마미는 마지막 남은 밥을 허겁지겁 먹었다. "아빠는 '그래?' 아니면 '네가 알아서 해' 하고 끝이잖아."

아빠는 이 시간이면 어김없이 200미터쯤 떨어진 우동 가게 '아오야기'에서 손님 맞을 준비를 하고 있다. 준비라고 해서 면을 뽑거나 국물을 만드는 건 아니다. '아오야기'에서는 면이나 국물, 건더기 모두 업자가 가져다주는 재료를 그대로 사용하기 때문에, 조리기구를 가동하거나 납품 확인, 청소만 하면 된다. 아빠는 요즘 통풍 때문에 발가락이 쿡쿡 쑤셔 고생 중이다. 그래도 가게는 기본적으로 손님이 면을 직접 삶아서 그릇에 담

---

* OG 또는 OB 방문이라 부른다. 관심 있는 업계나 기업에서 일하는 선배를 찾아가 업무 내용과 사내 분위기 같은 정보를 얻는 일. OG와 OB는 각각 old girls, old boys의 약자이다.

고, 마개를 돌려 국물을 붓고, 원하는 건더기를 골라서 얹는 셀프서비스 방식이라서 일이 그리 고되지 않다.

마미는 찻잔에 차를 부어 입에 대는 순간, 문득 고등학교를 졸업한 무렵에 일어난 작은 사건이 떠올랐다. 그때도 마침 지금처럼 아침밥을 다 먹고 차를 홀짝이고 있을 때였다.

그날 깜빡 놓고 간 물건을 가지러 왔다는 아빠가 "가게 일 좀 도와줄 생각은 없냐?"라고 물었다. 마미는 다른 데서 아르바이트를 할 바에야 가게 일을 도와달라는 의미겠거니 하고 가볍게 "그럴게요"라고 대답했고, 대학을 다니는 동안 이따금 가게 일을 도왔다.

그러나 어쩌면 가게를 물려받으라는 의미는 아니었을까, 인제 와서 문득 그런 생각이 들었다.

연이어 초등학교 4학년 때의 일이 떠올랐다. 외할머니의 장례식 때, 웬만해서는 만날 일 없는 외숙모가 말했다. "네가 태어났을 때 너희 아버지는 기분이 무척 안 좋았어." 아들을 원했는데 딸이 태어났기 때문이라고 한다. 나중에 엄마에게 확인해보니, 아무래도 사실인 듯했다. 마미가 두 살 때 엄마는 또 한 번 임신했지만 유산이 됐고, 결국 자식은 마미 하나뿐이었다.

그 사실 때문에 사춘기 무렵에는 자주 '난 아빠에게 환영받지 못한 채 태어난 아이'라는 생각을 어렴풋이 하곤 했다. 둘째

아이에 대한 기대가 컸을 거라는 상상도 했다. 하지만 그리 심각하게 받아들인 건 아니고, 오히려 비극의 여주인공에게 자신을 투영해 감상에 젖고 싶어 했다고나 할까. 그러나 자신과 아빠 사이에 서먹함이 존재한다는 느낌은 지금까지도 분명 남아 있다. 실제로 아빠와 마주쳐도 별로 말을 하지 않는다. 원체 아빠가 집에서는 별로 말이 없는 사람이기도 하다.

마미는 남은 차를 후루룩 마셨다.

엄마에게 전해 듣기로는, 앞으로 2년 뒤에 가게를 정리하기로 했단다. 연금을 받으려면 아직 몇 년 더 남았지만, 가게 터를 임대하든가 해서 생계를 꾸려나갈 생각이라고 한다. 다시 말해, 어차피 2년 정도 지나면 '아오야기'는 사라지는 것이다. 물론 마미도 물려받을 생각은 전혀 없다. 대학생 때 가게 일을 거들 때도 아르바이트로 잠깐 하는 거라면 모를까, 이런 따분하기 그지없는 일로 인생을 낭비하는 건 감옥에 들어가는 것이나 마찬가지라고 생각했을 정도니까.

그날 밤, 아빠는 엄마에게 수시 채용을 준비한다는 이야기를 들었을 텐데도 마미에게는 아무 말이 없었다. 그저 통풍의 원인인 푸린체가 적은 식사를 한 후 처방 약을 먹고, TV로 야간 경기 중계를 보고, 목욕 후에는 떡붕어 낚시 도구를 손질하고 있을 뿐이었다.

다음 주 월요일, 마미는 건강식품 회사 '해피 서플리'를 방문하기 위해 면접용 검은색 정장을 입고 열차를 탔다. 조금이라도 건강하고 밝은 성격으로 보이려고 패션지에서 얻은 정보를 바탕으로 혈색 좋아 보이는 화장을 하고, 악착같이 일하겠다는 패기를 어필하고자 치마 대신 바지 정장을 입었다.

하늘에는 새털구름이 몇 개 떠 있을 뿐 푸른 하늘이 펼쳐져 있었다. 일기예보에 따르면 낮에는 더워진다고 한다.

회사는 교통량이 많지 않은 국도변에 있었다. 그리 크지 않은 3층짜리 빌딩이었지만 대신 임차가 아닌 자사 빌딩이다. 옥상에 있는 큰 정육면체 광고판에는 '건강과 행복 해피 서플리'라는 문구가 보인다.

1층은 창고와 차고였고, 계단을 올라가 2층 사무실을 방문했다. 응대하러 나온 또래의 젊은 직원에게 웃는 얼굴로 인사한 뒤, 홍보부 나가오 씨를 만나러 왔다고 하자 내선 전화로 호출해주었고, 3층에서 나가오 메미가 내려왔다. 홍보부는 3층인가 보다.

"이야, 아오야기. 잘 지내나 보네."

어깨를 탁 두들긴다.

"바쁘실 텐데 죄송해요. 잘 부탁드립니다."

나가오 메미도 마미처럼 검은색 바지 정장을 입고 있었다.

그녀는 마미보다 키가 10센티미터 이상 크고 팔다리도 길고 날씬한데 볼살은 통통한 편이다. 본인은 학창 시절에 그 점을 싫어했지만, 마미에게는 귀여워 보였다.

화장이 상당히 짙어졌다는 점이 학창 시절과 달랐다. 머리도 많이 자라서, 꼬불꼬불한 머리를 뒤로 묶고 있다.

인원 보충이 필요한 부서는 홍보부였기 때문에 홍보부 과장이 마미를 만나기로 했고, 마미는 3층 홍보부로 안내를 받아 향했다. 어수선한 분위기의 사무실에는 직원 다섯 명가량이 전화 통화를 하거나 컴퓨터를 들여다보고 있었다.

구석에 있는 응접 소파에서 과장이라는, 검은 테 안경에 신경질적으로 보이는 정장 차림의 남자를 소개받았다. "다나카입니다"라고 말했지만 명함은 받지 못했다.

마미가 건넨 이력서를 보며 다나카 과장이 물었다. "친척은 많으세요?"

"어…… 보통인 것 같습니다."

"아, 그래요."

다나카 과장 옆에 앉은 나가오 메미가 웃으며 "직원이 되면 친척이나 친구들도 우리 회사 제품을 사줬으면 해서"라고 덧붙였다.

다나카 과장은 이력서를 보느라 고개도 들지 않은 채 물었다. "우리 회사에 입사하면, 자택에서 출퇴근하나요?"

"일단 그럴 예정인데, 업무 내용에 따라 생각해보려 합니다."

솔직히 아파트에 들어갈 생각이었지만, 자택에서 출퇴근할 거라고 말해야 착실하다는 인상을 줄 수 있다.

"우리 회사는 야근이 많은 편이에요."

"네. 알고 있습니다."

야근이 있는지보다는 야근 수당이 제대로 지급되는지가 더 궁금했지만, 다나카 과장은 그에 대한 언급은 없이 "희망 부서는 홍보부 맞나요?"라고 물었다.

"아, 네."

"아, 그래요. 그럼, 그 뭐냐." 다나카 과장은 마미에게 별 관심이 없는 듯 어딘가 무심하게 뒷머리를 긁었다. "오늘은 나가오가 일하는 것 좀 보고, 나중에 다시 얘기하기로 하죠. 아오야기 씨도 생각할 시간이 필요할 테니까……."

"아, 네."

다나카 과장이 "그럼 오늘은 이만" 하고 일어서자 나가오 메미가 씁쓸하게 웃으며 마미를 향해 한순간 얼굴을 찡그렸다. 원래 저렇게 무뚝뚝한 사람이니까 이해해, 라고 말하는 듯한 표정이었다.

나가오 메미가 외근을 나간다고 해서 같이 가기로 했다. 회사 로고가 새겨진 경차 운전대를 나가오가 잡고, 마미는 조수석에 앉았다. 나가오가 차를 출발시키자마자 말했다. "내가 하고 있는 일은 신제품 패키지와 광고 문구를 생각하는 거야."

"디자인과 카피 작성을 말하는 건가요?"

"그렇게 멋진 일이 아니야." 나가오가 피식 웃었다. "대기업의 여러 인기 상품을 둘러보면서 항의받지 않을 수준에서 베끼는 거야."

"아⋯⋯."

"일단 조그만 광고대행사를 통해 디자인 같은 걸 결정하는데, 우리가 구체적으로 일일이 이렇게 저렇게 해달라고 요청하지 않으면 바로 엉망으로 만들어오거든. 조금이라도 모호하게 의뢰하면 대기업에 소송당할 정도로 일을 대충 해버린다니까, 걔들은."

그런 거였구나. 애초에 화려한 회사 생활을 기대하지 않았기에 놀랍지는 않았다. 하지만 나가오가 이런 이야기를 당연하다는 듯 입에 담아 당혹스러웠다.

나가오는 후배를 잘 챙기는 선배였다. 시험 전에는 그녀의 노트에 의지하는 사람이 많았고, 합창부에서 자원봉사로 노인요양시설에 위문 공연을 하러 간 것도 그녀의 아이디어였다.

그런 기억과 지금의 그녀는 좀처럼 오버랩되지 않았다.

"공무원 시험은 안 보기로 한 거지?"

"그렇죠, 뭐."

"역시 그 이유야? 조직적으로 뒷돈을 만들어 흥청망청 썼다는 걸 용납할 수 없어서."

"그보다는 현청이나 시청 둘 다 언론과 시민 감찰단에게 그런 일 없다고 딱 잘라 말해놓고는 결국 사실로 드러났다는 게 실망스러워서요. 몇 년 전에도 똑같은 문제가 발생했을 때 대책위원회인가 만들어서 두 번 다시 이런 일이 없도록 조직을 쇄신하겠다고 선언했으면서 그동안 뭘 배웠는지 또 같은 짓을 했다는 게, 참."

특히 현청은 악질 산업 폐기물 처리업자가 산림에 대량 폐기물을 버린 사건에 대해서도 처음에는 몰랐다고 잡아뗐지만, 실제로는 알면서도 눈감아주고 있었다는 사실이 언론의 추적으로 밝혀졌다.

"뭐, 아오야기답네."

"그런가요?"

"넌 결혼하면 말이야, 바람피운 남편이 솔직히 인정하고 사과하면 용서하지만, 인정하지 않으면 이혼할 것 같아."

나가오는 건조하게 웃었다.

"에이, 이상한 비유하지 마세요."

"미안, 미안. 사귀는 사람은?"

"없어요. 선배는요? 있죠?"

"지금은 없어. 더 묻지 마. 그나저나 다른 회사도 OG 방문 갈 거야?"

"네. 두 군데 더 있는데, 내일이랑 모레 가기로 했어요."

"뭐 그중에서 괜찮은데 선택하면 돼. 내 눈치 볼 거 없어." 그러더니 나가오는 "뭐, 우리 회사가 채용할지 말지도 모르겠지만"이라고 덧붙였다.

나가오는 대형 마트와 백화점, 편의점 등을 돌며 휴대폰 카메라로 다양한 상품을 촬영하고 다녔다. 닥치는 대로 한다는 느낌이었다. 상품 패키지는 카탈로그나 전단 광고만 봐도 알 수 있지만, 진열 방식까지 조사하려면 판매 현장을 돌아다녀야 한다고 한다.

점심은 고층 빌딩 꼭대기 층에 있는 오픈 카페에서 함께 먹었다. 둘 다 닭고기 요리를 주문했다. 나가오는 어느 페트병 음료를 히트시킨 사람의 성공담을 이야기했다. 그 사람은 편의점을 샅샅이 돌며 어떤 라벨이 눈에 띄는지 연구했다고 한다.

"그리고 보니 아오야기, 너희 집 우동 가게 하지 않았어?"

"네."

"가게 물려받을 사람은 있어?"

"아뇨." 마미는 고개를 저었다. "자식이 저 하나라 부모님이 곧 가게를 정리하신대요."

"가게를 물려받을 생각은 없고?"

"없어요. 제가 어렸을 땐 순진하게 남편이랑 가게를 물려받겠다고 말했대요."

"밀가루를 반죽하고 면을 뽑는 일이 힘들어서 그래?"

"아뇨. 저희는 업체가 납품하는 기성품 면하고 육수를 그대로 사용해요. 게다가 대학교 학생 식당보다 더 철저하게 셀프 서비스 방식이라, 면 삶는 것도 손님이 해야 해요."

"와, 그럼 편하겠네."

"편하기는 한데…… 벌이도 시원찮아서."

"흠, 그래. 그럴 수도 있겠다. 수익률이 낮을 것 같아."

나가오는 일단 수긍하는 듯했다. 마미는 일에 자부심을 느끼지 못할 것 같다는 진짜 이유는 말하지 않고 음식과 함께 꿀꺽 삼켰다.

대학교 2학년 때, 미팅 자리에서 옆에 앉은 남학생이 "그러니까 너희 집은 패스트푸드점이구나"라고 말한 적이 있다. 상대는 재미로 한 말이었겠지만, 마미는 뺨을 한 대 얻어맞은 기분이었다. 며칠 뒤, 마치 운명의 장난처럼 한 심야 다큐멘터리 방송을 보게 되었다. 수타 우동 장인이 되기 위해 열심히 수련하는 젊은이를 취재한 방송이었다. 몇 분 뒤 마미는 도망치듯 채널을 돌렸다.

식사가 끝나고 나가오가 휴대폰을 들고 가방에서 서류를 꺼냈다. 그리고 점원을 불러 "여기서 휴대폰 좀 사용해도 되죠?"라며 양해를 구했다.

"잠깐 여기서 업무 전화 좀 할게."

"아, 네. 하세요."

"클레임을 건 고객에게 설명을 해줘야 해. 부서를 불문하고 전 직원에게 할당되는 일이야."

"힘들겠네요."

"뭐 적응하기 나름이야. 이런 건……. 여보세요? 바쁘신데 죄송합니다. 안녕하세요? 건강과 행복을 전해주는 해피 서플리입니다."

나가오는 명랑한 말투로 인사한 뒤 이야기를 시작했다. 이야기하는 동안에도 명랑한 말투는 그대로였지만, 중간부터 "그점은 정말 유감입니다. 다른 고객님들께서는 효과를 보고 기뻐하셨거든요", "아뇨, 규정상 반품은 어렵습니다. 상품 패키지를 보시면 적혀 있습니다"라는 식의 말이 많아졌다.

통화를 끝낸 나가오는 지극히 사무적으로 명부 중 하나에 체크 표시를 하더니 다음 고객에게 전화를 걸었다.

마미는 통화가 끝나길 기다리는 동안 명부와 함께 테이블 위에 있던 해피 서플라이 판매 카탈로그를 훑어보았다. 제품마다 이걸 사용한 덕에 류머티즘이 거짓말처럼 나았다, 요통이 사라졌다, 당뇨가 극적으로 개선됐다는 체험담이 이용자의 사진과 함께 실려 있었다.

이건 약사법 위반 아닌가.

마미의 시선을 느꼈는지 전화를 끊은 나가오가 "과장된 내용이 많지?"라며 웃었다. "뭐, 업종을 막론하고 법률을 완벽하게 지키는 회사는 없으니까. 단속하는 경찰도 뒷돈 챙기는 게 지금의 일본이기도 하고."

통화는 몇 통 더 이어지고 나서 끝났다. 나가오가 괜찮다고 손사래를 쳤지만 마미는 점심을 계산하고 승강기를 탔다.

70대 전후로 보이는 여성이 저쪽에서 빠른 걸음으로 다가오고 있었다. 마미와 눈이 마주치자 희미하게 미소를 짓는 듯했다.

"아, 저 사람도 타려나 본데."

"괜찮아. 옆에도 승강기 있으니까."

나가오는 그렇게 말하자마자 주저 없이 닫힘 버튼을 눌렀다. 문이 닫힐 때 그 나이 지긋한 여성과 다시 한번 눈이 마주쳤다. 황당해하는 표정. 승강기 안에서 마미는 나가오의 옆모습을 살폈다. 그러고 보니 노인 요양시설에서 함께 노래했을 때도 나가오는 지금처럼 왼쪽에 서 있었다.

"아오야기, 과장님도 말했지만." 나가오가 힐끗 마미를 쳐다보았다. "우리 회사에 들어오고 싶으면 친척이나 친구가 많아야 해. 그래야 우리 제품을 많이 사지. 입사하려면 그런 선물을 들고 오는 게 당연한 거야."

"아, 네."

마미는 가벼운 현기증을 느끼며 머릿속에서 해피 서플리의 이름을 두 줄로 지웠다.

화요일에는 아침부터 큰비가 내렸다. 집을 나서는데 대학에서 함께 세미나를 했던 고가 유키코에게 전화가 왔다. 그녀는 오늘 방문하기로 한 준대기업 종합 건설사 '미즈노 산업'의 총무부 인사과에서 근무하고 있다.

"마미, 미안. 업무 일정이 꼬여서 오전 10시에 와도 과장님을 못 만날 것 같아. 오후 1시로 약속 변경해도 돼?"

"아, 정말? 알았어."

전화는 "미안해"라는 목소리와 함께 끊겼다.

고가가 말한 대로 오후 1시에 회사를 방문했다. 미즈노 산업 빌딩은 현 중심부의 사무실 밀집 지역 한편에 있었다.

비는 일단 그쳤지만 하늘은 잔뜩 찌푸린 상태였다. 휴대폰으로 일기예보를 확인해보니 밤까지 간헐적으로 비가 내린다고 한다.

1층 로비에 들어서니 고가 유키코가 기다리고 있었다. 학창 시절에는 길게 길렀던 머리가 짧아졌고, 성숙한 느낌의 화장이 어깨를 강조한 디자인의 치마 정장과 잘 어울렸다.

"아침엔 미안했어." 고가 유키코는 두 손을 맞대며 미안해하는 표정을 지었다. "오늘 좀 정신이 없어서."

"아니야. 바쁜데 내가 미안하지."

"그나저나 인사과가 있는 층에서 면접을 보려고 했는데, 지금 상황이 좀 곤란해. 저쪽에 있는 카페로 가자. 과장님도 거기로 오신다고 했어."

고가 유키코는 유리창 너머로 보이는 길 건너편 빌딩을 가리켰다.

"상관은 없는데……. 무슨 일 있어?"

"오늘 아침 부장님이 인사과에는 우리 과 사람 말고 아무도 들이지 말라고 하셨거든."

고가 유키코 걸어가며 소곤소곤 말했다. "어제 이사회에서 갑자기 마흔 넘은 직원들에게 권고사직을 요구해서 지금 아주 난리가 났어."

"구조 조정을 한다는 말이야?"

마미는 앞에서 걷는 고가 유키코에게 역시 작은 목소리로 물었다.

"그래. 그래서 갑자기 다른 직원들의 시선이 따가워졌어."

"아……."

맞은편 빌딩은 비즈니스호텔로, 1층에 간단한 식사도 가능한 카페가 있었다. 안쪽 자리에 앉은 두 사람은 커피를 주문했다.

"같이 세미나했던 다른 애들하고는 연락해?"

고가 유키코가 묻자 마미는 "아니" 하고 고개를 저었다. "합창부나 같은 아파트에 살던 사람들하고는 메일이나 전화로 연락한 적은 있어."

"하긴, 세미나는 좀 그렇지." 고가 유키코는 고개를 끄덕이며 의미심장하게 웃었다. "어쨌든 좀 그런 세미나였으니."

그 세미나는 고이즈미 야쿠모*를 연구했다. 담당 교수는 다른 대학에서 온 나이 지긋한 교수로, 세미나가 별로 하고 싶지 않다는 태도를 노골적으로 드러냈다. 게다가 성격도 무뚝뚝하고 툭하면 빈정대는 사람이었다. 그게 전부라면 그냥 운 나쁘게 이상한 교수의 세미나를 골랐다고 생각하겠지만, 마지막 치

* 그리스 출신의 일본인 신문기자, 소설가, 영문학자.

명타가 기다리고 있었다.

세미나 학생들이 졸업 논문을 다 쓰고 난 뒤에 교수는 고이 즈미 야쿠모가 만년에 쓴 편지 내용을 소개하며 "뭐, 학점은 주 겠지만" 하고 비웃은 것이다. 그 편지는 고이즈미 야쿠모가 친 구에게 보낸 것으로, 1998년에 발견된 편지라고 한다. 그 편지 에는 야쿠모가 도쿄대 강사로 일하던 시절 낮은 임금을 받은 것, 자신의 작품을 일본인들이 정당하게 평가해주지 않는 것에 대한 초조함, 일본에 살면서 느끼는 외로움 등이 절절하게 담 겨 있었다.

학생들은 하나같이 고이즈미 야쿠모가 얼마나 일본과 일본 문화를 사랑하고 충만한 삶을 살았는가를 전제로 졸업 논문 을 썼기 때문에 다들 망연자실할 수밖에 없었다. 이 편지로 논 문의 내용이 뿌리째 흔들렸기 때문이다. 제대로 조사하지 않 은 학생들의 잘못이라고 한다면 할 말이 없지만, 아무리 그래 도 심보가 너무 고약했다. 일개 평범한 학부생이 쓰는 졸업 논 문이다. 그런 편지가 있다는 것쯤은 사전에 알려줄 수도 있었 을 텐데 하는 아쉬움이 지금도 남는다. 사실 그 편지가 발견되 기 전까지는 연구자들도 학생들과 비슷하게 고이즈미 야쿠모 를 묘사했다.

고가 유키코가 갑자기 몸을 쑥 앞으로 내밀었다.

"오가와라고 했던가? 아직도 만나?"

마미는 조금 심각한 표정을 지으며 고개를 저었다.

"자연스럽게 멀어졌다고 할까."

"증권회사 다닌다고 했나?"

"응. 아마 지금도 고베 지사에 있을 거야."

"그렇구나."

"너는 애인 있어?"

"으음." 고가 유키코는 팔짱을 끼고 천장 쪽으로 이리저리 시선을 돌렸다. "있다고 해야 하나, 없다고 해야 하나……. 뭐, 남자 친구까지는 아닌 것 같아."

"회사 사람?"

"에이, 그만 물어."

대답하기 곤란한 질문을 한 듯싶다. 잠시 두 사람은 점원이 가져온 커피를 말없이 홀짝거렸다.

오가와 야스아키는 같은 대학의 한 학년 위 선배로, 대학 3학년 때 단체 미팅 자리에서 알게 됐다. 오가와 야스아키가 졸업한 뒤 한동안 장거리 연애를 했지만, 그것도 넉 달을 채 가지 않았다.

사실 자연스럽게 멀어진 것은 아니었다. 작년 여름 오가와 야스아키의 집에 놀러 갔을 때, 다른 여자가 있음을 알아채고 헤어진 것이다. 그날 밤, 처음 해보는 체위를 이것저것 요구하는 게 아무래도 미심쩍어 오가와가 샤워하는 틈을 타 휴대폰을 뒤져보았더니 거기에 달콤한 말로 알콩달콩 주고받은 문자가 가득했다.

마미는 오가와 야스아키가 샤워를 마치기 전에 가방을 들고 집을 나왔다. 그의 휴대폰을 가방에 다시 넣지 않고 컴퓨터 책상 위에 두었으니, 마미가 사라진 이유를 짐작했을 터이다.

그 뒤로 오가와 야스아키와는 만나지 않았다. 그날 이후 연락은 오지 않았다. 이쪽에서도 연락하지 않았다. 장거리 연애를 하던 중에 헤어져서 그런지 충격도 그리 오래가지 않았다. 지금 생각하면 그나마 다행이다.

고가 유키코가 손목시계를 보더니 유리창 너머로 회사 빌딩 쪽을 보며 "과장님 늦으시네" 하고 얼굴을 찌푸렸다.

"구조 조정을 할 정도면 수시 채용도 어려운 거 아니야?"

마미가 아까부터 마음에 걸렸던 일을 물었다.

"아니, 그건 괜찮아. 장담할 순 없지만, 별개의 문제니까." 고가 유키코는 가볍게 손을 흔들었다. "수시 채용으로 뽑는 사람은 따로 있거든. 회사가 내쫓고 싶어 하는 대상은 마흔 넘은 관리직이고, 젊은 사람들은 연봉도 낮으니까 오히려 고용하고 싶은 거지."

"왠지 안타깝네. 회사를 위해 열심히 일한 사람들한테 나가라니."

당장 가족의 생계나 주택 자금 대출 때문에라도 그만두라고 해도 순순히 그만둘 수 있는 사람은 거의 없을 것이다.

"어쩔 수 없지. 공공사업 같은 건 점점 축소되는 시기니까, 이렇게 안 하면 회사가 망할 거야."

고가 유키코는 무슨 팔자 좋은 소리를 하냐는 듯 한쪽 입가를 실쭉거렸다. 학창 시절에는 한 번도 본 적 없는, 그런 종류의 냉소였다.

"그래도 이런 불경기에 나가라고 해서 나갈 사람이 얼마나 될까?"

"그야 그렇지. 그래서 인사과라는 게 있는 거잖아?"

"인사과에서 뭘 하는데?"

"마미, 넌 아직 회사라는 조직에서 일해본 적이 없어서 잘 모르겠지만 회사는 대학 동아리처럼 친목으로 유지되는 모임이 아니야. 무능하고 쓸모없다고 판단되는 사람은 잘려나가는 세계지."

나도 그 정도는 알고 있거든? 마미는 튀어나오려던 말을 가까스로 참았다.

"권고사직에 응하지 않으면." 고가 유키코가 계속 말을 이어

160

갔다. "우선 멀리 전근 발령이 나. 그것도 대출 끼고 집 산 사람을 노려서."

가족을 두고 혼자 전근하든가, 전근을 거부하고 사직하든가, 둘 중 하나를 선택하도록 강요하는 것이다. 전근이나 사직 모두 거부한 사람은 아마도 상사에게 집요한 괴롭힘을 당할 것이고, 그래도 나가지 않으면 연수라는 명목으로 일거리를 빼앗은 뒤, 단순 작업을 시키거나 일거리를 주지 않을 것이다.

그 정도는 이미 알고 있었지만, 눈앞의 친구가 그런 일에 관여하고 있다고 하니 꽤 거북한 기분이었다. 마미는 고가 유키코에게 아무렇지 않게 그런 말을 잘도 한다고 따지고 싶은 충동에 사로잡혔다.

"너는…… 구조 조정할 때 어떤 일을 맡는 거야?"

"나는 잡무만 하니까, 시키는 대로 명단 만들고, 복사하고, 이 일이 정리될 때까지 다른 부서 직원과 말하지 말라는 지시에 따르면 돼. 여기까지는 정신 건강상 괜찮아. 난 사형 집행인은 되고 싶지 않아. 어떤 회사에서는 구조 조정을 담당한 인사부 직원이 죄책감에 시달리다 자살을 했대."

그렇게 말하고 나서 고가 유키코가 덧붙였다. "하지만 뭐 거품 경제 시절에 부실 공사나 재하청에 아무렇지 않게 가담한 사람들이니 자업자득이라 할 만하지 않아?" 왠지 마음을 다잡기 위해 억지로 꿰맞춘 말 같았다.

얼마 지나지 않아 고가 유키코의 상사이자 인사과장이라는 남자가 카페에 왔다. 큰 키에 눈매가 사나운 50대 전후의 남자였다. 그리고 마미는 그때부터 집에 오는 열차 안에서 제정신이 들 때까지 정신이 멍했다. 인사과장과 고가 유키코의 말은 웅얼웅얼하듯이 들렸고, 얼굴마저 흐릿해 보였다.

잠이 덜 깬 것도 아닌데 왜 그럴까.

거부 반응의 일종일까?

오래전에 이와 비슷한 일이 있었다. 중학교 3학년 때 진로 상담을 할 때였다. 거만한 태도로 "아오야기는 지망 학교 수준을 낮추는 게 좋습니다"라는 담임과 치솟는 화를 억누르며 적당히 장단 맞추는 엄마, 그리고 딱히 가고 싶은 고등학교가 없다는 본심을 숨기고 있는 나까지 이렇게 셋이서 삼자대면을 했는데 그때도 아까와 비슷한 기분이었다. 말소리는 웅얼대듯이 들리고, 담임도 엄마도 교실 풍경도 흐릿했다.

아까 만난 인사과장의 얼굴까지는 기억나지만, 이름은 생각나지 않았다. 명함을 받은 것 같은데, 가방과 주머니를 뒤져봐도 보이지 않았다. 카페 테이블에 두고 왔거나 어디선가 떨어뜨린 듯했다.

전체 기억이 모호한 것치고는 몇 가지 단편적 기억만큼은 또

렸했다.

인사과장은 처음부터 끝까지 조금도 웃지 않았다. 우리 회사에서 여자는 총무, 인사, 경리 중 하나이며, 잡무가 주요 업무이니 화려한 일을 하고 싶다면 다른 데 알아보라는 식의 말을 했다. 지사나 영업소로 전근할 수도 있고, 잠깐 다니다 말 생각이라면 처음부터 안 하는 게 좋다고도 했다. 일부러 도발해서 어떤 대답을 하나 테스트하는 것 같아서 조금이라도 호감 가는 대답을 하려 했으나, 실제로 뭐라고 했는지는 기억나지 않는다. 하지만 그때 얼굴에 경련이 날 듯한 미소를 짓고 있었다는 건 기억난다.

중간에 한 번 인사과장의 휴대폰이 울렸다. 인사과장은 전화를 건 상대에게 "그런 걸 어떻게 알려줍니까?"라고 말했다. 상대가 계속 물고 늘어졌는지 인사과장은 결국 "위에서 결정한 일이니 저한테 불평해봐야 소용없어요"라며 일방적으로 전화를 끊어버렸다. 구조 조정 계획과 관련해 회사의 누군가가 질문을 한 것이리라.

인사과장은 몇 분 만에 자리에서 일어나 회사로 돌아갔고, 마미는 고가 유키코와도 바로 헤어졌다. 자리에서 일어날 때 고가 유키코는 경영진은 코앞에 닥친 일만 생각하고 미래를 걱정하지 않는다는 비판적인 말을 했다. 카페를 나왔을 때, 일주

일 안에 전화하겠다는 말을 들은 것도 같은데, 그즈음의 기억
이 불분명하다.

흔들리는 열차에서 마미는 맞은편 차창을 바라보았다.

다시 비가 내리고 있었다. 빌딩들이 자꾸자꾸 흘러갔다. 순간
거리가 비에 휩쓸려가는 듯한 느낌에 사로잡혔다. 그러고 보니
접이식 우산은 어디에 뒀더라? 가방을 뒤져보니 반투명 비닐봉
지에 싸인 채 들어 있었다. 비닐봉지 구석에 고인 물이 진동에
따라 흔들리고 있었다.

열차 안은 적당히 비어 있었고, 한 무리의 여학생들이 휴대
폰으로 문자를 보내며 뭐라고 떠들고 있었다. 마미는 출구 근
처 자리에 덩그러니 앉아 있었다. 별안간 몸이 무너져 내리는
듯한 허탈감이 밀려왔다. 그 회사에서 일하는 자신을 상상할
수 없었다.

하지만 일단 취직하면 익숙해지는 걸까? 고가 유키코도 나름
대로 직장 생활을 해내고 있지 않은가.

대학생 때 세미나를 같이 하던 친구 중 하나가 갑자기 보이지
않았던 적이 있었다. 얌전하고 대화할 때 다른 사람의 눈을 잘
못 보던 친구였다. 그 친구가 세미나에 나오지 않은 건 교수가
"아무 말도 안 할 거면 올 필요 없다"라고 말한 이후부터였다.

그때 그 친구의 집까지 찾아가 위로하고 격려하여 다시 세미

나에 나오게 한 사람이 고가 유키코였다. 고가 유키코는 그 친구와 딱히 친한 사이도 아니어서 나중에 그 이야기를 듣고는 좀 의외였지만, 고가 유키코에게는 그렇게 남을 챙기는 면이 있었다. 교수 없이 세미나 술자리를 할 때도 몸이 안 좋은 친구를 챙겼고, 어린아이를 보면 "어머, 귀여워" 하고 웃으며 손을 흔들고는 "몇 살이니?"라며 말을 건넸다. 그럴 때면 항상 쪼그리고 앉아 아이와 눈높이를 맞췄다.

고가 유키코는 회사 밖에서는 여전히 그런 모습일까? 일은 일이라고 선을 긋고 있는 것뿐일까? 웃는 얼굴로 말을 건넨 아이가 알고 보니 구조 조정으로 해고된 직원의 아이였다면, 고가 유키코는 과연 어떤 표정을 지을까?

마미는 뜬금없이 웃고 싶은 기분이 들었다. 바로 엊그제까지만 해도 하찮은 상상에 빠져 있던 자신이 왠지 참 어리석게 느껴졌다. 회사에서 일한다는 것을 안이하게 생각하지는 않았다. 상사에게 혼나고, 선배의 눈치를 살피고, 불만을 쏟아대는 고객에게 고개를 숙이는 상황쯤이야 충분히 각오하고 있었다. 보람찬 일만 한다는 보장도 없다는 걸 잘 알고 있었다. 애초에 화려한 일을 하고 싶다는 생각도 없었다. 일이란 어디까지나 먹고 살기 위한 수단이니까.

하지만 그래도 좋은 상사, 좋은 선배, 좋은 동료를 만난다거나, 일하며 나름 귀중한 경험을 할 수 있을 거라는, 가슴 설레는 상상은 했었다. 어쩌면 근사한 사람과 만날지도 모른다는 상상도.

물론 그런 소망은 이뤄질 수도 있다. 하지만 그때의 나는 지금의 나와 같은 사람일까. 역시 이 일을 하기 잘했다고 생각하고, 일하다 만난 사람과 결혼하고, 그럭저럭 행복한 삶을 누린다고 해도, 그때의 내가 진짜 나의 모습일지는 모르겠다. 무언가를 잃어버렸다는 사실조차 모르고 살아가는 건 아닐까?

마미는 작게 한숨을 내쉬었다.

무슨 말도 안 되는 생각을 하는 거야? 나를 채용하겠다는 회사가 없을지도 모르는데.

정차한 역에 올라탄 정장 차림의 남자를 보니 낯이 익다. 눈이 마주쳐서 보니 대학 선배였다. 마미는 가볍게 인사를 건넸다. 작은 몸집, 사람 좋아 보이는 얼굴, 무테안경, 가운데 가르마를 탄 머리. 인문대 학생회 임원이었던 사람으로, 마미가 과 주소록을 만들 때 학생회실 컴퓨터와 복사기를 사용하면서 잠깐 대화를 나눈 적이 있다.

상대도 알아보았는지 다가와서는 "안녕하세요" 하면서 조금 사이를 두고 자리에 앉았다.

"외근 중이야?"라고 묻기에 "아, 취업 준비 중이에요"라고 대답했다.

"아, 정말?" 상대는 주머니 안에서 명함 지갑을 꺼내 "나는 지금 이런 일을 하고 있어"라며 명함 한 장을 내밀었다.

현 중심부에 있는 시티호텔 부지배인이라는 직함이 보였다. 요코에 신지라는 이름을 보고 그제야 이름이 기억났다.

"와, 부지배인이라니, 대단하시네요."

"부지배인이라고 해봤자, 영화 촬영 현장의 조감독 같은 거야. 한쪽에는 무리한 부탁을 하고, 또 한쪽에는 사과하는 일을 하지. 고객의 불만도 듣고, 회사에서 나오는 불만도 듣고, 양쪽 다 들어야 해. 그러다 보니 위에서도 혼나고, 고객에게도 혼나고."

"힘드시겠어요."

"아까도 현청에 있는 후배한테 고개 숙이고 왔어. 그 후배가 행사 담당 부서라서, 제발 우리 호텔 좀 이용해달라고 빌었지."

마미는 선배의 말에 억지웃음으로 장단을 맞췄지만, 속으로는 세금으로 뒷돈을 만들어 흥청망청 쓴 인간들에게 시민이 머리 숙이며 일감을 따내야 한다니 블랙 코미디 같다고 생각했다.

"게다가" 하고 요코에 신지는 말을 이어갔다. "혹시 아는지 모르겠는데, 우리 모회사가 분식회계한 게 발각돼서 위태로운 상황이야. 어쩌면 호텔 절반은 문을 닫을지도 몰라. 그러면 이제 이거지."

요코에 신지는 손으로 목을 베는 시늉을 했다.

마미는 "힘드시겠어요"라고 하려다 아까 한 말이어서 "그럼 제가 취직하기는 힘들겠네요"라는 말과 함께 쓴웃음을 지었다.

"아니, 취직은 가능하지."

"정말요?"

"대신 호텔이 문 닫으면 바로 실업자 신세지만."

그게 뭐야. 마미는 쓸쓸하게 웃으며 살짝 노려보다가, 대학 시절과 비교하면 초췌하고 패기가 사라진 요코에 신지의 표정을 보고 급히 시선을 돌렸다.

"여자들은 말이야." 요코에 신지는 혼잣말처럼 중얼거렸다. "여차하면 전업주부를 하면 되니까 부러워."

순간 화가 치밀었다. 반박할 말은 얼마든지 있었다. 전업주부는 뭐 쉬워요? 전업주부 하라고 하면, 과연 선배가 할 수 있을까요? 주부가 얼마나 큰 고독과 마주해야 하는지 알고 있어요? 커리어를 쌓으려 해도 결혼하거나 아이를 낳으면 결국 전업주부로 내몰리는 현실을 모르는 거예요?

그러나 아직 취업도 안 하고 부모 밑에서 태평하게 사는 사람이 매일 고개 숙이며 일하는 사람에게 그런 말을 퍼부을 수는 없는 노릇이었다.

빗줄기는 점점 강해졌다.

수요일은 전날만큼은 아니지만, 아침부터 가랑비가 내렸다.

오전 10시, 마미는 대학 시절 같은 아파트에 살던 두 학년 위 선배 요쓰카와 유카가 있는 부동산 회사인 '구도 흥산' 총무부 홍보과를 찾아갔다. 회사는 어제 방문한 미즈노 산업과 가까운 상가 건물에 입주해 있었다. 유명하지도 규모도 그리 크지 않은 회사지만 지사를 두지 않아서 전근 걱정은 없다.

요쓰카와 유카는 원래 마른 체형이긴 했으나 대학 때보다 볼살이 빠져 어딘가 핼쑥한 느낌이었다. 웃으면 눈이 처지는 모습은 예전과 비슷했지만, 입가의 잔주름은 언제부터 있었나 싶다. 또 대학 때는 갈색 머리를 길게 길렀었는데, 지금은 마치 중학생처럼 검은색 단발머리를 하고 있다는 점도 의외였다.

구도 흥산의 직원은 모두 정장을 맞춰 입고 있었다. 남녀 모두 적갈색 상·하의로, 남자는 바지, 여자는 치마라는 점만 달랐다. 솔직히 그다지 멋진 정장은 아니었다.

플로어 내에 있는 소파로 안내받은 마미는 요쓰카와 유카와 인사과장 보좌 앞에 마주 앉았다. 눈이 크고 턱 끝이 살짝 갈라진 듯한 40대 전후로 보이는 여성이었다. 요쓰카와 유카가 소개하자 과장 보좌는 "가와시마입니다" 하고 인사했지만 명함은 주지 않았다.

이력서를 건넸지만 가와시마 과장 보좌는 한번 쓱 훑어볼 뿐

딱히 질문다운 질문은 하지 않은 채 "오늘은 요쓰카와 씨 옆에서 일하는 모습을 보고, 더 일할 마음이 생기면 그때 다시 연락하는 걸로 하죠. 다만 미리 말씀드리지만, 채용한다 해도 어느 부서로 갈지는 모릅니다"라고 무책임한 태도로 말했다. 마미는 최대한 웃는 얼굴로 "네, 알겠습니다. 감사합니다" 하고 고개를 숙이며, 이 사람은 나에게 전혀 관심이 없다고 판단했다.

차를 타고 외근 나간다는 요쓰카와 유카를 따라나서기로 했다. 회사 차라고 하는데, 차 이름 같은 것도 없는 흰색 승용차였다. 착공 예정인 아파트 건설 현장 주변에서 주민들의 반대 목소리가 나오고 있어 상황을 보러 간다고 한다.

밖은 여전히 가랑비가 내리고 있었다. 앞 유리에 맺힌 물방울이 조금씩 커지면서 다른 물방울을 휘감듯이 흘러내린다. 그리고 앞 유리 여기저기서 일어나는 그 움직임들을 와이퍼가 성가시다는 듯 털어낸다.

출발하자마자 요쓰카와 유카가 말했다. "무뚝뚝한 아줌마지?"

"아하하, 그러게요."

"뭐 신경 쓰지 마. 저래 봬도 같이 일하다 보면 부하직원을 감싸주고, 여러모로 챙겨주기도 하는 사람이야. 일부러 차갑게 밀쳐내는 듯한 태도를 보여준 다음, 그래도 일하고 싶다고 하는지 확인하려는 거지."

"수시 채용 인원은 얼마나 돼요?"

"글쎄, 위에서도 확실히 정해두지 않은 것 같아. 그래도 연휴 끝나고 신입사원 두 명이 그만뒀으니까, 두 명은 뽑지 않을까? 가와시마 씨가 말은 저렇게 하지만, 그만둔 사람 중 하나가 홍보과라서 아오야기가 원하면 홍보과에 갈 수 있을 거야."

"홍보과는 어떤 일을 해요?"

"우리는 작은 회사라서, 다른 회사에 있는 광고부도 겸하고 있어. 그래서 회사 이미지 제고를 위해 다양한 매체에서 광고하는 거야."

"TV 광고 같은 거요?"

"구도 흥산 TV 광고 본 적 있어?"

"아뇨……."

"아오야기 생각처럼 화려한 세계는 아니야. 홈페이지, 간판, 지역 무가지 광고, 회사 소개 책자 제작, 외부에서 오는 문의 응대 같은 일이지. 한마디로 창의적인 일은 거의 없어. 부동산 정보 관련 업무는 영업부가 하고."

그 뒤 요쓰카와 유카는 수시 채용에 지원할 다른 회사는 있는지, 남자 친구는 있는지 등을 물었고, 마미는 솔직하게 사흘 연속 세 군데 OG 방문을 하게 됐는데, 오늘이 세 번째 회사이며, 애인은 없다고 자세한 설명은 생략한 채 대답했다. 다른 두 회사는 어땠냐는 질문에 가망 없는 것 같다고 답했다.

"면접 본 곳이 다 안 되면 어떻게 할 거야?"

왠지 채용될 가능성이 그다지 크지 않다고 말하는 듯했다.

"글쎄요…… 그건 그때 가서 생각해야겠죠."

차가 고속도로에 진입하자 요쓰카와 유카가 물었다. "나 담배 좀 피워도 돼?"

"아, 네, 피우세요."

요쓰카와 유카는 한 손으로 재킷 안주머니에서 담배 케이스와 라이터를 꺼내 불을 붙였다. 운전석 쪽 창문을 살짝 열더니 가느다란 연기를 내뿜는다.

"선배, 원래 담배 피웠어요?"

"대학 다닐 때는 안 피웠어. 직장 다니면서부터."

이유가 살짝 궁금했지만, 묻지 않기로 했다.

"선배, 개랑 고양이 입양 도와주는 일은 지금도 하세요?"

"안 해." 요쓰카와 유카는 피식 웃으며 고개를 저었다. "직장 다니면 아무래도 그럴 시간이 없으니까."

요쓰카와 유카는 학창 시절, 버려진 개와 고양이를 위해 입양할 사람을 찾아 주는 활동을 활발히 했었다. 같은 아파트에 살아서 가끔씩 서로의 집을 오가며 술을 마셨는데, 그의 집에서 한잔할 때면 해마다 50만 마리나 되는 개와 고양이가 이산화탄소 가스로 '처분'된다는 이야기를 몇 번이나 했다. 다른 사람에게 집요하게 협력해달라고 하지는 않았지만, 질문을 받으면 열심히 알려주는 사람이었다. 대학 축제 때는 개와 고양이 입양을 위한 사진전도 열었다. 시간 되면 보러 오라는 말에 마미도 보러 갔다. 그곳에는 보호소에 수용된 개와 고양이들이 불안해하는 표정으로 카메라를 응시하는 사진이 전시돼 있었다. 마미는 할 말을 잃고 서 있다가 결국 출입구에 있는 모금함에 천 엔짜리 지폐 한 장을 넣고는 도망치듯 나왔었다. 대다수 사람이 보고 싶어 하지 않는 것, 보려고 하지 않는 걸 외면하지 않고 꾸준히 활동하는 그가 정말 용감한 사람으로 보였다.

마미는 조금 주저하다 입을 열었다.

"취직해서 일하게 되면 취미나 하고 싶은 일에 시간을 내기는 힘들어지겠죠?"

"쉬는 날에 좋아하는 일을 하는 건 물론 가능한데, 평일 내내 일 때문에 계속 머리랑 몸을 쓰고 나면 다른 일에 힘을 쓰기가 참 힘들지. 휴일만이라도 복잡한 생각 안 하고 재충전하고 싶잖아."

"맞아요."

"학생 때 하던 그런 사치스러운 일들은 경제적으로나 시간적으로나 여유가 있는 주부 같은 사람들 아니면 불가능해."

'사치스럽다'라는 표현이 마미는 묘하게 거슬렸다. 하지만 원래 그런 활동을 하지 않던 사람이 뭐라 간섭하는 건 분명 어불성설이다.

요쓰카와 유카는 말을 이어갔다. "그래서 영화 취향도 학생 때랑 많이 달라졌어. 학생 때는 무거운 주제라고나 할까, 난해한 영화를 좋아했는데, 요즘은 그런 영화 정말 안 내켜. 음모에 휘말린 주인공이 결국 배후 세력을 처단한다거나, 유전자 조작 실패로 출현한 괴물이 날뛴다거나, 복잡한 생각 안 하고 그냥 보는 것만으로 즐길 수 있는 영화만 보게 돼."

"일하다 보면 아무래도 스트레스가 있나 보죠?"

"글쎄, 있기는 한데……." 요쓰카와 유카는 잠시 뜸을 들였다. "입사 초반에는 스트레스라는 걸 어느 정도 의식했는데, 요즘은 그런 느낌이 아니야."

"이겨내신 건가요?"

"이겨냈다기보다는 익숙해진 거야. 스트레스가 당연해지는 거지. 직장에선 상사한테 잔소리 듣고, 성과는 빼앗기고, 실패는 떠맡는 게 일상이거든. 휴일에 아무 생각 없이 지내는 것도 그런 생활에 익숙해졌다는 의미겠지. 일할 때는 머리 나사를 느슨하게 요령껏 풀어둬. 그럼 야단맞아도 남의 일처럼 받아들이게 돼."

알 것 같았다. 어제 미즈노 산업의 인사과장을 만났을 때, 현실감각이 떨어진다고 느낀 것과 공통점이 있을지도 모른다. 마음이 무너져 내리지 않도록 일종의 방어 본능이 작동한 것 아닐까?

"선배는 결혼할 생각은 없으세요?"

"지금은 없어. 직장에 괜찮은 남자도 없고, 쉬는 날엔 멍하니 있고 싶어. 게다가 요새 맞벌이가 필수잖아."

"그런가요?"

"당연하지." 요쓰카와 유카가 얼굴을 찌푸리며 힐끗 쳐다봤다. "어지간한 부자랑 결혼하지 않는 이상 맞벌이해야 먹고 살수 있는 시대잖아. 요즘 남자들도 대부분 맞벌이를 원해. 그러면서 집안일은 거의 다 여자한테 시키니까 결혼하면 남자들만 좋지. 너 설마 직장에서 남자 찾을 생각은 아니지?"

"아뇨……."

"우리 회사, 사내 연애는 상관없는데, 결혼하면 둘 중 하나는 그만둬야 해. 그럼 당연히 여자가 그만두게 되잖아. 그렇다고 남편 월급만으론 먹고살 수 없으니, 아르바이트라도 뛰어야지. 마트 계산원 같은 거 하면 학생한테 선배랍시고 존칭 써가면서 배워야 해."

그러더니 요쓰카와 유카는 이렇게 덧붙였다. "어차피 우리 회사에 결혼하고 싶은 남자는 없으니까 쓸데없는 걱정이지만."

마미는 어쩌면 요쓰카와 유카가 사내 연애를 했다가 실연당한 적이 있어서 이렇게 말하는 건지도 모른다고 추측했다.

아파트 건설 예정지는 현 내에서 부도심에 해당하는 곳의 외곽에 있었다. 요쓰카와 유카가 "걸어서 현장을 둘러볼 거야"라며 근처 마트 주차장에 차를 세웠다. 가랑비가 내리고 있었으나 신경 쓸 정도는 아니어서 두 사람 다 우산을 챙기지 않았다.

바로 '원룸 아파트 건설 반대'라고 적힌, 언뜻 보기에 수작업으로 만든 듯한 입간판이 눈에 들어왔다. 평범한 주택 담장에 설치돼 있었다.

이후에도 요쓰카와 유카와 함께 주변을 둘러보는 동안 비슷한 간판을 여러 개 보았다. '아파트 건설을 허가하지 마라', '유치원생에게 태양을 빼앗을 셈인가!' 같은 문구가 적혀 있었는데, 하나같이 굵직한 글자에 강한 반대 의사가 느껴졌다.

요쓰카와 유카가 그 간판들을 휴대폰으로 촬영했다. 무엇 때문에 촬영하는지에 대한 설명은 일절 없었고, 마미는 잠자코 그 뒤를 따랐다.

건설 예정지는 유치원 바로 옆이었다. 멀리 보이는 산과 방송국 송신탑의 위치를 보니 건설 예정지가 유치원의 남쪽일 거라고 짐작했다.

대충 어떤 상황인지 짐작이 갔다. 예정대로 아파트가 들어서면 유치원에 햇빛이 들지 않으니 근처 주민들이 반대하는 것이다.

"이것 봐, 이 어이없는 간판."

요쓰카와 유카가 풉 웃음을 터뜨리며 가리켰다.

주택 콘크리트 담장에 설치된 손 글씨 간판에 '원룸 결사반대!'라고 쓰여 있었다.

"그럼 방 두 개짜리는 괜찮다는 거야?" 요쓰카와 유카는 실실 웃으며 사진을 찍었다.

"지금 방이 몇 개냐가 중요한 게 아니잖아."

주변을 한 바퀴 돌며 촬영한 후, 요쓰카와 유카는 차 안에서 주택지도 사본을 펼쳐 빨간 펜으로 표시하기 시작했다. 보아하니 반대 간판이 설치된 장소들이다.

차를 출발시킨 뒤 요쓰카와 유카가 말했다. "아파트는 어디에 짓든 누군가는 반대하지."

"환영받지 못하나 보네요."

"사실 그렇지도 않아. 자치회에서 반대하기로 하면, 일단 반대하는 태도를 보여야 하니까 다들 저러는 거야."

"그래요?"

아전인수격으로 생각하는 게 아니냐고 말하고 싶었지만 참았다.

"개중에는 극렬히 반대하는 사람도 있겠지. 하지만 그건 소수야. 그런 사람들이 자치회 모임에서 반대 결의를 주장하는 거고. 그럴 때 아파트 건설에 찬성하자는 의견이 나오지 않으면, 다들 동의해서 가결되겠지. 그렇게 돌아가는 거야. 실제로 이런 경우에는 일단 착공하면 체념하는 분위기로 흘러 흐지부지될 게 뻔해."

"건설 자체는 법률상 문제가 없는 건가요?"

"전혀. 그러니 저 사람들이 이래라저래라 해도 소용없지. 요즘 세상에 도시 한가운데 살면서 근처에 고층 건물을 짓지 말라니, 그런 이기주의가 통할 리 없잖아. 무엇보다 아파트가 들어서면 세대가 증가하고, 세대가 증가하면 원아도 증가할 텐데, 고마워하진 못할망정 반대할 이유는 없는 거야."

마미는 체한 듯한 불쾌감에 사로잡혔다. 요쓰카와 유카의 말이나 태도보다는 줏대 없이 맞장구치고 있어야 하는 자신이 싫었다.

선배, 그런 사람 아니었잖아요, 왜 그러세요?

하지만 그 말을 입 밖에 내면 더욱 자기혐오에 빠져들 것 같았다. 사회에서 하는 일은 많건 적건 간에 한쪽에서는 좋아하고 한쪽에서는 싫어할 것이다. 그렇게 사회는 전체적으로는 그럭저럭 잘 굴러간다.

그때 자전거를 탄 사람의 뒷모습이 보였다. 우산을 쓰고 있어 확실하지는 않지만, 나이 지긋한 여성 같았다. 요쓰카와 유카는 바로 경적을 울렸다. 큰 소리가 울리자 우산이 약간 움찔한 듯 보였다.

자전거를 추월하고 나서 요쓰카와 유카가 혀를 찼다.

"아, 정말. 우산 쓰고 비틀비틀 자전거를 왜 타는 거야. 꼭 저렇게 위험한 짓 하는 아줌마들이 갑자기 균형 잃고 부딪히면 남 탓을 한다니까."

집에 돌아와 보니, 마미의 노트북에 메일이 도착해 있었다. 한 학년 선배였던 스에히로 유키노의 메일이었다. 현 내에 본사를 둔 대형 화학제품 제조사인 '오자와 화학'에 들어간 사람으로, 마미는 지난번에 그녀에게도 수시 채용에 대해 메일로 문의한 적이 있었다.

메일을 열어보니, 인사과에서 수시 채용 면접을 하기도 한다고 하니 먼저 OG 방문을 와보면 어떻겠냐는 내용이었다. 얼른 전화를 걸었고, 내일 오전 10시에 본사를 방문하기로 했다. 고맙다는 마미의 말에 스에히로 유키노는 "너한테 신세 진 게 있잖아"라며 웃었다.

스에히로 유키노는 영어 강의 때 어쩌다 옆자리에 앉게 되어 알게 된 사이다. 처음 만났을 때 스에히로 유키노는 영어를 못 해 F 학점을 받아서 재수강하게 됐다며 태평하게 말했다. 이후에 강의에서 마주칠 때마다 조금씩 대화를 나눴고, 가끔 생협에서 함께 점심을 먹기도 했다. 그 정도 사이로 끝나기는 했으나, 영어 시험을 앞두고 한번 그가 마미의 아파트에 자러 온 적이 있었다. 밤새 시험공부를 하기 위해서였는데, 그 덕에 그는 학점을 딸 수 있었다.

강의에서 만날 기회가 사라진 뒤에는 대학 캠퍼스에서 마주치면 인사하는 정도였을 뿐 차분히 대화할 일은 없었고, 그는 먼저 졸업했다. 좋은 사람이었다는 생각은 지금도 변함없다. 약간 경박스러운 면은 있었지만.

목요일은 하늘이 흐렸지만, 비가 내릴 기미는 보이지 않았다. 회사로 가는 열차를 갈아타려고 승강장에 내리자 휴대폰이 울렸다. 화면을 보니 잠시 후 만나기로 한 스에히로 유키노였다. 전화를 받자 "아오야기, 미안" 하고 스에히로 유키노가 다급한 말투로 말했다. "오늘 안 될 거 같아."

"무슨 일 있어요?"

"어차피 내일이면 신문이나 뉴스에서 보겠지만, 회사 부지에서 고농도 다이옥신이 검출됐어."

"네?"

"정확히 말하자면, 어젯밤에야 그 사실이 언론에 알려진 거지. 자세한 건 신문 보면 알아. 아무튼 미안해. 당분간은 수시 채용이고 뭐고 정신이 없을 것 같아."

스에히로 유키노는 다시 한번 "미안해"라고 말한 뒤 전화를 끊었다. 마미는 크게 한숨을 내쉬며 승강장 의자에 앉았다.

대충 무슨 일인지는 짐작이 갔다. 오자와 화학은 회사 시설 부지에 유해 물질을 투기하고 있었고, 그 사실을 숨기다 발각된 것이다. 회사는 겉으로는 반성하는 태도를 보이겠지만, 안에서는 이 사실을 외부로 유출한 '범인'을 색출할 것이 뻔하다. 그리고 '범인'을 멀리 전근 보내거나 업무상 실수를 한 것처럼 꾸며내 보복하겠지. 조직이란 그런 곳이다.

한참을 멍하니 승강장 의자에 앉아 눈앞에서 오가는 사람들을 바라보았다. 얼마 지나지 않아 마미는 자신이 그다지 실망하지 않았음을 깨달았다.

사실 해피 서플리, 미즈노 산업, 구도 흥산, 오자와 화학 모두 입사하고 싶지 않다. 물론 현청이나 시청도 마찬가지다. 조직 안에서 일한다는 건 자신을 죽이는 일 같았다. 가짜 출장비를 받아내고, 교통비를 부풀리고, 과대광고를 하고, 구조 조정에 가담해 동료를 잘라내고, 주민의 반대를 비웃는다. 단지 내 일을 할 뿐이라고 선을 그으면 그만일지도 모른다. 그런 일에 무감각한 사람도 있을 것이다. 무감각하지는 않더라도 별수 없다고 체념하면 대개 용납된다. 조직은 사람을 변하게 만든다. 최근 며칠간 깨달았다.

마미는 자신이 그런 일에는 어울리지 않는다고 생각했다. 그 방향으로 나아가고 싶지 않다. 자신은 오히려 5월병으로 회사를 그만두는 부류의 인간이다. 그래서 지금 어딘가 넋이 나가 있는 것이다. 약해빠졌다, 도망치는 거다, 말할 수 있지만 싫은 건 싫은 거다. 인생은 단 한 번뿐인데, 마음이 황폐해지는 걸 알면서도 그쪽으로 나아가고 싶지 않다. 본인만 단단하면 괜찮다는 말은 거짓말이다. 사람들은 대부분 나약하다.

자신이 조직에서 일할 수 없는 사람이라면 답은 자연스레 나온다. 조직에서 일하는 직업 이외의 일자리를 찾아야 한다. 왜 더 일찍 깨닫지 못했을까. 그렇다고 셀프서비스 우동 가게를 물려받고 싶지는 않았다. 패스트푸드 같은 운영 방식에 반감이 생겨 어딘가에 취직하려고 한 것이니까.

마미는 역 매점에서 캔맥주를 샀다. 벤치로 돌아와 맥주를 단숨에 마셨다. 근처에 서 있던 중년의 직장인이 호기심 어린 시선을 보낸다. 그 뒤에 서 있던 아주머니도 노골적으로 눈살을 찌푸린다. 하지만 마미는 그 시선들에서 해방감을 느꼈다. 뭐가 불만이야. 내가 누구한테 피해준 거 있어?

조직 생활은 싫다. 규칙에 따라 움직여야 한다는 점도 싫다. 패스!

그렇다면 선택지는 극단적으로 줄어든다. 하지만 뭐 어때. 오히려 내가 해야 할 일을 찾기 쉬워지잖아.

아직 젊으니까 앞으로 공부해서 직업을 가지면 된다. 돈은 최소한이라도 상관없다. 돈으로는 살 수 없는 자부심을 가질 수 있다면.

그래, 자부심이다, 자부심. 가슴을 펴고 나는 이것만큼은 누구에게도 지지 않는다는 자부심. 자부심이 있다면 작은 악행에 가담할 필요 없이 나다운 삶을 살 수 있지 않을까.

더는 망설이지 않겠어. 이제부터 해야 할 일을 찾자.

마미는 빈 맥주캔을 힘껏 움켜쥐었다.

좀 더 자유로운 기분을 맛보고 싶어 그대로 개표구를 나와 거리를 걸었다. 마미에게는 이제껏 그냥 지나치던, 역 앞의 조금 붐비는 낯선 거리였지만 그래서 오히려 신선했다.

남쪽 구름 사이로 몇 줄기 햇살이 쏟아지고 있었다.

이런 걸 천사의 사다리라고 하지 않았나?

마미는 자신이 축복받는 기분이 들었다. 지금 무언가에 이끌리고 있는 건 아닐까.

얼마 지나지 않아 운명 같은 가게를 발견하고는 홀린 듯 멈춰 섰다. 한산한 상점가 뒷골목에 자리한, 이 동네에서는 유명한 메밀국숫집이었다. 가본 적은 없지만 맛있기로 소문이 난 수제 메밀국숫집으로 마미도 이름은 알고 있었다. 지역 생활정보지나 무가지에도 자주 실리고, 지역 방송국뿐 아니라 전국 방송 프로그램에서도 소개된 바 있다.

메밀국수 장인이라. 동경하는 마음으로 할 수 있는 일은 아니겠지만, 마미는 묘하게 운명 같은 걸 느끼며 이끌리듯 가게 안으로 들어갔다. 점심시간까지 아직 시간이 남아서 가게 안은 텅 비어 있었다. 테이블 여덟 개에 카운터가 있다. 생각보다 아담했다. 오래된 목재를 사용한 듯한 옛날 전통식 구조. 주방은 칸막이로 가려져 있었지만, 메밀국수를 만드는 남자의 모습이 틈새로 언뜻 보였다.

머리에 삼각건을 두른 초로의 여자가 차를 내왔다. 점원인지 이 가게 주인인지는 알 수 없다. 다만 무뚝뚝하게 "어서 오세요" 하며 인사를 건넸다.

마미는 당황해하며 테이블 위에 있던 메뉴를 집어 들었다.

"뭐로 하시겠어요?"라고 재촉한다.

"아, 네, 저기……."

그때 마미 바로 옆 테이블에 있던, 직장인으로 보이는 조금 뚱뚱한 남자가 물었다. "여기 카레 메밀국수 되나요?" 이 사람도 방금 들어왔나 보다.

초로의 여자는 퉁명스레 대답했다. "메뉴에 있는 것만 되는데요."

별안간 안쪽에서 "우리는 그런 가게가 아닙니다"라는 굵은 목소리가 들려왔다. 이어서 "그런 게 드시고 싶으면, 역에 있는 서서 먹는 국숫집에 가세요"라는 다른 목소리가 들려왔다. 주방에서 작업하고 있던 남자들의 목소리 같았다.

"아, 죄송합니다." 남자는 당황해하며 다시 메뉴를 집어 들었다. "그럼 튀김 메밀국수로 주세요."

초로의 여자가 더 차가운 말투로 말했다. "튀김 메밀국수는 정오부터 되는데요."

"아……. 그럼 판 메밀국수로 주세요."

"판 메밀국수요."

그 여자의 말투는 절대 메뉴 변경은 안 된다고 협박하는 것처럼 들렸다. 마미는 다른 손님들을 살펴보았다. 나머지는 세 명, 모두 남자 손님이다. 묵묵히 국수를 먹고 있다. 가게 안에 TV 같은 건 없었고, 주방에서 들려오는 소리, 때때로 밖에서 지나가는 자동차 엔진음만 들려왔다. 수다를 떨거나 신문이라도 세게 펼치면 한 소리 들을 듯한 긴장감이 감돈다.

마미는 자리에서 벌떡 일어나 출입구로 향했다. 등 뒤로 "뭐야, 저 사람" 하는 여자의 날카로운 목소리가 들려왔다.

가게를 나오다가 들어오는 남자 손님과 어깨가 살짝 부딪혔다. 마미는 얼른 사과하려다 상대가 노골적으로 혀를 차며 노려보자 그럴 마음이 사라져 그냥 무시한 채 거리로 나왔다.

마미는 되도록 번잡하지 않은 골목으로 걸어 다녔다. 걸으며 냉정해지고 싶었다. 그 싸늘한 분위기. 그런 가게에서는 절대 음식을 먹고 싶지 않다.

그야 맛은 좋겠지. 가게 주인이든 직원이든 솜씨가 상당하리라. 하지만 실력에 자부심이 있다고 오만해도 될까? 설령 내가 솜씨 좋은 장인이라 해도 저런 태도는 보이지 않을 것이다.

정신을 차려보니 강변 산책로를 걷고 있었다. 벚나무가 줄지어 있고, 파릇파릇한 잎이 무성하게 우거져 있다. 나무 위에서 새가 날갯짓하는 소리가 들렸다. 머리에 뭔가가 떨어졌다. 올려다보니 비둘기 몇 마리가 날아가고 있었다. 한 손으로 정수리를 만져보니 미끄덩하고 불쾌한 감촉이 손가락에 전해졌다. 손가락에 묻은 회색 물체를 보고 마미는 "아" 하고 한숨을 내쉬었다. 비둘기 요 녀석들.

아까 강변 산책로로 들어서기 전에 작은 이발소 앞을 지나온 것이 생각났다. 이발소라도 좋으니 머리 좀 감겨달라고 하자. 이참에 머리를 잘라보면 어떨까? 나쁘지 않을 듯싶다. 뭐가 됐든 기분을 바꿀 수 있는 무언가를 해보고 싶다.

마미는 왔던 길을 되돌아갔다.

이발소에는 아무도 없었고 "실례합니다"라고 하자 서른 전후로 보이는 여자가 안쪽에서 나왔다. 작은 몸집에 눈매가 또렷하고 붙임성이 좋아 보이는 여자였다. 사정을 설명하자 "어머, 날벼락이었겠네요"라고 웃으며 세 개의 자리 중 가운데로 안내했다.

이 여자가 이발사라는 걸 알고 마미는 긴장감이 확 풀리는 기분이었다. 이발사는 수다를 좋아하는지, 예전에 같이 일하던 남편과 이혼하면서 이 가게를 얻게 되었다는 이야기, 남자 손님이 대부분이라서 신경 쓸 일이 적다는 이야기 등을 마미의 머리를 감기며 들려주었다.

이발사의 싹싹한 성격 덕에 마미는 자연스레 자신의 이야기도 꺼냈다. 조직 안에서 일하는 것이 적성에 맞지 않아 프리랜서로 할 수 있는 일을 찾고 싶다, 그러려면 열심히 실력을 쌓아야겠지만 더 망설이고 싶지 않다는 이야기에 이발사는 "어머,

그러셨구나"라며 공감해줬다. 덕분에 마치 유능한 상담가와 대화하는 기분이었다.

머리를 감기고 나서 이발사는 어깨와 목을 마사지해주었다. 솜씨가 좋아 지압을 받을 때마다 뭉친 곳이 풀리는 느낌이었다. "그런 강한 의지가 있으면 걱정할 거 없어요, 의외로 쉽게 적성에 맞는 일을 찾을 거예요"라는 격려의 말도 기분 좋았다. 마미는 어느새 졸음이 쏟아지는 걸 느꼈다. 의자에 앉은 채 미지근한 늪에 서서히 가라앉는 것 같았다.

얼마나 지났는지도 모를 시간이 흐른 후 "의자 세우겠습니다"라는 목소리에 눈을 떴다. 전동의자 등받이가 세워지면서 마미는 거울과 마주했다.

처음에는 꿈결에 환각이라도 보는 줄 알았다. 다음 순간, 온몸에 오싹한 전류 같은 것이 흘렀다. 터무니없이 짧은 머리. 이마가 훤히 드러나 있다. 이렇게 짧은 머리는 태어나서 처음이었다.

게다가 금발이다.

뜬금없이 웬 금발?

어째서 금발인 거야?

마미는 이것이 자신에게 일어난 일이라고 바로 받아들이지 못하고, 입을 떡 벌린 채 거울을 바라볼 수밖에 없었다.

"어때요, 정말 근사하죠?"

뒤에 서 있던 이발사가 자신만만하게 웃고 있다.

"이……." 마미는 침을 삼켰다. "이게 뭐예요?"

"조직에서 일하는 인간은 절대 못 하는 머리. 손님이 그렇게 하고 싶다고 하셨잖아요."

"말도 안 돼."

"솔직히 제가 제안해서 손님이 좋다고 하신 거지만."

이발사는 웃으며 마미의 어깨를 가볍게 주물렀다.

이발소를 나온 마미는 몇 번씩 머리를 만지며 걸었다. 어슴푸레한 기억이기는 하지만 이발사의 제안에 동의한 것 같기도 하다. 졸음이 쏟아져 반쯤 무의식이었을 텐데……. 처음에는 말문이 막힐 정도로 놀랐지만, 지금의 자신에게 어울리는 머리일지도 모르겠다는 생각도 든다. 참 이상한 일이다.

뱃속에서 꼬르륵 소리가 났다. 그러고 보니 점심을 먹지 않았다. 조건반사적으로 그 메밀국숫집이 떠올랐다. 이렇게 배가 고픈데도 그 가게에서 먹고 싶다는 생각은 들지 않는다.

마미는 손목시계를 보았다. 벌써 오후 2시가 다 되어간다. 집에 가려면 한 시간 정도 걸리지만 배고픔을 참고 집에 가기로 했다.

왠지 '아오야기'의 우동이 먹고 싶었다.

어중간한 시간이라서 가게에는 영업하다가 온 듯한 직장인 손님이 한 명 있을 뿐이었다. 계산대 안쪽에 있던 아빠가 마미를 보고 눈이 휘둥그레졌다.

"너…… 머리가 그게 뭐냐?"

직장인 손님도 이쪽을 돌아본다.

"뭐 어때요."

마미는 애써 담담한 척 유리통 뚜껑을 열어 요리용 젓가락으로 우동 한 덩어리를 집어 올렸다. 우동을 체에 담아 스테인리스 열탕조에 담갔다. 체는 열탕조 가장자리에 걸칠 수 있다.

면을 삶고 있을 때 아빠의 시선이 느껴져 고개를 들고 말했다. "손님으로 온 거예요." 아빠는 무슨 말을 하고 싶어 했으나 잠자코 있었다. 다만 작게 한숨을 내쉬는 것 같았다.

쟁반 위에 올려둔 그릇에 다 삶은 면을 담은 뒤 다음 코너에서 건더기를 골랐다. 우엉 튀김과 달걀말이를 얹고, 마개를 열어 육수를 부었다. 무료로 제공되는 다진 파를 듬뿍 뿌리고 후추를 조금 넣었다.

계산대 앞에 쟁반을 놓았다. 아빠는 여전히 무슨 말을 하고 싶어 했지만, 다른 손님이 있어서인지 무뚝뚝하게 가격만 말했다. 우동 값을 낸 뒤 계산대에서 가장 먼 출입구 근처 자리에서 우동을 먹었다. 뱃속이 점점 따뜻해졌다.

교복 차림에 얇은 가방을 겨드랑이 사이에 끼운 남자아이가 가게로 들어왔다. 근처 고등학교 학생인가? 짧은 머리를 헤어젤로 세웠다. 아빠가 "어서 오세요"라고 하자 고등학생은 꾸벅 인사한 뒤 젓가락으로 면을 집어 체에 담았다. 가게에 처음 오면 보통 당황해하는데, 그 학생은 단골인 듯했다.

고등학생이 계산대에서 계산할 때 아빠가 물었다. "오늘은 빨리 왔네. 연습 끝났니?"

"아뇨. 동아리 그만뒀어요."

"왜?"

"그냥 하기 싫어서요."

아빠는 어쩔 수 없다는 듯 혀를 찼다.

"부모님께 걱정 끼치지 말아라."

"네, 알아요. 그냥 적성에 안 맞아서 그만둔 거예요."

고등학생은 멋쩍어하는 듯했다. 그러고 보니, 아빠는 집에서는 별로 말이 없으면서 단골손님에게는 왠지 말을 건네곤 했다.

직장인 손님이 가고 마미가 우동을 다 먹었을 때, 허리가 조금 구부정한 할머니가 들어왔다. 연보랏빛 꽃무늬 원피스에 샌들을 신고, 숱이 적은 머리를 뒤로 묶었다.

아빠가 "어서 오세요"라며 계산대에서 나왔고, 할머니는 마미와 가까운 자리에 앉았다. "아이고 세상에, 나 원 참."

"무슨 일 있으세요? 며느님이 또 뭐라 하던가요?" 아빠는 할머니를 위해 우동을 체에 담아 열탕조에 넣었다. 이 할머니는 특별 대우 손님인가 보다.

"어떻게 이럴 수가 있어! 지난 일요일에 나만 빼고 아들 부부랑 딸 부부, 손자 가족들이 온천에 다녀왔다는 거야."

"어디 온천이요?"

"어디인지가 뭐가 중요해."

"작년에는 같이 가셨다고 하지 않으셨어요?"

"맞아. 근데 올해는 나만 쏙 뺐어."

"근데 할머님, 작년에는 이제 온천은 질색이라고 하지 않으셨어요? 차 타고 몇 시간씩 가야 하는 데다 증손자들 시끄러워서 못 살겠다고."

"거참 말 많네. 쓸데없는 소리 말고 우동이나 삶아."

아빠는 웃으며 체를 들어 올려 면의 물기를 뺀 뒤 그릇에 담았다.

"늘 드시던 걸로 드리면 되죠?"

"그래. 꼭 물어봐야 알아?"

아빠는 미역과 튀김 부스러기를 얹은 우동을 할머니 앞에 놓더니, 웬일인지 돈을 받지 않고 계산대로 돌아갔다.

마미는 그 뒤에도 한동안 가게에 머물면서 몇몇 손님이 드나
드는 모습을 관찰했다. 예전에는 전혀 신경 쓰지 않았던 광경
이 지금은 이상하리만치 신선해 보였다.

술집 사장님인 듯한, 마흔이 넘어 보이는 아주머니는 계산대
근처 자리에서 우동을 먹으며 어깨 결림이 심해서 못 견디겠다
고 하소연했다. 아빠는 "어서 나으시면 좋겠네요"라는 말뿐이
었지만, 아줌마는 그 정도 대답에도 그럭저럭 만족한 듯 이후
에는 조용히 우동을 먹었다.

작업복 차림의 남자 손님에게는 아빠가 "부인은 요즘 어떠세
요?"라고 묻자 "곧 퇴원할 것 같아요"라고 대답했다. 그러자 아
빠는 "다행이네요"라며 미소를 지었다.

마미는 갑자기 어릴 때 읽었던 그림책 '생쥐의 결혼'이 떠올
랐다. 아빠 생쥐가 딸을 쥐보다 강한 상대와 맺어주고 싶어 하
는 이야기다. 처음에는 태양에게 갔지만 "나를 덮어버리는 구
름이 더 강하다"라고 했다. 그러나 구름은 "나를 날려버리는 바
람이 더 강하다"라고 했고, 바람은 "나를 튕겨내는 벽이 더 강
하다"고 했다. 그래서 벽에게 딸과 결혼해달라고 부탁하러 갔
더니 벽은 "나를 갉아 구멍을 내는 생쥐가 더 강하다"고 말했
다. 아빠 생쥐는 마침내 수컷 생쥐야말로 딸에게 어울리는 결

혼 상대라고 결론짓는다.

지금까지 마음 한구석에서 '아오야기'를 우습게 생각했다. 패스트푸드처럼 업자가 만든 재료를 그대로 쓰는 장사를 부끄럽게 생각했다. 이런 일에 자부심이 생길 리 없다고. 그래서 회사에 취직하려고 했다. 그런데 아니었다. '아오야기'에는 손님을 대접하는 마음이 있다. 가장 중요한 것 말이다.

이발사의 말이 갑자기 떠올랐다.

"강한 의지가 있으면 걱정할 거 없어요, 의외로 쉽게 적성에 맞는 일을 찾을 거예요."

작업복 차림의 남자 손님이 나가고 나자 가게는 텅 비었다. 마미는 자리에서 일어났다. 아빠보다 먼저 행주를 집어 들고 남자 손님이 사용한 테이블을 닦았다.

왜 저러나 싶은 얼굴로 아빠가 쳐다보았다.

"아빠, 저 가게 일 도울게요."

아빠는 얼떨떨한 듯했지만, 곧 굳은 표정으로 바뀌었다.

"왜?"

"나쁠 거 없잖아요. 아빠도 요즘 통풍이 점점 심해지고 있으니, 한동안 치료에 전념했으면 하는 마음도 있고."

"너 수시 채용 때문에 회사 찾아갔던 거 아니었어?"

"회사에 취직하는 건 그만둘래요. 적성에도 안 맞고."

"고민 없이 말하지 마라."

고민 없이 하는 말 아니에요, 라고 꺼내려던 말을 꿀꺽 삼켰다. 깊이 생각한 적이 없기는 하다.

"뭐 어때요. 고민 끝에 시작했는데 결국 그만두는 일도 있고, 반대로 즉흥적으로 시작했는데 꾸준히 하는 일도 있잖아요. 중요한 건 나중 일이에요."

"나중 일은 무슨……. 어차피 또 금세 그만둔다고 할 거면서."

"안 그래요. 하고 싶어요!"

"돈벌이는 기대 마라. 알고는 있냐?"

"알아요. 먹고 살 정도면 돼요. 제가 도맡아서 할 때까진 월급도 필요 없어요."

"편한 장사인 줄 알고 우습게 보는 건 아니고?"

"아니에요."

마미는 아빠를 잠시 노려보았다.

아빠는 고개를 갸웃하더니 한숨을 푹 내쉬었다.

"엄마한테 물어봐."

아빠는 마미 손에 있는 행주를 빼앗아 싱크대 쪽으로 갔다.

"엄마가 괜찮다고 하면 되는 거죠?"

아빠는 돌아보지도 않은 채 말했다. "알아서 해."

마미는 바로 집으로 달려갔다.

"아니, 너 머리가 왜 이래!" 엄마가 비명을 질러대는 바람에 먼저 그 설명부터 해야 했다.

30분 가까이 걸리기는 했지만, 아빠한테는 직접 말하기 힘든 것도 엄마한테 털어놓으며 겨우 승낙을 받았다. 마미는 서둘러 편한 옷으로 갈아입고 가게로 돌아갔다.

그리고 멋대로 가게 일을 거들기 시작했다. 아빠는 몹시 못 마땅한 얼굴로 보고 있었지만, 엄마가 뭐라 했는지 확인하려 들지도 않았을뿐더러 어차피 오래 못 갈 거라는 식의 트집도 잡지 않았다. 대신 "그릇 꼼꼼히 닦아"라고 지시했다.

"네!"

대답 소리가 너무 커서 몇몇 손님이 움찔하며 돌아보았다.

가게 일을 도운 지 열흘쯤 지난 오후에, 고급스러운 짙은 남색 정장에 깔끔하게 7대3 가르마를 탄 마흔 전후의 남자가 가게에 들어왔다. 점심 손님이 빠져나가 가게가 한산해진 시간대에 마미는 장부를 컴퓨터에 입력하는 연습을 하려고 노트북 전원을 켜고 막 실행하던 참이었다.

싸늘한 눈빛으로 가게 안을 둘러본 남자는 마미에게 "여기 직원이신가요?"라고 묻더니, 마미가 그렇다고 하자 명함을 건넸다. 한 손에는 광택 나는 007 가방. 반짝반짝 닦아놓은 구두는 들여다보면 얼굴이 비칠 듯했다. 골프를 치는지 햇볕에 그을린 홈 베이스형 얼굴은 활기 넘치는 분위기였다.

명함에는 '주식회사 미야우치 TV 사업본부 총무부 총무과 과장 대리 후나키 쇼고'라고 적혀 있었다.

미야우치는 전국적으로 알려진 대형 가전제품 제조업체다. 상품 분야별로 사업본부와 공장을 두고 있으며, 이 현에는 TV 사업본부가 있다.

마미에게 있어서 미야우치는 대학 4학년 때 이력서를 냈다가 서류 전형에서 탈락한 회사이기도 하다. 듣자 하니, 몇 년 전 마미와 같은 대학 졸업생이 미야우치에 합격하고 나서 다른 회사로 간 일이 있는데 그 여파인 듯하다고 한다. 명문대도 아닌 주제에 천하의 미야우치를 걷어차다니 괘씸하다, 다시는 그 대학 출신은 채용하지 말라는 분위기인 듯했다.

후나키가 "아르바이트하시는 분인가요?"라고 물었다. 마미의 머리를 뚫어지게 쳐다보고 있다.

"아, 여기는 아버지가 운영하시는 가게예요."

"아, 그렇군요." 후나키는 정중한 미소를 지었다. "아버지께서는 지금 어디 계십니까?"

"잠깐 볼일이 있어 나가셨어요."

아빠는 통풍 치료 때문에 조금 전에 시립병원에 갔다.

마미가 "무슨 일인지, 저한테 말씀하시면 안 될까요?"라고 하자 후나키는 "아, 네. 그럼 말씀드려도 될까요?"라며 떨떠름한 표정으로 고개를 끄덕였다.

일단 차를 내와서 계산대 근처 테이블에 마주 앉았다.

미야우치 공장 부지에 있는 식당 시설에 입주하지 않겠느냐는 이야기였다. 후나키는 서류와 평면도를 보여주며 입주 조건과 구내식당 시스템에 대해 대강 설명한 뒤 "무례하게 들리실수도 있겠습니다만"이라고 서론을 꺼낸 뒤, 공장 시설에서 일하는 종업원과 하청인 등 관련 업체를 합치면 4천 명이 넘어 지금보다 몇 배의 수익을 기대할 수 있다는 점과 여러 동종 업체와 접촉해 더 의욕적인 업체를 선정할 예정이라고 덧붙였다.

"공장에 입주하면, 이 가게는 문을 닫게 되는 거죠?"

마미의 질문에 후나키가 대답했다. "그건 사장님 판단에 맡기겠습니다. 종업원을 고용하면 둘 다 운영하실 수 있겠죠." 상냥한 표정에 말투도 정중했지만 '이런 솔깃한 제안을 하는데 황송하겠지'라는 오만함이 물씬 풍겼다.

공장에 입주하면 이런 잘난 척하는 인간들에게 굽신굽신해야겠지. 마미는 그 모습을 상상했다.

그때 청바지 뒷주머니에 있던 휴대폰에서 벨 소리가 울렸다. 화면을 보니 아빠였다. "죄송합니다. 잠깐만요." 자리에서 일어난 마미는 후나키와 조금 떨어진 장소에서 통화버튼을 눌렀다.

"아빤데, 진료 시간이 지연돼서 기다리고 있어. 평소보다 한 시간 정도 늦을 것 같은데, 가게는 별일 없냐?"

"가게는 괜찮은데……."

마미는 후나키가 한 이야기를 간추려서 설명했다.

아빠는 의외로 담담하게 "네가 하고 싶으면 하지 그러냐?"라고 물었다.

"싫어요. 전 지금 가게 일을 돕고 싶어서 하는 거잖아요. 아빠는 생각 없으세요? 직원은 더 고용하면 되고."

"싫어, 구내식당 같은 거. 생쥐처럼 정신없이 일해야 하고, 손님과 잡담할 시간도 없는 건 싫다. 게다가 규모가 커지면 그만큼 구석구석 살필 수가 없어. 그러면 뭔가 실수하기 마련이야."

"맞아요."

"원래 아빤 2년 안에 가게를 정리할 생각이었으니까, 그런 장래 이야기는 네가 결정해."

"그럼 거절해도 되죠?"

"그래, 마음대로 해."

"알았어요." 마미는 전화를 끊고 뒤를 돌아보았다.

"저, 지금 아빠…… 아니 사장님께 말씀드렸는데, 관심이 없으신 것 같아요. 모처럼 찾아오셨는데, 저희는 거절하겠습니다."

후나키는 지금 무슨 일이 일어났는지 모르겠다는 듯 눈을 껌뻑였다.

"네? 공장 입주를 검토할 생각이 없으시다는 말씀인가요?"

"네."

믿을 수 없다, 이해할 수 없다는 표정. 몹시 얼빠진 표정이기도 했다

"저기…… 사장님께 제 얘기를 제대로 전달하신 건가요?"

"네, 제대로 전달했습니다."

시선이 마주쳤다.

후나키의 표정에서 조금 전의 가식적인 웃음이 사라지고 낙담한 표정으로 바뀌고 있었다.

"그렇군요, 알겠습니다. 관심이 없으시다면 할 수 없죠."

마미는 되도록 무뚝뚝하게 "안녕히 가세요"라고만 대답했다. 미안하다는 표정을 지을 이유는 없다. 가게를 나서려던 후나키가 "참나, 뭐라도 되는 줄 아네"라고 중얼대는 소리가 희미하게 그러나 또렷이 들렸다.

"잠시만요. 지금 뭐라고 하셨죠?"

마미가 소리를 지르자 출입구 쪽에서 후나키 쇼고가 흠칫 놀라며 멈춰 섰다.

화낼 줄은 몰랐나 보지. 잔뜩 겁먹은 것 좀 봐. 상대의 얄팍함

에 마미는 웃음이 나오려 했다.

"하고 싶은 말이 있으면 이쪽 보고 말씀하세요!"

후나키는 얼굴이 일그러지더니 도망치듯 가게를 나갔다.

웃긴 놈이네. 조직의 권위를 등에 업고 거들먹대다니.

마미는 두 손으로 뺨을 탁탁 두들기며 마음을 가다듬었다.

자, 일하자, 일!

멜론빵 머리의 영웅

카우벨 소리가 들리자 안쪽 칸막이 자리에 있던 호사카 겐이치는 문 쪽을 보았다. 영업2과 주임 오토모 고타가 주뼛주뼛 얼굴을 들이밀고 있었다.

"여기야, 여기." 호사카가 손을 흔들자 오토모 고타는 죄송하다는 듯 연신 고개를 꾸벅이며 빠른 걸음으로 다가왔다.

평범하게 걸어오면 좋으련만.

겐이치는 작게 한숨을 내쉬었다.

"늦어서 죄송합니다."

오토모 고타는 다시 두 번 고개를 깊이 숙였다.

"아냐, 갑자기 불러낸 내가 미안하지. 자, 어서 앉아."

"아, 네, 죄송합니다."

오토모 고타는 조금 망설이더니 "실례합니다"라며 한 자리쯤 거리를 두고 앉았다. 그러고는 부산스레 가게 안을 둘러보더니 "저, 가게가 참 좋네요"라며 억지 미소를 지었다.

"가게가 좋긴 뭘 좋아. 맥주 괜찮아?"

"아, 감사합니다."

말끝마다 "죄송합니다, 감사합니다"라고 하는 버릇이 있는 듯하다. 그 버릇 하나로 이 남자가 어떤 인간인지, 호사카는 알 것 같았다.

가게는 아담했다. 바 자리 외에 칸막이 자리는 세 개였다. 바 자리에는 손님 두 그룹만 있었고, 칸막이 자리에는 호사카와 오토모뿐이었다.

호사카가 손을 들어 부르자 딱 붙는 치마를 입은 사장이 젊은 호스티스가 건네준 쟁반을 들고 왔다. 사장에게는 아까 일행이 오면 가져다 달라고 미리 주문을 해두었다.

"어서 오세요. 이쪽 젊은 분은 호사카 씨 직장 동료분?"

사장이 작은 맥주병 두 개의 마개를 따서 차가운 유리잔과 나란히 놓았다.

"그래, 맞아."

"잘 부탁드립니다." 사장이 명함을 내밀자 오토모 고타는 허둥대며 양복을 이리저리 뒤졌다.

"아, 죄송합니다, 지금 명함이 없어서…….."

"안 줘도 돼." 호사카는 손을 저었다. "여기 단골 되면 돈 다 뜯겨서 빈털터리가 될 거야."

"어머, 무슨 그런 말씀을. 그럼, 여기 젊은 분께만 따라 드려야겠네."

사장이 병을 들자 오토모 고타는 "아, 감사합니다" 하고 고개를 숙이며 잔을 내밀었다. 긴장한 듯 손이 조금 떨리고 있었다.

용케 저런 성격으로 영업 일을 하다니, 놀라웠다. 영업부 사람의 말에 따르면, 이 남자의 어설픔이 오히려 상대를 편안하게 해서 호감을 사는 경우가 종종 있다고는 하지만…….

"호사카 씨와 같은 부서 분이세요? 호사카 씨가 개발기획과라고 하셨나?"

사장의 질문에 호사카는 "맞아, 근데 이쪽은 영업부야"라고 알려줬다.

"아, 네, 그렇습니다. 저는 영업2과로…….."

"어머, 그래요. 같은 대학 선후배?"

"아, 아뇨……."

오토모 고타가 겸연쩍다는 듯 손을 저었다.

"그만 됐어." 호사카는 사장에게 물러가라는 몸짓을 했다. "오늘은 사적인 얘기를 좀 해야 하니, 자리 좀 비켜줘."

"네, 네, 그래야겠네요."

자리에서 일어선 사장이 "천천히 말씀 나누세요"라며 어깨를 잡자 오토모 고타는 고개를 숙였다. "아, 죄송합니다. 실례 좀 하겠습니다."

자네는 손님으로 온 거잖아, 매번 미안해할 필요 없어, 라고 말하고 싶었지만 일단 참았다. 설교하자고 불러낸 건 아니다.

호사카가 맥주병을 들고 제 잔에 따르자 오토모 고타가 "아, 제가"라며 손을 내밀기에 "됐어" 하고 제지했다.

이 녀석 정말 괜찮을까? 호사카는 불안할 수밖에 없었다. 인사과장 말에 따르면, 업무 효율이 떨어진다는 평가가 있지만 유순한 성격에 윗사람을 잘 챙기는 타입이라 딱 좋다고 하던데…….

호사카는 다시 오토모 고타를 바라보았다. 꽤 빈약한 체형, 자꾸 위로 치켜뜨는 눈, 자신감 없고 불안해 보이는 표정, 곱슬머리. 나쁜 녀석은 아니고 명령에는 충실히 따를 사람 같기는 한데…….

오토모 고타가 불안해하며 쳐다보자 호사카는 "아" 하고 술잔을 들어 올렸다.

"이 가게는 가라오케가 없어서 얘기하기엔 좋아."

형식적인 건배를 하고 한 모금 마셨다. 오토모 고타가 술이 센지는 모르겠지만, 오늘은 적당히 하고 돌려보내는 편이 좋다. 바로 결론으로 들어가기로 했다.

"내일 하고 모레, 등산 워크숍이지?"

"네." 오토모 고타는 입으로 가져가려던 술잔을 테이블 위에 다시 내려놓았다.

"준비는 했어?"

"네, 대충은요."

"사실 나카누마 총무과장하고 나 그리고 자네, 셋이 한 팀이야."

"네?" 오토모 고타는 어리둥절해했다. "저기, 팀은 당일에나 알 수 있을 텐데……."

"비밀이야." 호사카는 입에 지퍼를 채우는 시늉을 한 뒤 말했다. "인사과장이 몰래 알려줬어. 주니어랑 한 팀이 됐으니 신경 써준 거지."

주니어란 총무과장 나카누마 쓰토무를 말한다. 1년 전 새 사장으로 취임한 나카누마 다다시의 아들이라 뒤에서 곧잘 주니어로 불린다.

호사카와 오토모가 일하는 주식회사 이마즈 개발은 산사태 대책이나 경사면 보호 건설 공사를 주로 하는, 직원 2백여 명의 건설사다. 내일과 모레, 이틀에 걸쳐 이뤄지는 등산 연수는 신임 사장 나카누마 다다시가 '팀워크의 중요성을 이론이 아닌 몸으로 배우기 위해서'라는 명목으로 기획한 것이다. 요컨대 3인 1조로 산속에 있는 방갈로를 목표로 산을 오르게 되는데, 경로나 목적지는 팀별로 다른데다 당일이 돼서야 알 수 있다. 되도록 사전 지식 없이 눈앞의 문제를 해결하는 능력을 기르기 위함이라는 것이 연수 프로그램을 담당한 회사의 설명이다.

호사카는 마시다 만 오토모 고타의 술잔에 맥주를 더 채웠다. "그래서 전날 밤에 불러내 미안한데, 최소한의 미팅은 미리 해두는 편이 좋을 거 같아서 말이지."

"아, 그렇네요, 알겠습니다."

사장 아들인 총무과장 나카누마 쓰토무와 팀을 이뤄 등산 연수를 받는다는 건 호사카와 오토모 고타에게 있어 내일과 모레는 앞으로의 직장 생활에 큰 영향을 주는 이틀이 될 수도 있음을 의미한다. 연수 중에 나카누마 쓰토무의 마음을 사는 데 성공한다면 장밋빛 미래, 반대로 심기를 건드린다면 잿빛 미래가 기다린다는 건 어린아이도 알 수 있는 이치다.

"자네는 나카누마 과장하고 나이가 비슷하지? 얘기해본 적은 있어?"

"아뇨, 아직은…… 과도 다르고, 아직 그……."

"뭐 그렇겠지." 호사카는 고개를 끄덕였다. "그 사람이 들어온 건 새 사장이 온 다음이니까."

나카누마 쓰토무가 이마즈 개발에 입사한 건 불과 10개월 전쯤의 일이었다. 그전까지 나카누마 쓰토무는 외삼촌이 경영하는 건물 임대 회사에서 한가롭고 편한 일을 하다가, 이마즈 개발의 신임 사장이 된 아버지의 설득으로 이직한 것이다.

호사카는 조금 몸을 내밀었다.

"나카누마 과장, 처음에는 아버지 밑에서 일하기 싫다고 버티다가, 총무과장으로 영입하는 조건으로 응했다고 하더라고. 몇 년 뒤에는 부장, 또 몇 년 있으면 이사, 이런 식으로 뒤에서 공수표를 끊어줬겠지."

"아……."

"자네, 체력에 문제는 없겠지?"

"네, 뭐……."

오토모 고타는 자신 없다는 듯 머리를 긁적였다.

"운동 경력은?"

"없, 없습니다. 특별히는. 죄송합니다."

"중학교나 고등학교 때는?"

"중학교 때는 육상부에서 장거리 선수이긴 했는데, 시합 나가면 지기만 해서……." 오토모 고타는 면목 없다는 듯 고개를 숙였다. "고등학교와 대학교 땐 따로 운동은 하지 않았습니다."

"난 자네보다 열두 살이나 많고, 이제 곧 마흔이기도 하고, 체격도 날씬하니 보기에는 허약해 보일지 모르지만……."

"아, 아뇨. 그렇지 않습니다."

오토모 고타는 한 박자 늦게 고개를 저었다.

"골프를 자주 치니까 걷는 건 문제없고, 딱히 어디 아픈 데도 없어. 자네는 어때? 어디 아픈 데는 없나?"

"아, 네. 없습니다."

뭐 이 정도면 됐어. 발목 잡지 말라는 말은 삼키기로 했다. 너무 부담을 주지 않는 편이 좋을 듯싶다.

"그리고 자네는 오우대 경제학과 출신이지?"

"네."

"나카누마 과장 앞에서 그 얘기 하지 마."

"네?"

"그 사람, 오우대 지원했다가 떨어졌다고 하더라고."

"아, 그렇군요…… 네."

조금 긴장이 풀어진 듯 보였던 오토모 고타의 얼굴이 다시 굳어졌다.

"나카누마 씨에 대한 평판은 들었겠지?"

"저, 나카누마 총무과장님 말씀이십니까?"

"그래."

"네, 어느 정도는."

"뭐, 고생을 모르고 자란 것 같고, 대형 오토바이 타고 다니면서 돈 많은 친구들하고 자주 클럽에 놀러 다니는 것 같은데, 그런 사생활에 대해 우리가 왈가왈부할 이유는 없어. 나도 이런 말 하기 싫지만, 어쨌든 사장 아들이니 정중하게 대하고, 최선을 다해 모시는 게 우리의 임무야."

"네."

호사카는 마음속으로 업무에 도움도 안 될 것 같고 그렇게 이기적이고 세상 물정 모르는 녀석은 보기만 해도 토할 것 같지만, 하고 덧붙였다.

"그래서 말인데." 호사카는 한 손을 뻗어 오토모 고타의 어깨를 툭툭 쳤다. "이건 다시 없을 기회라고 생각하고 이번 연수 잘해보자고. 그러기 위해선 겉으로는 나카누마 과장에게 주도권을 쥐여주고, 될 수 있으면 간섭하지 않는 게 중요해."

오토모 고타가 순순히 "그렇네요" 하고 끄덕이자 호사카는 조금 마음이 놓였지만, 한편으로는 씁쓸함이 치밀어오르는 듯했다.

신임 사장 나카누마 다다시는 노골적으로 권력을 휘두르는 스타일로, 일찍이 불만을 품은 직원들을 자르는 본보기 인사를 단행하기 시작했다. 전 사장의 주도하에 호사카 팀이 추진하던 '콘크리트 경사면에 화초가 뿌리 내릴 수 있는' 특수 유리 재생

소재 개발도 곧 상품화를 앞두고 있었건만, 신임 사장은 "그런 일보다는 영업을 강화하라"라며 개발을 중단시키고 말았다. 이 때문에 사원들의 사기는 눈에 띄게 떨어졌고, 예전의 활기는 온데간데없어졌다. 하지만 어디에 끄나풀이 있는지 알 수 없으니 불평불만을 입 밖에 낼 수도 없다.

그래서 호사카는 파벌 싸움이든 지병이든 교통사고든 뭐든 좋으니 하루라도 빨리 사장이 자리에서 물러나길 바라는 입장이지만 지금은 그 아들내미의 환심을 사고자 한심한 미팅을 하고 있다.

조금 더 마신 뒤 오늘은 그만 일어나자고 하면서 호사카는 맥주를 두 병 더 주문했다. 호사카가 불러낸 이유를 알고는 마음이 놓였는지, 아니면 알코올 탓인지 오토모 고타도 다소 편안해진 표정이었다.

"자네는 아직 미혼이지?"

"아, 네."

오토모 고타는 멋쩍은 표정으로 끄덕인다.

"계획은 없어?"

"네?"

"결혼 말이야, 결혼."

"아, 아뇨……."

이런 질문은 왠지 괴롭히는 것 같아 호사카는 화제를 바꿨다. "그런데 뭐야, 부장급 이상은 등산을 안 간다는 게 정말 이해가 안 가네."

"네……."

"등산화 같은 장비가 본인 부담이라는 것도 이상하고."

"그러게요."

"사장 입장에서는 아들을 워크숍에 참가시켜서, 난 공사 구분은 한다, 아들이라고 봐줄 생각은 없다는 시늉을 할 생각이겠지."

"그렇겠죠, 네."

거참, 무해하고도 무익한 녀석일세. 호사카는 한숨을 삼키고는 남은 맥주를 단숨에 들이켰다.

이튿날은 기상예보대로 맑은 날씨였다. 초가을치고는 기온도 낮고, 내일 저녁까지 이런 날씨가 이어질 것이라고 한다. 호사카는 이런 상황이라면 체력적으로 크게 걱정할 일은 없겠다 싶었다.

오전 8시에 워크숍 대행사에서 전화가 걸려 와 오전 10시까지 중앙공원 입구로 오라고 알려주었다. 중앙공원은 호사카의 집에서 버스로 약 30분 거리에 있지만, 그 주변에 산은 없다. 집합 장소에서 출발 지점까지 승합차로 이동하려나 보다.

체력을 보존하기 위해 소파에 누워 시간을 보내다가 폴로 셔츠와 청바지 차림에 갈색 등산화를 신고 배낭을 멨다. "고생 많네." 아내는 진심으로 안쓰럽다는 표정으로 배웅해주었다.

중앙공원에 도착한 시각은 집합 시간 15분 전쯤이었다. 벌써 워크숍 대행사의 승합차가 주차돼 있었고, 30대로 보이는 매서운 눈매의 '선생님'들이 맞아주었다. 상대는 어찌 됐든 교관이기에, 자기소개를 하고 나서 "잘 부탁드립니다"라며 정중하게 고개를 숙였다. 두 교관은 조금도 웃지 않은 채 "저희야말로 잘 부탁드립니다" 하고 의례적으로 답했다.

그들은 먼저 지갑과 휴대폰을 빼앗더니 승합차 안에서 소형 배낭의 내용물을 검사했다. 사전에 배포된 연수 지침서에 따르면, 휴대폰 같은 통신 수단, 물 이외의 음식물, 현금 소지는 금지한다고 명시돼 있다. 그래서 배낭 안에는 생수, 수건, 여분의 속옷, 얇은 후드 점퍼, 부상 대비용 반창고와 붕대 정도만 넣어두었다.

바로 오토모 고타가 도착했다. 남색 운동복을 위아래로 입고 장화를 신은 기묘한 조합에 베이지색 정글 모자를 깊게 눌러쓰고 있다. 장화는 낚시꾼이 쓸 법한 무릎 밑까지 오는 길이로, 입구를 끈으로 조이게 돼 있었다. 배낭은 제법 부풀어 있는 것이 호사카보다 두 배 이상 소지품이 많은 듯했다.

오토모 고타가 소지품 검사를 받는 동안 호사카는 차 밖에서 기다리라는 지시를 받았다. 왜건 측면과 해치백 창문은 선팅 유리 때문에 안이 보이지 않는다.

그 사이 나카누마 쓰토무도 도착했다. 화려한 스케이트보드 소년 일러스트가 그려진 티셔츠에 빈티지한 청바지. 머리에는 검은색 야구모자를 거꾸로 썼다. 등에는 등산용 배낭 대신 작은 배낭을 엇메고 있었다. 비교적 동안이어서 그런 차림을 해도 어색하지 않다. 이 녀석이 주식회사 이마즈 총무과장이라니……. 호사카는 속으로 한숨을 내쉬며 "안녕하세요" 하고 미소와 함께 가볍게 고개를 숙였다. 같은 과장직이라는 자존심도 있으니 너무 굽실대는 태도를 보이고 싶지는 않았다.

나카누마 쓰토무는 "어이, 호사카 씨, 오늘 잘 부탁해" 하고 웃으며 한 손을 가볍게 들어 보였다. 소지품 검사를 끝내고 차에서 나온 오토모 고타가 나카누마 쓰토무를 보더니 "아, 수고가 많으십니다, 오토모 고타라고 합니다. 어, 영업 2팀입니다. 오늘 잘 부탁드립니다"라며 두 번, 세 번 고개를 숙였다. 세 번째 고개를 숙였을 때 등에 멘 배낭이 뚝 떨어져 오토모 고타의 뒤통수를 내리쳤다.

"안녕, 오토모 씨, 잘 부탁해."

나카누마 쓰토무는 웃음을 참으며 손을 들었다.

"아, 네, 저야말로 잘 부탁드립니다. 불편함 없으시도록 열심히 하겠습니다. 잘 부탁드립니다. 아, 호사카 과장님도 물론 잘 부탁드립니다. 감사합니다."

오토모 고타는 짧은 말속에서 "잘 부탁드립니다"를 세 번이나 반복했다.

나카누마 쓰토무도 지갑과 휴대폰을 빼앗기고 왜건 안에서 소지품 검사를 받았다. 밖에서 기다리는 동안 호사카는 오토모 고타에게 물어보았다. "짐은 왜 그리 많아?"

"아, 필요할 것 같은 물건을 넣다 보니 이렇게 됐네요."

"음식은 아닐 거 아냐? 해질 때까지 걷기만 하는 등산인데, 뭐가 필요하다는 거야?"

오토모 고타가 "아" 하며 배낭을 내려놓으려고 해서 "보여줄 필요 없어. 말로 해, 말로" 하며 말렸다.

"아, 네, 저기…… 물 담은 페트병, 수건하고 갈아입을 속옷, 구급 세트, 쓰레기봉투, 박스테이프, 손전등, 손도끼."

"손도끼? 손도끼라니, 날 있는 거 말이야?"

"아, 네. 길이 수풀로 막혀 있거나 하면, 손도끼로 베어내는 게 좋을 것 같아서요."

"별걱정을 다 하는군. 평범한 등산로일 텐데."

"저도 그렇게 생각했는데, 가져가서 나쁠 건 없을 듯해서요."

꽤 걱정이 많은 인간인가 보다. 동시에 인사과장에게 들은 '업무 효율이 떨어진다'라는 오토모 고타에 대한 평이 떠올랐다.

"쓰레기봉투하고 박스테이프는 왜?"

"쓰레기봉투는 혹시 비가 오면 비옷 대신 쓸 수도 있고, 가, 간단한 비막이 텐트를 만들 수 있습니다. 박스테이프는 쓰레기봉투를 연결하거나 다쳤을 때 응급처치에 쓸 수도 있고, 불을 피워야 할 때는 불쏘시개도 됩니다."

그런 상황이 생길 리가……. 호사카는 웃음이 터져 나오려는 걸 꾹 참았다. "그런 걸 잘 아네."

"어릴 때 입단을 해서 조금은 압니다."

"입단을 하다니?"

"아, 저기 보이스카우트 말입니다." 오토모 고타는 그렇게 말하더니 "죄송합니다"라고 덧붙이며 고개를 숙였다.

"그거 장화잖아. 등산화 안 신어도 괜찮겠어?"

"아, 아웃도어 매장에서 물어보니, 하루 이틀 하는 산행이라면 장화가 피곤하지 않아서 좋다고 하더라고요. 마타기들도 대부분 운동복과 장화 차림으로 산속을 돌아다닌다면서……."

"마타기?"

"저기, 도호쿠 지방에서 곰 사냥하는 사람들 말입니다."

"아아…… 그런 사람들이 요즘도 있나 보더군."

"근데 지금은 대부분 다른 직업도 겸하면서 하는 것 같아요."

"그 얘기도 아웃도어 매장에서 들은 거야?"

"네. 그리고 청바지는 물이나 땀에 젖으면 잘 마르지 않아 체온이 떨어지기 쉽고, 무릎이 잘 구부러지지 않아 쉽게 피로해진다고 합니다."

"그런 건 좀 미리 알려주면 좋잖아."

호사카와 나카누마 쓰토무 모두 청바지를 입고 왔다.

"아." 오토모 고타의 표정이 갑자기 굳어졌다. "죄송합니다."

"농담이야. 하지만 나카누마 과장 앞에서 지금 이 얘기는 하지 마. 그리고 잔소리 하나 더 하자면, 윗사람에게 인사할 때 모자는 벗었어야지."

오토모 고타는 왠지 울 것 같은 얼굴로 주뼛주뼛 모자를 벗었다.

"뭐, 뭐야, 머리가 왜 그래?"

호사카는 더는 말을 잇지 못하고 말문이 막혀버렸다.

오토모 고타는 무슨 일인지 머리를 삭발한 상태였다. 그것도 그냥 삭발이 아니라 수많은 마름모꼴이 배열된 그물 모양이었다. 약간 길게 깎은 부분과 바싹 깎은 부분 때문에 그런 무늬가 생긴 것이다. 언뜻 보면 거북이 등딱지나 멜론 같다.

"죄송합니다…… 과장님 두 분께 조금이라도 단정하게 보이고 싶어서, 여기 오기 직전에 이발소에 들렀는데, 단골 이발소가 휴무더라고요. 그래서 처음 가보는 이발소에서 그만 앉은 채로 깜빡 잠이 들었는데…… 너무 당황해서 모자를 사서……."

"잠이 들었다고? 아니, 앉아서 깜빡 졸았다고 어떻게 머리가 그 지경이 돼?"

"이발사가 어깨를 주물러 주는 동안 비몽사몽이라고 해야 하나, 의식이 몽롱해졌는데, 그때 제가 적당히 알아서 깎아달라고 했대요."

"뭐?"

도대체 무슨 소리야? 아무리 알아서 해달라고 했다지만 상식이라는 게 있지 않나? 호사카의 표정을 본 오토모 고타는 손을 저었다. "아, 다 제 잘못입니다. 제가 어떻게 깎아달라고 분명하게 얘기하지 않았으니까요."

"이봐, 그 이발사가 사람을 아주 우습게 본 거 아냐? 자네 바보 취급당한 거야."

"아, 아뇨…… 제가 등산 연수 얘기를 해서 그 사람은 나름대로 어울리는 머리를……."

정신 못 차리네, 이 호구 녀석. 호사카는 한 대 세게 치고 싶은 충동을 가까스로 참았다. 이제 연수가 시작된 마당에 바로 팀워크를 깨부수는 험악한 분위기를 조성해서는 곤란하다.

"됐어, 그 얘기는 나중에 다시 하자. 나카누마 과장 앞에서는 그 머리 보여주지 마. 연수가 끝날 때까지 계속 모자 쓰고 있어. 죽어도 벗지 마."

"아, 예, 알겠습니다."

오토모 고타는 잽싸게 모자 차양을 두 손으로 잡고 다시 깊숙이 눌러썼다.

나카누마 쓰토무의 소지품 검사가 끝나자, 교관들은 공원 내 화장실에서 볼일을 보라고 지시했다. 화장실로 가면서 나카누마 쓰토무를 보니 못마땅한 표정을 짓고 있었다. 호사카가 "무슨 일 있습니까?"라고 묻자 나카누마 쓰토무가 혀를 찼다.

"저놈들이 스포츠 음료는 안 된다고 빼앗아 갔어."

그건 당연하잖아. 사전에 배포된 지침서에 물 이외의 음식물은 불가하다고 했건만. 그러나 호사카는 일단 동정하는 듯한 태도로 말했다. "엄격하네요."

"그럼 당장 생수를 사 오겠다고 했더니 그것도 안 된다잖아. 하여간 공무원처럼 융통성 없는 놈들이야."

소풍 가는 기분으로 온 당신 잘못이겠지. 호사카는 속으로 비웃었다.

승합차 뒷좌석에 오토모 고타를 가운데 두고 세 사람이 나란히 앉았다. 교관 두 사람은 운전석과 조수석에 앉았다. 출발하고 얼마 지나지 않아 고속도로에 진입했다. 조수석에 앉은 교관이 돌아보더니 "산 지도입니다. 지도 담당자를 한 명 정해서, 그 사람이 지니도록 하십시오"라며 접힌 지도를 내밀었다.

나카누마 쓰토무가 "좋아, 내가 가지고 있을게"라며 지도를 받았다. 호사카는 속으로 '벌써 리더 행세냐?'라고 욕을 했다. 이동하면서 세 사람은 지도를 살펴보았다. 1000미터 안팎의 산이 네 개 모여 있다. 세 개는 거의 동서로 나란히 늘어서 있고, 가운데 산 북쪽으로 약간 낮은 산이 이어져 있었다. 인근 현에 있는 낯익은 산들이었지만, 등산 취미가 없는 호사카에게는 구체적인 이미지가 떠오르지 않는다. 물어보니 나카누마 쓰토무나 오토모 고타도 올라가 본 적은 없다고 한다.

목적지인 방갈로는 북쪽에 있는 히로타카 산이라는 해발 약 1000미터의 산 정상 직전에 있었다. 참고로 방갈로에는 아무도 없으며 음식과 담요만 준비돼 있다. 그곳에서 하룻밤 보내고 이튿날 하산하는 것이다.

지도 한 귀퉁이에 '경로는 하나가 아니지만, 보통 등산로를 선택하면 일몰 전후에 도착할 수 있습니다'라고 적혀 있었다.

"막상 해보면 쉬울 거야." 나카누마 쓰토무가 작은 목소리로 말했다. "올라가 보면 싱겁다 싶을걸? 하산할 때는 같은 경로로 내려오면 되니까 간단하고."

"경로는 어떻게 할까요?"

호사카는 지도를 들여다보며 말했다. 하지만 이런 일에는 익숙하지 않다 보니 어떤 경로가 좋을지 감도 잡히지 않는다. 나카누마 쓰토무도 마찬가지인지 "뭐, 이런 건 올라가면서 선택해봐야 알 수 있지 않나?"라고 말했다.

승합차가 고속도로를 달리는 동안 나카누마 쓰토무가 "아, 맞다" 하고 말을 꺼냈다. "등산 연수 중에는 서로 팀의 일원으로서 도와야 하니까, 호사카 과장 뭐 이런 호칭 말고, 직함 떼고 서로 '씨'를 붙여서 부르자고, 응?"

딱히 이견은 없어서 호사카는 "알겠습니다"라며 동의했다. 오토모 고타는 송구스럽다는 듯 "아, 네, 감사합니다" 하고 고개를 끄덕였다.

동료와 부하를 배려하는 조직의 후계자 행세인가? 그렇겠지. 호사카는 싸늘하게 받아들였다.

고속도로에서 일반도로로 진입하자 조수석에 있던 교관이 편의점 비닐봉지를 뒷좌석에 건넸다. 안에는 주먹밥이 여섯 개 있었다. 등산로 입구까지 20분 남았으니, 그 안에 먹으라고 한다.

나카누마 쓰토무가 잽싸게 명란젓과 불고기 주먹밥을 골랐다. "먼저 고르세요"라는 오토모 고타의 말에 호사카는 가다랑어포와 연어를 골랐는데, 그러면 남은 주먹밥이 모두 다시마여서 가다랑어포와 다시마로 바뀠다.

나카누마 쓰토무는 오토모 고타의 유순한 성품을 이미 눈치챘는지, "미안하지만 물 좀 마셔도 될까?" 하더니 거침없이 벌컥벌컥 들이켰다.

휑하니 넓기만 한 공원 안쪽에 있는 등산로 입구에 내린 건 정오를 지나서였다. 승합차는 바로 떠났고 "자, 가볼까?"라는 내키지 않는 듯한 나카누마 쓰토무의 말과 함께 산을 오르기 시작했다.

비포장 상태인 등산로는 두 사람이 겨우 지나갈 만한 폭이어서, 세 사람은 세로로 나란히 줄을 서야 했다. 따로 의논한 건 아니지만, 지도 담당인 나카누마 쓰토무가 선두에 서고, 호사카가 그 뒤를 잇고, 오토모 고타가 맨 뒤를 맡았다.

걷기 시작한 지 얼마 지나지 않아 호사카는 앞에 가는 나카누마 쓰토무에게 말을 건넸다.

"나카누마 씨, 영화 좋아한다면서요?"

인사과장에게 들은 정보다.

나카누마 쓰토무는 뒤도 돌아보지 않은 채 "어? 그렇지, 뭐"

라며 무심하게 대답했다. "요즘은 잘 안 보지만."

"대학 때는 영화 동아리에 있었다고 들었는데, 독립 영화 같은 것도 찍었나요?"

"어떻게 잘 아네."

"언뜻 들은 적이 있어서요."

"근데 재학 중에 동아리가 없어졌어."

"아, 그래요?"

"한 학년 위 선배들이 문제를 일으켰거든. 절벽에서 고물차를 바다로 밀어버렸어."

"저런."

"차가 바다로 떨어지는 장면을 찍고 싶었대. 덕분에 경찰 출동하고 신문에 나고, 몇 명이 정학당해서 그대로 자퇴하고, 동아리도 폐쇄된 거지."

나카누마 쓰토무는 그렇게 말하고는 발밑에 떨어진 나무토막을 주워 나무 덤불 속으로 던졌다. 그 태도로 미루어보건대, 언급해서는 안 되는 화제였음이 분명했다.

그 이후로 세 사람은 거의 말이 없었다.

30분 정도 걸어 왼편에 계곡이 내려다보이는 길로 접어들었을 때 "나카누마 씨, 괜찮으세요? 잠깐 안 쉬어도 되겠습니까?"라고 묻자 "괜찮아, 이 정도는 아무렇지도 않아"라는 대답이 돌아왔다.

뒤를 돌아보자 오토모 고타는 20미터 정도 뒤에 있었다.

"어이, 뒤처지지 마."

"아, 네. 죄송합니다."

그 말을 들은 나카누마 쓰토무가 멈춰서 뒤를 돌아보았다. 어쩔 수 없군. 누가 봐도 그런 표정으로 손목시계를 보았다.

"설마 벌써 지친 거야?"

나카누마 쓰토무의 말에 오토모 고타는 "아, 괜찮습니다, 죄송합니다" 하고 조금 허둥대며 발걸음을 재촉했다.

"따라올 수 있겠어?"

"아, 네. 지치지 않는 속도로 걸으려고 했을 뿐입니다."

"아직 젊고 험한 산도 아니니 좀 더 갈 수 있겠지?"

"아, 네."

중간에 한번 하산하는 초로의 남성과 스쳐 지나갔다. 서로 "안녕하세요" 하고 인사를 나눴다.

30분 정도 더 지났을 무렵에는 나카누마 쓰토무와 호사카, 호사카와 오토모 고타의 거리가 20미터 정도씩 벌어져 있었다. 길이 구부러져 있을 때는 앞사람이 보이지 않았지만, 어떻게든 놓치지 않고 따라갈 수 있는 거리였다.

뒤돌아보며 "오토모 씨, 너무 뒤처지지 마"라고 말을 건네자 오토모 고타는 "아, 네. 죄송합니다" 하고 그때마다 발걸음이 빨라졌다. 그러나 세 사람의 거리는 그다지 좁혀지지 않았다.

몇 차례 등산로가 두 갈래로 갈라지는 곳을 만났다. 일단 표지판이 있기는 했지만, 왼쪽이 '매화꽃밭', 오른쪽이 '저수지 옆'이라는 식으로 쓰여 있을 뿐 지도를 보지 않으면 코스를 파악할 수 없었다. 호사카는 갈림길과 마주칠 때마다 선두에 있는 나카누마 쓰토무의 등에 대고 "이쪽으로 가는 게 맞습니까?"라고 묻고 싶었지만, 괜한 간섭은 심기를 건드릴지도 모른다는 생각에 꾹 참았다.

출발한 지 2시간이 지나자 땀이 배어 나왔다. 그리 빠른 페이스도 아니고, 우거진 나무들이 햇빛을 가려서 비교적 서늘한 탓에 땀이 줄줄 흐르지는 않았지만, 피로감이 느껴졌다.

그런 생각을 하고 있는데, 나카누마 쓰토무가 두 갈림길 앞에서 멈춰선 채 기다리고 있었다. 무슨 일인지 표정이 어두웠다.

다가가서 "무슨 일 있습니까?"라고 묻자 나카누마 쓰토무는 "음…… 저기 말이지" 하고 손가락으로 뺨을 긁적였다. "물 좀 마셔도 돼?"

배낭에서 페트병을 꺼내 내밀자 나카누마 쓰토무는 거침없이 들이켰다. 왜건 안에서 점심을 먹을 때 호사카 자신이 어느 정도 마셨기 때문에, 900밀리리터짜리 페트병 물은 이제 4분의

1 정도 남았다.

"정말 고마워." 페트병을 돌려준 나카누마 쓰토무의 표정은 아직 하고 싶은 말이 남은 듯했다.

설마 다리가 아프다거나 속이 안 좋다거나 그런 말을 하려는 건 아니겠지, 하는 불안감을 느끼며 호사카는 "왜 그러세요? 어디 불편한 데라도……"라며 애써 밝게 물었다.

"사실 지도가 없어."

"네?"

순간적으로 온몸이 얼어붙는 기분을 느끼며 그 자리에 못 박힌 듯 서 있었다.

"아무래도 차에 놓고 왔나 봐."

나카누마 쓰토무는 멋쩍은 듯 웃었다. 어떻게 반응해야 할지 갈피를 잡지 못한 채 호사카는 조용히 패닉 상태에 빠졌다.

"그걸 언제 알았어요?"

"그게, 두 번째 갈림길에서. 혹시 몰라서 지도를 보려고 했는데."

왜 말 안 했냐고 소리를 지르고 싶은 심정을 억누르는 동안 나카누마 쓰토무는 약간 눈을 치켜뜨며 "대행사 녀석들도 참 불친절하네"라며 말을 이어갔다. "지도를 놓고 간 건 알았을 텐데, 뒤쫓아와서 건네줬으면 얼마나 좋아."

"……."

"뭐, 깜빡한 내 잘못이지만."

"저, 나카누마 씨. 지금까지 몇 번 두 갈래로 갈라지는 곳에서 오른쪽으로 갔다, 왼쪽으로 갔다 했잖아요. 그건……."

"그건 괜찮아. 지도 내용은 대충 기억해뒀으니까." 나카누마 쓰토무는 호사카의 말을 가로막듯이 말했다. "차 안에서 지도를 볼 때 최소한의 정보는 머릿속에 넣어뒀어."

"대충이요……?"

"여기까지는 일단 잘못 들어선 것 같지는 않아."

"정말요? 틀림없습니까?"

나카누마 쓰토무는 한숨을 쉬더니 다시 험악한 표정을 지으며 말했다. "호사카 씨도 지도 봤잖아. 내가 선택한 길이 틀렸으면 틀렸다고 얘기해."

호사카는 '진정하자, 내가 훨씬 연장자니까'라며 자신을 타일렀다.

"그건 저도 모릅니다. 지도를 보긴 했지만, 자세히는 기억나지도 않고."

"그것 봐." 나카누마 쓰토무는 턱을 살짝 내밀었다. "우리 셋 중 내가 지도를 가장 잘 기억하고 있을 거야. 그러니 그 부분은 날 믿어줘야지."

오토모 고타도 바로 등 뒤에 와 있었다. 돌아보니 굳은 표정으로 호사카와 나카누마 쓰토무를 번갈아 보고 있었다. 대화 내용을 들은 듯했지만 입은 열지 않았다.

한동안 침묵이 흘렀다. 어느새 계곡의 물소리는 들리지 않았다. 대신 어디선가 새가 날갯짓하는 소리가 들려왔다. 쓸쓸한 쓰르라미의 울음소리.

호사카는 부드럽게 말하려고 애쓰며 물었다. "나카누마 씨, 지도 없이 이대로 올라갈 겁니까?"

"할 수 없잖아. 없는 건 없는 거니까, 없이 갈 수밖에."

"목적지인 방갈로에 도착할 자신은 있는 겁니까?"

"어떻게든 되겠지."

어떻게든? 무슨 근거로 저렇게 태평한 소리를 하는 거야? 호사카는 입에서 나오려는 말을 삼킨 뒤 말했다. "이쯤에서 하산하고 처음부터 다시 시작하는 게 좋지 않을까요? 초가을 맑은 날씨에 하는 등산이라지만, 산은 산이니까 너무 만만히 보지 않는 게……."

사전에 배포된 연수 지침서에는 부상자가 발생하거나 길을 잃는 등 위험하다고 판단되면 하산하라고 적혀 있었다. 단, 그런 경우에는 나중에 다시 등산 워크숍을 해야 한다. 그러나 문제는 다시 해야 한다는 것보다 실패했다는 사실이 남는다는 점과 회사 내에서 받게 될 시선이었다.

"만만하게 생각하지 않아." 나카누마 쓰토무는 어린아이처럼 입을 삐쭉 내밀었다. "하지만 쉽게 포기하면 워크숍은 왜 한 거냐는 말을 들을 거야. 회사에서 웃음거리가 되는 거지. 그래도 괜찮겠어?"

웃음거리가 될 사람은 지도를 차에 두고 내린 당신이잖아. 호사카는 어떻게 대답해야 할지 몰라 "음" 하고 애매하게 고개를 끄덕였다.

"호사카 씨, 너무 걱정 말라니까. 기껏해야 해발 1000미터 남짓한 산이잖아. 게다가 좀 멀리 돌아간다 해도 어떻게든 될 거야. 처음에 지도를 보고 난 '아, 경로는 하나가 아니고 여러 갈래구나'라는 걸 알았어. 호사카 씨도 그건 알았을 텐데."

"네……."

"오토모 씨." 나카누마 쓰토무는 고개를 옆으로 내밀어 호사카 뒤에 있는 오토모 고타에게 말을 건넸다. "지도, 자세히 기억나?"

오토모 고타는 "아, 아뇨……" 하고 고개를 저었다.

"여기까지는 잘못 들어서지 않았다고 봐." 나카누마 쓰토무는 호사카 쪽으로 다시 시선을 돌렸다. "꽤 높은 데까지 왔으니, 이제 산 정상 너머에 있는 방갈로를 향해 가면 그만 아닌가? 오른쪽으로 가든, 왼쪽으로 가든, 곧장 산 정상을 넘어가든, 도착 못 할 일은 없을 테니 포기하지 말고 가자고."

"네……."

"만에 하나 길을 잃는다 해도, 죽을 일은 없을 테니 너무 걱정하지 마."

만에 하나가 아니라 이미 실제로 헤매고 있잖아. 호사카는 다시 한번 돌아보았다. 오토모 고타는 무슨 말을 하고 싶은 듯했지만 겁먹은 표정이었다.

안 돼, 이 녀석에게 물어봐야 소용없어.

"자, 어서 가자니까. 가다가 누굴 만날지도 모르잖아." 나카누마 쓰토무가 다그친다. "날 믿어봐, 응?"

호사카는 할 수 없이 고개를 끄덕였다. 말없이 얼굴을 찡그린 것이 최소한의 저항이었다.

고개를 끄덕이고 나서야 하산하는 초로의 남성과 마주쳤을 때 왜 길을 묻지 않았냐고 항의했어야 했다는 생각이 들었지만, 지금 와서 말한들 무슨 소용인가 싶다.

한동안 쉬고 나서 나카누마 쓰토무가 "이쪽으로 가자"라며 멋대로 정한 오른쪽 길로 더 올라갔다. 아까와는 달리 나카누마 쓰토무가 혼자 성큼성큼 나아가지 않아서 세 사람은 몇 미터 간격으로 나란히 걸어갔다. 처음에는 큰 실수를 한 것도 있으니 눈치를 보나 싶었지만, 나카누마 쓰토무의 뒷모습을 본 호사카는 그가 지쳐서 발걸음이 무거워졌음을 알 수 있었다. 호사카 자신도 묵직한 다리와 익숙지 않은 등산화가 불편해 둔통을 느끼기 시작했다.

이윽고 평탄한 장소로 나왔다. 주위는 잡초와 나무들로 둘러싸여 있었지만, 그곳만은 테니스 코트 두 개 정도 들어갈 작은 광장이었다. 드문드문 짧은 잡초가 자라는 곳 말고는 붉은 흙 위에 돌멩이와 마른 가지가 떨어져 있다.

어느새 하늘은 어슴푸레해져서 해가 보이지 않았다. 그래도 나무들이 울창한 곳에서 이곳으로 나오니 상당히 밝아진 느낌이었다.

자세히 보니 누군가 불을 피웠는지 땅만 움푹 패 검게 그을린 자국이 중앙에 있었다.

왼편의 잡초가 바스락바스락 흔들리고 있었다. "저게 뭐야?" 나카누마 쓰토무의 말에 호사카는 '내가 아냐?'라고 생각하며 "글쎄요" 하고 고개를 갸웃했다.

곧이어 잡초 속에서 뭔가 작은 동물을 입에 문 까맣고 큰 개가 모습을 드러냈다. 입에 문 것을 떨어뜨린 개는 몹시 사나운 얼굴로 이쪽을 보며 으르렁댔다. 견종은 잘 모르겠지만, 아무리 봐도 투견 같은 몸집과 생김새였다.

호사카는 "드, 들개다"라고 중얼거렸다. 거리는 15미터 정도. 등을 보이는 순간 덤벼들 것 같아서 꼼짝할 수 없었다. 도망갈 방향을 확인하고 싶었지만, 눈을 떼는 순간 빈틈이 생긴다.

오토모 고타가 무슨 일인지 "힉" 하고 신음을 냈다. 호사카가 곁눈으로 보니, 나카누마 쓰토무가 오토모 고타의 등 뒤에 숨어 그를 방패로 삼으려 하고 있었다.

"난 개를 무서워해." 나카누마 쓰토무가 말했다. "어떻게 좀 해봐."

"어, 어떻게라니, 뭘 어, 어떻게요?" 오토모 고타의 목소리가 떨렸다.

"달래든지, 쫓아내든지!"

나카누마 쓰토무가 별안간 몸을 숙이더니 말릴 새도 없이 짧은 막대기를 개에게 날렸다. 개는 막대기를 피하려 했지만, 등에 맞았다. 막대기는 둔탁한 소리를 내며 떨어졌다.

개는 날뛰더니 분노에 찬 으르렁 소리와 함께 튕겨 나가듯 돌진해왔다. 거의 동시에 나카누마 쓰토무가 "도망쳐!"라고 외치며 비스듬히 뒤로 달리기 시작했다.

호사카도 덩달아 그 뒤를 쫓았다. 그때 나카누마 쓰토무가 오토모 고타를 밀쳐내듯이 앞으로 미는 모습이 눈에 보였다. "으악!" 오토모 고타가 비명을 질렀지만, 일단 달리기 시작한

다리는 갑자기 멈출 수가 없었다. 호사카는 "오토모, 빨리 도망가!"라고 외치며 그대로 달렸다.

나카누마 쓰토무가 가장 먼저 나무 하나에 달려들어 올라가기 시작했다. 호사카도 따라서 바로 근처 다른 나뭇가지에 뛰어올라 발을 걸고 기어 올라갔다. 한번 발이 미끄러져 떨어질 뻔했지만, 간신히 2미터 정도 높이까지 도망칠 수 있었다.

뒤를 보니, 오토모 고타가 개에게 공격당하고 있었다. 벌렁 자빠져서 개가 위에 올라탄 상태다. 개는 머리를 세차게 흔들어대고 있었다. 순간 오토모 고타가 물려 죽기 직전인 것처럼 보였다.

하지만 개가 물어뜯고 있는 건 오토모 고타의 배낭이었다. 오토모 고타는 자신을 보호하기 위해 배낭을 들이밀었고, 개가 덮치면서 그대로 뒤로 쓰러진 듯했다.

오토모 고타가 비명을 질렀다. "살려주세요!"

바로 근처 나무에 올라간 나카누마 쓰토무와 눈이 마주쳤다. 나카누마 쓰토무는 가쁘게 숨을 내쉬며 휙 시선을 돌렸다. 그 직전에 살짝 고개를 저은 것처럼 보이기도 했다.

지금 나서서 도와줄 방법이 있을까? 호사카는 생각했다. 생각이 나지 않는다. 잘못하면 나까지 죽는다.

그렇다고 못 본 척할 셈이야? 죽을지도 모르는데.

침을 삼켰다. 혼란스러워서 자신이 뭘 해야 할지 도무지 모르겠다. 거친 호흡을 가눌 수 없었고 오한으로 온몸이 떨렸다.

오토모 고타를 덮치고 있던 개가 별안간 물구나무서듯 공중으로 떠올랐다. 이어서 배낭이 옆으로 굴러떨어졌다.

오토모 고타가 배대뒤치기를 하듯 개를 내던진 것 같았다. 개는 한 번 땅 위에서 굴렀으나, 나지막이 으르렁대는 소리와 함께 바로 일어나 자세를 바로잡았다. 하지만 달려들지 않았다.

오토모 고타가 주먹만 한 돌 같은 걸 주워 준비 태세를 하고 있었기 때문이다. 다시 개가 으르렁대는 소리가 들리는 줄 알았더니, 소리의 주인은 오토모 고타였다. 오토모 고타가 돌 던지는 시늉을 하자 개가 재빨리 반응해 피하려 했다. 그것이 두 번 반복됐다.

세 번째에 오토모 고타가 돌을 던졌고, 개는 그 돌을 피했다. 개가 곧 거리를 좁혔지만 달려들지 않았다. 오토모 고타가 이번에는 마른 가지로 보이는 막대기를 집어 들고 있었기 때문이다. 돌 던지는 시늉을 하며 다음 무기로 쓸 것을 찾고 있었던 모양이다. 막대기는 4, 50센티쯤 돼 보였는데, ㄱ자로 구부러져 있어 다루기가 쉽지 않아 보였다.

오토모 고타의 옆얼굴은 분명 울상을 짓고 있었다. 어린아이가 싸우다가 울면서 막대기를 휘두르고 있는 느낌이었다.

"오토모!" 호사카가 소리 질렀다. "개가 움찔할 때 근처 나무로 올라가!"

호사카는 괜한 소리를 했다는 걸 깨닫고는 금세 후회했다. 개가 호사카가 있는 쪽을 본 것이다. 그리고 오토모 고타를 다시 한번 본 다음 천천히 돌아서 이쪽을 향해 다가왔다. 개와 눈이 마주쳤다. 적의를 드러낸 표정과 으르렁거리는 소리. 오토모 고타의 숨통을 끊어놓지 못한 분풀이를 이쪽에 하려는 듯 보였다.

"호사카 씨, 당신 탓이야!" 나카누마 쓰토무가 날카로운 목소리로 말했다. 그러나 개는 별안간 다시 방향을 바꿔 달리기 시작했다. 오토모 고타가 막대기를 버리고 도망친 걸 알아차린 것이다.

오토모 고타는 호사카와 나카누마 쓰토무가 있는 곳과 반대 방향으로 달렸다. 개가 맹렬히 쫓는다. 순식간에 거리가 좁혀진다. 하지만 다음 순간, 오토모 고타와 개가 잡초 너머로 사라졌다.

작은 가지가 몇 개 부러지는 듯한 소리. 그 소리와 겹쳐 형언할 수 없는 비명이 들려왔다. 잡초 너머는 가파른 비탈인 듯했다. 귀를 쫑긋 세웠다. 그 뒤에도 가끔 마른 가지를 밟는 듯한 소리가 간헐적으로 들려왔지만, 그 소리도 곧 잦아들었다.

나카누마 쓰토무와 얼굴을 마주 보았다. 두 사람 모두 나뭇가지를 붙잡고 원숭이처럼 몸을 둥글게 만 채 매달려 있다.

"어떻게 된 거야?" 나카누마 쓰토무가 물었다.

그걸 내가 알아? 호사카는 고개를 저었다.

한동안 말없이 숨죽인 채 상황을 살폈다.

나카누마 쓰토무가 헛기침을 했다.

"사라진 거 같은데."

"그럴까요?"

"오토모 씨 괜찮으려나. 어쩌지? 내려가 봐?"

"네, 먼저 가시죠."

"나만? 치사하게. 같이 내려가자."

초등학생이야? 호사카는 나카누마 쓰토무를 무시하기로 했다. 어쩌면 좋지? 개가 사라질 때까지 한없이 기다려야 하나? 얼마나 기다리면 될까? 사라진 줄 알았는데 근처에 숨어서 기다리고 있을지도 모른다.

오토모 고타는 어떻게 된 걸까? 도와주고 싶지만 상황 파악이 될 때까지 움직일 수가 없다. 호사카는 자기 혼자 살겠다고 핑계를 댄다는 생각이 들어 자기혐오에 빠졌다.

갑자기 어린 시절의 경험이 떠올랐다.

초등학교 2학년 때, 들개에게 쫓겨 아동공원 정글짐에 올라가 도망친 적이 있다. 들개는 처음에는 정글짐 밑에서 요란하게 짖어대더니 이내 싫증이 나자 이번에는 근처에서 진을 치고 호사카를 가만히 매복하는 자세를 취했다. 해 질 녘이라 공원에는 아무도 없었고, 이러다가는 물려 죽는 게 아닐까 하는 두려움에 울상을 짓던 기억이 있다.

그래, 그때는 개를 데리고 산책 나온 남자가 들개를 쫓아내 살 수 있었다.

조금 전 오토모 고타가 미끄러진 부근의 잡초가 바스락거리며 움직이자 호사카는 정신을 차렸다. 나타난 것은 들개였다. 나카누마 쓰토무가 "개가 이겼나?"라고 하자 호사카는 노려보며 검지를 입에 갖다 대고 주의를 주었다.

들개는 이쪽으로 오지 않고 광장에 떨어진 배낭 냄새를 맡기 시작했다. 그때 다른 곳의 잡초를 헤집고 오토모 고타가 모습을 드러냈다. 미끄러진 곳보다 10미터 정도 왼편이었다. 정글 모자를 어디다 떨어뜨렸는지 그 그물 모양 삭발이 보인다,

"뭐야, 저 머리는?" 나카누마 쓰토무가 말하는 순간 개가 오토모 고타를 인지한 듯했다.

들개는 다시 사납게 으르렁대며 오토모 고타에게 돌진했다. 오토모 고타는 막대기를 쥐고 있었다. 아까 쥐고 있던 막대기보다 굵고 길었다. 그는 배팅하듯 막대기를 휘둘렀다. 하지만 헛스윙이었다. 오토모 고타가 균형을 잃고 개에게 등을 보이는

자세가 되었다.

호사카가 앗 하고 소리를 지를 뻔한 순간, 둔탁한 소리가 나더니 거의 동시에 날카롭게 울부짖는 소리가 들려왔다. 헛스윙하는 바람에 오토모 고타는 한 바퀴 더 돌아 달려드는 들개의 옆머리를 운 좋게 받아치듯 가격한 것이다.

들개가 비틀거렸다. 그때 자세를 가다듬은 오토모 고타가 한번 더 막대기를 휘둘렀다. 이번에도 거의 같은 위치에, 그러나 아까보다 더 세게 얻어맞은 것 같았다. 둔탁한 소리. 그리고 들개의 울음소리는 불분명해졌다.

들개는 도망치려고 했으나 아마추어가 어설프게 조종하는 꼭두각시처럼 어색한 몸짓으로 옆으로 쓰러지더니 온몸에 경련을 일으켰다. 나카누마 쓰토무를 보니 놀란 표정으로 입을 쩍 벌리고 있었다.

호사카는 나무에서 내려왔다. 나카누마 쓰토무도 따라서 내려오려 했으나, 나뭇가지에 배낭이 걸려 "앗, 젠장" 하며 버둥대고 있었다. 호사카는 무시한 채 오토모 고타에게 달려갔다.

오토모 고타는 막대기를 쥔 채 굳은 표정으로 가쁜 숨을 몰아쉬고 있었다. "괜찮아?" 말을 건넸지만 아무런 대답도 없이 쓰러진 들개를 바라보고 있었다.

어느새 들개는 경련을 멈추고 축 늘어져 있었다.

호사카가 오토모 고타가 쥐고 있는 막대기를 빼앗으려 했으나 오토모 고타는 놓으려 하지 않았다. "잠깐 줘 봐. 개 좀 건드려보게"라고 하자 그제야 "아" 하며 손을 놓았다.

들개는 쿡쿡 건드려도 반응이 없었다. 숨을 쉬지 않았고 초점 없는 눈으로 혀를 축 내밀고 있었다. "죽었어"라고 알려주자 오토모 고타는 몸을 앞으로 숙여 두 손으로 무릎을 짚었다.

들개가 처음 나타났던 곳으로 가보니, 비둘기로 보이는 사체가 떨어져 있었다.

나카누마 쓰토무가 뒤늦게 다가왔다.

"죽었어?"

호사카가 "네" 하며 고개를 끄덕였다.

"진짜?"

"네."

"이런 곳에 왜 개가 있는 거야? 버려진 개가 산속에서 들개가 된 건가?"

"글쎄요, 모르겠네요."

내가 그걸 알 리가 없잖아, 멍청한 질문 하지 마. 속으로 욕설을 퍼부었다.

"아마 그럴 거야. 근데 저 친구 머리는 왜 저래?"

나카누마 쓰토무가 작은 소리로 묻기에 "이발소에서 잠든 사이 저렇게 깎아났다고 합니다"라고 속삭이듯 대답했다.

"말도 안 돼." 나카누마 쓰토무가 어이없다는 듯 웃었지만, 지금 그런 이야기를 할 때가 아니라는 생각이 들었는지 "그나저나 대단했어"라며 몇 번씩 고개를 저었다.

뭐라고 대답할까 생각하고 있는데 나카누마 쓰토무는 말을 이어갔다. "왠지 영화 글래디에이터 같았어."

어이없어하는 표정으로 쳐다봤더니, 나카누마 쓰토무는 "몰라? 글래디에이터"라며 오히려 본인이 어이없어한다.

"오토모 씨, 잘했어." 나카누마 쓰토무가 오토모 고타의 어깨를 가볍게 두들겼다. "내가 도와주려고 나무에서 내려오려 했는데, 그러기 전에 혼자서 해치웠군."

호사카는 나카누마 쓰토무의 무책임한 말에 오토모 고타가 화를 낼까 봐 순간 조마조마했지만, 오토모 고타는 작은 목소리로 "별말씀을요"라고만 했다.

"잡초 너머로 미끄러졌을 땐 큰일 났다 싶었는데, 용케 돌아왔네. 그때 어떻게 된 거야?"

"……중간에 걸려서…… 기어 올라왔어요."

"그때 걔는?"

"기억이 잘 나지 않습니다."

"흐음…… 뭐 필사적이었을 테니 그럴 만하지. 모자는 아까 미끄러질 때 잃어버렸나 본데?"

그 말에 오토모 고타가 "죄송합니다. 이건……" 하고 표정이 일그러지며 머리를 만지자 호사카가 말했다. "사정은 아까 얘기했어." 오토모 고타는 "죄송합니다, 죄송합니다"라며 두 번 고개를 숙였다.

오토모 고타는 팔과 다리에 작은 상처가 몇 군데 나 있었다. 호사카가 "나한테 반창고 있으니 붙여줄게"라고 하자 오토모 고타는 "아, 괜찮습니다, 저도 있어요"라며 배낭을 집어 들었다. 그리고 주변 잡초를 발로 밟아 누른 뒤, 그 위에 책상다리를 하고 앉아 배낭에서 플라스틱 상자를 꺼냈다. 안에는 반창고, 붕대, 연고 등 구급 용품이 가득 담겨 있었다.

나카누마 쓰토무가 들개 사체를 쿡쿡 건드리러 간 사이 호사카는 오토모 고타에게 "도와주지 못해 미안해. 어떻게 해야 하나 갈팡질팡하는 사이 끝나버렸어"라고 작은 목소리로 사과했다.

오토모 고타는 연고를 바른 팔의 상처에 반창고를 붙이며 "아, 아닙니다"라며 작게 고개를 저었다.

"어릴 때 보이스카우트였다고 했지?"

"네."

"산에서 길을 잃었을 때, 어떻게 하면 되는지 알면 좀 가르쳐줘."

"……보통은 계곡을 찾아서 계곡을 따라 하류 쪽으로 가면 산기슭이 나온다고 하는데, 계곡 근처에는 큰 바위나 절벽이 많아서 위험해요."

"아니, 하산하는 방법 말고 목적지에 가는 방법을 묻는 거야."

"글쎄요, 그건 잘 모르겠네요. 어느 정도 등산에 관해 사전 조사를 하긴 했지만, 최소한의 정보뿐이라……." 오토모 고타는 그렇게 말하고는 "죄송합니다"라고 덧붙였다.

나카누마 쓰토무가 "완전히 죽었어. 오토모 씨, 보기완 달리 대단한 사람이네"라며 돌아왔다. "그런데, 나 물 좀 마셔도 돼?"

"아, 네." 오토모 고타는 배낭에서 페트병을 꺼내 내밀었다. 호사카가 가져온 것과 같은 크기의 페트병으로, 내용물은 4분의 1도 남지 않았다. 그 물을 나카누마 쓰토무는 주저하지 않고 전부 마셔버렸다.

이봐, 그건 아니잖아, 소중한 물이라고…….

호사카는 따지고 싶은 충동을 억누르며 "개울을 찾아서 물을 퍼두는 게 좋겠는데요"라고 말했다. 호사카의 페트병도 아까 걸으면서 남은 물을 다 마셨기 때문에 텅 비어 있었다.

"아, 그건 그렇네." 나카누마 쓰토무는 텅 빈 페트병을 오토모 고타에게 건넸다. "근데 이 근처 개울물, 마셔도 되나?"

"주변에 캠프장 같은 게 있으면 먹다 남은 음식이나 분뇨 때문에 세균이 많아 위험하지만, 이 부근에는 그런 건 없어 보이니 괜찮을 겁니다." 오토모 고타가 말했다. "근처에 인공림도 없는 것 같고, 하천에 제방 공사를 한 것 같지도 않고요."

"인공림이 있거나 제방 공사를 하면 물 못 마셔? 왜?"

나카누마 쓰토무는 입을 삐쭉거리며 물었다.

"인공림은 제초제를 쓰니까 개울에 녹아 있을 우려가 있어요. 또 제방을 콘크리트로 쌓았다면 박테리아에 의한 정화 능력이 없어서……."

"흠, 그렇구나. 잘 아네."

"이틀 전쯤 도서관에서 조금 조사해봤습니다."

호사카는 다시 오토모 고타를 쳐다보았다. 정말이지 듬직한 구석이라고는 없는, 겁먹은 듯한 얼굴의 남자이지만 적어도 자신이나 나카누마 쓰토무보다 산행을 만만하게 보지 않았고, 벼락치기일지언정 중요한 정보를 미리 머릿속에 넣어 왔다. 업무 효율이 떨어진다, 직장에서는 그런 평가를 받는 듯하지만 어쩌면 그건 다양한 상황을 미리 대비하기 때문이 아닐까.

휴식을 겸해 세 사람은 방향에 대해 의견을 나눴다. 오토모 고타가 나침반을 가지고 와서 동서남북은 알 수 있었지만, 목적지가 지금 있는 장소에서 어느 방향에 해당하는지는 상당히 모호해서, 누구도 확실하게 어느 쪽이라고 말하지 못했다. 그래서 지금까지 지나온 길을 세 사람이 떠올리며 땅에 약도를 그려 대략적인 위치를 파악했다. 그 결과, 북서쪽으로 가면 어떻게든 될 것 같다는 결론에 도달해 다시 출발하기로 했다.

개울을 찾기보다는 아무튼 목적지에 도착하는 걸 우선하기로 했다. 조금 갈증이 나더라도 방갈로만 발견하면 물과 음식을 구할 수 있는 데다, 개울 찾느라 시간을 허비하면 해가 저물 거라는 이유에서다.

15분 정도 등산로를 오르자 길이 사라졌다. 갑자기 사라졌다기보다는 비탈을 따라 이어지던 오솔길이 좁아지더니 마침내 비탈길과 하나가 되었다.

"이거 야단났네." 나카누마 쓰토무가 주변 나무들을 둘러보았다. "설마 길이 없어질 줄이야. 그래도 방향은 이쪽이 맞지?"

호사카는 "아마도"라고 대답했다. 세 사람이 확인한 방향임에는 분명하지만, 그 자체가 틀렸다면 방법이 없다. 더구나 셋이 기억해냈다고는 하지만, 나카누마 쓰토무가 "분명 이랬어"라고 주장한 것을 기본으로 했기에 근거가 빈약하다.

"길이 없기는 하지만." 나카누마 쓰토무는 두 손을 허리에 댔다. "앞으로 못 가는 건 아니니, 이대로 북서쪽으로 향하면 되지 않을까?"

나무가 우거지긴 했지만 나무와 나무 사이는 사람이 쉽게 지나갈 만한 간격이 있고, 발밑도 부엽토와 마른 잎이 많아 걷기는 좀 힘들지만 가파르지는 않다.

호사카는 오토모 고타에게 "어때?" 하고 물었다. 처음에는 미덥기는커녕 짐만 될까 봐 걱정했는데, 지금은 세 사람 중 가장 듬직해서 의견을 들어봐야 했다.

"모르겠습니다." 오토모 고타는 불안한 듯 고개를 저었다. "다만 벌써 4시가 다 됐으니, 오늘은 이만 포기하고 하산할 거라면 지금이 적기예요."

"괜찮다니까." 나카누마 쓰토무는 얼굴을 찡그렸다. "기껏 여기까지 왔는데 하산은 아니지."

바람이 불어 나무들이 바스락거렸다.

세 사람은 한동안 말이 없었지만 나카누마 쓰토무가 침묵을 깨고 "아무튼 조금이라도 가보자"라며 단정 짓듯이 말하고는 다시 걷기 시작했다. 호사카는 어쩔 수 없다는 듯 오토모 고타에게 가볍게 어깨를 으쓱해 보이고는 무거운 발걸음을 내딛기 시작했다.

하산했어야 했다고 호사카가 확신하게 된 건 한 시간 가까이 지난 뒤였다. 등산로는 여전히 발견하지 못한 상태에서 비탈이 서서히 가팔라지더니, 마침내 네발로 기어가면서 나뭇가지와 덩굴을 잡고 나무뿌리와 줄기에 발을 걸쳐야 올라갈 수 있었다. 더구나 갈수록 목이 마르고 몸은 납덩이처럼 무거워졌다.

"비탈을 오를 때는 다리를 들지 말고 되도록 발을 바닥에 비비듯 오르는 게 좋습니다. 그래야 덜 피곤해요."

오토모 고타가 말했다. 호사카와 나카누마 쓰토무, 양쪽 모두에게 한 말인 듯했다.

호사카는 "아, 그래?"라고 대답했다. "혹시 자네가 장화를 신고 온 이유도 그 때문이야?"

"네. 장화는 등산화처럼 경쾌하게 걷지는 못하지만, 발을 비비듯 걷기는 쉽거든요. 그리고 이끼도 덜 손상되고."

"이끼?"

"네, 여기저기 나무뿌리나 그 주변에 이끼가 끼어 있잖아요. 이끼는 밟으면 손상돼서 재생이 잘 안 되거든요."

자네는 이끼까지 걱정하며 걷는 거냐고 묻고 싶었지만 그만두었다. 산을 걷는 사람의 예의이리라.

"그리고 되도록 팔을 사용해 가지와 덩굴을 잡도록 하세요. 그래야 다리에 부담이 덜 가니까요."

"알았어."

호사카는 진즉 말하지 왜 이제야 말해주냐고 불평하고 싶었지만, 어젯밤 바에서 다짐해둔 것이 생각나 입술을 깨물었다.

'기회라고 생각하고 이번 연수 잘해보자고. 그러기 위해선 나

카누마 과장에게 주도권을 쥐여주고, 될 수 있으면 간섭하지 않는 게 중요해.'

분명 그런 말을 했다. 요컨대 너는 입 다물고 잠자코 있으라고 했으니, 오토모 고타는 그 말을 따랐을 뿐이다.

그런 생각에 이르자 갈수록 허탈감이 더해갔다. 더구나 익숙지 않은 등산화 속에서 발이 둔탁한 통증을 호소하고 있었다.

호사카는 몇 번이나 망설이다가 "나카누마 씨, 정말 괜찮을까요?"라고 물었다.

그때 오토모 고타가 "쉿" 하고 말을 막았다. 얼굴을 보니 검지를 입에 갖다 대고 있다. 귀를 기울여보라는 의미인 듯했다.

이내 소리의 정체를 알았다. 개울 소리였다.

"저쪽에 있는 것 같네요." 오토모 고타가 동쪽을 가리켰다. "비교적 가까운 것 같아요."

"좋아, 그럼 물을 길으러 가자."

나카누마 쓰토무는 그렇게 말하자마자 방향을 바꿔 선두에 섰다.

한동안 옆으로 이동한 뒤 완만한 내리막 끝에 개울을 발견했다. 양쪽 기슭에는 큰 바위가 여기저기 나뒹굴고 있었지만, 쉽게 건너갈 수 있을 만큼 작은 개울이었다.

"이야, 천만다행이다."

나카누마 쓰토무가 바로 개울 물을 손으로 뜨려 하자 오토모 고타가 "잠시만요" 하고 말렸다. "일단 냄새를 맡아보고, 입에 머금고 맛을 확인한 뒤 드세요. 그리고 한번에 마시지 말고 조금씩 마시세요."

"아, 그래…… 알았어."

나카누마 쓰토무는 멋쩍게 웃더니 먼저 손을 씻은 다음 물을 떠 마셨다.

호사카도 물을 떠서 마셨다. 갈증이 해소되어 안도감은 느꼈으나 맛까지 느낄 여유는 없었다. 그러나 몸에 물이 스며드는 느낌만으로 기력이 회복되고 안심이 되었다.

오토모 고타가 조금 떨어진 곳에 앉는 걸 본 호사카는 이때다 싶어 "나카누마 씨" 하고 작은 목소리로 말했다. "세 사람이 동등한 위치라는 원칙으로 여기까지 왔지만, 앞으로는 오토모 씨에게 리더를 맡기면 어떨까요? 등산에 관해서는 저 친구가 가장 잘 아는 것 같은데."

당신이 리더 행세하며 쓸데없는 짓 하는 바람에 이렇게 된 건데, 설마 반대하지는 않겠지? 라고 속으로 덧붙였다.

나카누마 쓰토무는 약간 언짢은 표정을 보였지만 잠시 고민하더니 "맞는 말이야"라며 고개를 끄덕였다.

등산 실패를 리더 탓으로 돌리면 체면은 서니까. 호사카가 예상했던 반응이었다.

"그럼 동의하는 거죠?"

"그래. 사실 나도 그 제안을 하려고 했어."

호사카는 "오토모 씨"라고 부르며 다가갔다. 나카누마 쓰토무와 상의한 내용을 전하며 리더가 돼 달라고 부탁했다.

오토모 고타는 몹시 당황해하며 손사래를 쳤다. "아, 아뇨, 무슨 말씀을, 저 같은 사람이 리더는 무슨……."

"아냐, 자네는 자기 능력을 과소평가하고 있어. 사나운 들개를 물리친 것도 놀라웠지만, 등산에 관해 이것저것 조사했다는 점도 리더로서 자질이 있다고 봐. 나와 나카누마 씨의 간곡한 부탁이야."

"말도 안 돼요, 제가 무슨……."

"아니, 나나 나카누마 씨 모두 자네에게 의지할 수밖에 없는 상황이야. 우리 두 사람을 돕는 셈 치고 부탁해."

"나도 그렇고 호사카 씨도." 나카누마 쓰토무가 중간에 끼어들었다. "의견을 낼 때는 있겠지만 리더의 결단에 따르겠다고 맹세할게. 그러니 부탁해."

두 사람이 같이 고개를 숙이자 오토모 고타는 몸 둘 바를 몰라 하며 "아, 알겠습니다, 죄송합니다, 제가 하겠습니다, 죄송합니다" 하고 연신 고개를 숙였다.

이야기가 정리되자 바로 그 자리에서 앞으로 어떻게 할지 의논하기 시작했다.

"오늘은 미련 없이 하산합시다." 호사카는 줄곧 하고 싶었던 말을 꺼냈다. "이대로 무리해서 산을 오른다 해도 언제 목적지에 도착할지 알 수 없잖아요. 체력적으로도 상당히 힘든 상태고."

나카누마 쓰토무는 얼굴을 찌푸렸지만 순순히 고개를 끄덕였다.

"그래…… 나는 괜찮지만, 너무 무리하면 안 되지."

거짓말하시네. 본인 입으로 먼저 항복 선언하지 않게 된 걸 고맙게 여기라고.

긴장감이 감돌던 분위기가 한결 훈훈해지는 듯했으나, 오토모 고타가 "하산은 반대입니다"라고 말했다. 그답지 않은 단호한 목소리에 호사카는 심장이 덜컹 뛰었다.

"왜?"

"지금 하산한다 해도 해지기 전에 산기슭으로 돌아가기는 어렵기 때문입니다. 하산하려면 더 일찍 해야 했어요."

한동안 정적이 흘렀다. 졸졸 흐르는 개울물 소리가 유난히 시끄러웠다.

"자, 방갈로를 향해 출발해야겠네." 나카누마 쓰토무는 약간 불만스러운 태도를 보였다.

"리더가 그렇게 말하면 그렇게 해야지."

"아뇨, 이 상태로는 해 질 녘까지 방갈로를 찾기도 어려울 것 같아요."

"그럼 어쩌라는 거야?" 나카누마 쓰토무가 언성을 높였다.

호사카가 "나카누마 씨, 진정하세요"라며 말렸다. 오토모 고타를 보니 얼굴이 굳어진 채 "죄송합니다, 죄송합니다" 하고 고개를 숙인다.

"나카누마 씨, 리더의 말을 끝까지 들어봅시다." 호사카가 달랬다.

"의견을 말할 때는 끝까지 듣고 나서. 맞지?"

나카누마 쓰토무가 인상을 쓰면서도 평정을 되찾은 듯 고개를 끄덕였고, 호사카는 오토모 고타에게 계속 말해 보라며 눈짓을 했다.

오토모 고타는 여전히 겁먹은 태도였지만 "오늘 밤은 야영하고 내일 아침 하산해야 한다고 봅니다. 방갈로를 찾을 수 있을지 확실치도 않을뿐더러 날이 저물기 전에 하산하기도 힘드니까요"라고 떨리는 목소리로 말했다. "야영에 대한 최소한의 지식은 있으니까, 그 방법이 가장 좋다고 봅니다. 날씨만 나빠지지 않는다면 말이죠……."

호사카는 나카누마 쓰토무와 얼굴을 마주 보았다.

오토모 고타가 "저기……" 하고 쭈뼛쭈뼛 말을 이어간다. "야영도 지금 당장 준비하지 않으면 해가 질 겁니다."

나카누마 쓰토무가 표정으로 '어쩔 거야?'라고 묻는다.

일리 있다. 응. 그렇게 할까요? 그래. 서로 살짝 고개를 끄덕이며 오토모 고타의 말에 따르기로 했다.

"알았어. 그렇게 하자." 호사카가 오토모 고타에게 말했다. "자, 지금부터 뭘 하면 되는지 지시를 내려줘."

오토모 고타는 조금 발그레해진 얼굴로 머리를 숙였다. "감사합니다" 그리고 "죄송합니다"라고 덧붙이며 더 고개를 숙였다.

먼저 비탈을 내려가며 야영할 장소를 찾아보기로 했다. 오토모 고타의 말로는, 바람을 막아주는 나무들로 둘러싸인 평지가 바람직하다고 한다. 또 잠자리로 사용할 수 있는 풀이 무성한 곳이라는 조건도 붙었다. 초보자는 개울 근처에 텐트를 치거나 침낭을 깔기 쉬운데, 비가 내리면 급격히 물이 불어 위험할뿐더러 야간에는 기온이 급격히 떨어져 극심한 추위에 떨게 되며, 들개나 멧돼지, 반달곰 등이 물을 마시러 올 가능성도 있으니 절대 야영 장소로 선택해서는 안 된다고 한다. 또 바위 아래는 낙석, 고목 아래는 굵은 가지의 낙하, 키 큰 나무는 낙뢰의 위험이 있어서 역시 야영에는 적합하지 않으며, 능선에 해당하는 장소도 돌풍이 불어서 좋지 않다고 한다.

들개가 습격해온 장소가 야영지의 조건에 부합하기는 하나, 이미 길을 잃어 방향을 가늠할 수 없는 데다 들개의 사체 냄새가 다른 들개를 불러들일 가능성도 있어서, 일단 내려가면서 조금이라도 조건이 좋은 장소를 찾기로 했다.

"비탈을 내려갈 때는 되도록 보폭을 좁게 해서 지그재그로 걸어주세요." 앞서가는 호사카와 나카누마 쓰토무에게 오토모 고타가 말했다. "직선으로 가면 거리가 짧아서 편할 것 같지만, 몸에 부담이 가서 생각보다 피곤합니다."

오토모 고타는 또 20분 걸으면 5분 쉰다는 방침을 세웠다. 나카누마 쓰토무가 "아, 왜?" 하고 입을 삐죽거렸지만, 하산은 생각보다 근육에 부담이 많이 가기 때문에 쉬어야 한다. 그러지 않으면 위급한 상황에서 몸이 움직이지 않을 위험이 있고, 등산할 때는 피곤해지기 전에 쉬는 것이 철칙이라는 설명에 반론의 여지는 없었다. 오토모 고타는 해야 할 말을 한 뒤 송구스럽다는 듯 "죄송합니다" 하고 고개를 숙였다. 나카누마 쓰토무는 오토모 고타에게 들리지 않게 "그 말을 왜 이제야 해?"라며 투덜댔다.

그럭저럭 적당한 장소를 발견한 건 오후 5시 반을 지나서였다. 그곳에는 열 평 남짓한 평지에 가느다란 조릿대가 밀집해 있었고, 주위는 나무들로 둘러싸여 있었다. 오토모 고타가 "여기로 합시다"라고 결정했다.

세 사람은 그 자리에 털썩 주저앉더니 큰 대 자로 누웠다. 어
두워지기 시작한 작은 하늘이 망막에 어렴풋이 비치고 있다. 한
동안 움직일 수 없었다. 다리가 납덩이처럼 무겁다는 말의 진정
한 의미를 비로소 이해한 기분이었다. 너무 피곤한 나머지 이대
로 온몸이 흐물흐물 녹아서 초목 사이로 스며들 것만 같았다.

몇 분 동안 세 사람 모두 말없이 조릿대 위에 쓰러져 있었는
데, 한 사람이 슬그머니 일어나는 듯했다.

"지금부터 잘 곳을 만듭시다." 오토모 고타의 목소리가 들렸
다. "멍하니 있다간 날이 저물고 기온도 떨어져 오들오들 떨어
야 하니까요."

"조금만 더 쉬자, 제발."

나카누마 쓰토무가 투정 부리듯 말했다. 반면 오토모 고타는
굳은 표정으로 눈을 깜빡이고 있었다.

"나카누마 씨, 리더의 명령이니 잘 따릅시다."

호사카가 말하며 무거운 몸을 억지로 일으켜 세우자, 나카누
마 쓰토무도 마지못해 "아이고, 그러십니까?"라는 반항적인 말
투와 함께 몸을 일으켰다.

"자." 오토모 고타가 미안하다는 듯 두 손을 비볐다. "저는 손
도끼를 가져왔습니다만, 칼 같은 거 가지고 계신 분은 꺼내주

세요."

"칼을 어디에 쓸 건데?" 나카누마 쓰토무가 물었다.

"이제부터 조릿대랑 잡초를 베어서 잠자리를 만들 겁니다. 제가 가져온 쓰레기봉투로 간이 침낭을 만들어 뒤집어쓴 상태로 잠자리 위에서 자면 밤 추위를 이겨낼 수 있을 테니까요."

"허, 그렇구나. 이건 뭐 노숙자 생활이네." 나카누마 쓰토무가 쓴웃음을 지었다. "오토모 씨, 그래도 굳이 쓰레기봉투라는 말을 쓸 것까지는 없잖아. 적어도 비닐봉지라고 해줘."

"아, 죄송합니다."

"뭐 됐어. 어디 보자, 나는 칼, 이거 가져왔는데."

나카누마 쓰토무는 작은 배낭에서 접이식 칼을 꺼내 펼쳐 보였다.

칼날이 휘어진 모양새로 보나 중후한 광택으로 보나 칼 애호가가 탐낼 만한 고급 제품 같았다.

두 사람의 시선이 쏠리자 호사카는 손을 저었다.

"난 아무것도 없어. 설마 칼이 필요할 줄은 몰랐네."

"그럼, 이거 써도 돼." 기다렸다는 듯이 나카누마 쓰토무가 칼을 내밀었다. "미안하지만 난 아까 가파른 언덕 내려올 때 오른쪽 팔꿈치를 삐어서 아프거든. 티를 안 내서 그렇지, 굽혔다 펴기만 해도 아파."

오토모 고타가 걱정스러운 듯 물었다. "괜찮으세요?"

"뭐, 참을 만해." 나카누마 쓰토무는 갑자기 고통을 참는 듯한 표정을 지었다. "그래서 조릿대 베는 건 좀 힘들어. 대신 쓰레기봉투를 박스테이프로 붙여서 침낭을 만들게, 물론 세 사람분."

조릿대 베기가 중노동인 걸 눈치채고 약삭빠르게 도망가는군. 리더도 아닌 네가 왜 이래라저래라하는 건데? 호사카는 아주 잠깐 쏘아보았으나 나카누마 쓰토무 역시 '뭘 봐?' 하는 눈빛이었기에 시선을 돌렸다. 내분 일으킬 때가 아니라고 자신을 타일렀다.

호사카는 묵묵히 칼을 건네받았다. 말을 섞고 싶지 않았다. 이기적인 인간의 의견으로 역할 분담이 정해졌고, 작업이 시작됐다.

"저, 괜찮으시다면 이거 쓰세요." 오토모 고타가 호사카에게 목장갑을 건넸다. "맨손으로 하면 다치기 십상이거든요."

"자네는?"

"저는 손도끼라서 베기가 더 수월해요."

짐만 될까 봐 걱정스러웠던 남자가 지금은 하느님, 부처님으로 보였다.

"미안해. 그러면 좀 빌릴게." 곁눈으로 나카누마 쓰토무가 조금 떨어진 곳에서 쓰레기봉투 늘어놓는 모습을 확인하며 장갑을 받았다. "오토모 씨, 저 인간 때문에 여러모로 고생이 많지만, 하산할 때까지 잘 참아보자고. 정말 자네를 리더로서 의지하고 있으니까."

"아뇨, 별말씀을요." 오토모 고타는 부끄러운 듯 손을 저었다. "저는 호사카 과장님과 나카누마 과장님 두 분을 무사히 하산시킬 수 있다면 조금은 자신감이 생기지 않을까…… 저도 누군가에게 도움이 되는 사람이라는 걸 증명하고 싶어요. 그러니 열심히 하겠습니다."

재치 있는 대답은 하지 못한 채 호사카는 "그렇구나"라며 고개만 끄덕였다. 너무 피곤해서 머리 회전이 느려진 느낌이었다.

오토모 고타의 지시에 따라 조릿대를 베어 쌓아 올렸다. "땀을 흘리면 나중에 몸이 차가워지니 천천히 작업해주세요"라고 했지만, 조릿대를 베려면 매번 허리를 굽혀야 했고, 한동안 하다 보니 허리가 끊어질 듯이 아팠다. 그래서 허리를 구부리는 대신 쭈그려 앉거나 주저앉아서 베는 등 자세를 여러 번 바꿔가며 작업해나가야만 했다.

중간에 한 번 허리가 너무 뻐근해서 도저히 못 견디고 휴식을 취했다. 그때 나카누마 쓰토무가 다가와 "호사카 씨, 칼 좀 줘봐"라고 하기에 이 남자가 양심은 있나 보다 하고 건네줬더니, 조릿대를 베는 게 아니라 쓰레기봉투에 구멍만 내고 바로 돌려주었다. 한술 더 떠 "좀 살살 사용해줬으면 해. 날이 좀 상했어"라며 투덜댄다. 호사카는 말없이 칼을 건네받았다.

잠자리를 만드는 작업은 한 시간 남짓 걸렸다. 호사카가 만든 건 한 사람분이었고, 손도끼를 가진 오토모 고타가 두 사람분을 만들어주었다. 그 사이 나카누마 쓰토무는 일부러 공을 들이는 척 느릿느릿 꼼꼼하게 쓰레기봉투를 이어 붙이고 있었다. 작업을 끝낸 뒤 나카누마 쓰토무는 "이야, 깔끔하게 테이프를 붙이느라 힘들었어"라는 둥 "틈 생기지 않게 신경 썼어"라며 자랑까지 늘어놓았다.

바로 완성된 잠자리에 드러누워 보았다. 맨 위에 부드러운 잡초를 쌓아서 등에 이물감은 크게 느껴지지 않았다. 적당한 탄력도 있어 제법 폭신폭신하다. 눈을 감으면 늪 속으로 서서히 가라앉는 듯했다.

잠시 졸았던 모양이다. "호사카 씨" 하고 부르는 오토모 고타의 목소리에 퍼뜩 눈을 떠 윗몸을 일으켰다.

"어, 왜?"

"저쪽에." 오토모 고타는 덤불 한구석을 가리켰다. "화장실로 쓸 구멍을 팠으니, 큰 거든 작은 거든 저쪽에서 볼일을 보세요. 20미터 정도 들어가야 하는데, 아직 밝을 때 위치만이라도 확인해두세요."

"어, 화장실까지 만들었어?" 옆에서 마찬가지로 졸고 있던 나카누마 쓰토무가 벌떡 일어났다. "너무 못 먹어서 똥은 나오지도 않을 텐데. 오줌은 이 근처에서 누면 되잖아."

"아뇨, 이 근처에서는 안 됩니다." 오토모 고타는 펄쩍 뛰며 손을 저었다. "냄새 때문에 들개 같은 게 올 가능성이 있어요."

"화장실이라 해봤자 그냥 구멍을 파놓은 거잖아. 그러면 냄새나는 건 매한가지고."

"아뇨. 볼일을 보고 난 뒤 흙과 나뭇잎을 덮어놓도록 해놨습니다."

호사카는 무거운 몸을 이끌고 화장실을 보러 갔다. 등 뒤에서 느껴지는 인기척으로 보아 나카누마 쓰토무도 마지못해 따라온 듯하다.

오토모 고타의 말대로 나뭇가지로 파놓은 듯한 깊이 50센티미터쯤 되는 구멍이 있었고, 근처에는 작은 부엽토 더미가 준비돼 있었다.

"참 부지런도 하네, 저 친구." 나카누마 쓰토무가 고마워하기는커녕 비웃는 투로 말했다. "가끔 저런 사람들이 있지. 천성이 누구 뒤치다꺼리하지 않으면 못 견디나 봐."

호사카는 불쾌감을 참아넘기며 대답도 하지 않은 채 잠자리로 돌아갔다. 무사히 하산할 때까지 되도록 이 남자와 말을 섞지 말자, 유치하다는 건 알지만 그러지 않으면 감정이 폭발할 것만 같았다. 아무튼 참자. 이대로 함께 하산하면 나카누마 쓰토무에게 연대감이라는 걸 심어줄 수 있다. 그리되면 성공한 거다. 기회가 있을 때마다 "그땐 참 고생 많았지" 하고 술 마시며 웃기도 하고, 회사에서는 "호사카 씨는 주니어와 특별한 관계래"라고 수군댈 것이다. 마음속 깊은 곳에서 응어리진 진짜 감정이야 어떻든 간에, 함께 고생했다는 사실은 그 나름대로 무게가 있다.

날이 저물기를 기다렸다는 듯 기온이 떨어졌다. 정신을 차려 보니 주위가 어두워져 앞이 잘 보이지 않는다. 나카누마 쓰토무가 속옷을 갈아입는 모습을 보고 호사카도 위에 후드 점퍼를 덧입기 전에 속옷을 갈아입기로 했다.

피로가 풀린 건 아니지만 덕분에 기분이 조금은 상쾌해졌다. 오토모 고타는 혼자서 마른 가지와 마른 잎을 모아 조금 떨어진 곳에서 모닥불 피울 준비를 하고 있었다. 호사카는 거들어야겠다고 생각하면서도, 리더가 아무 말 안 했다는 핑계로 잠든 척하며 지친 몸을 쉬게 했다. 굳이 확인하지는 않았지만, 나카누마 쓰토무 역시 똑같은 꾀를 부리며 자는 듯했다.

마침내 해가 저물어 주위는 본격적으로 어두워졌다. 기온도 점점 떨어져 목 언저리 등에서 섬뜩한 냉기가 들어오는 느낌이다. 이것이 산속의 밤이구나, 그제야 실감했다.

잠시 졸고 있던 호사카는 몸을 일으켜 모닥불이 붉게 타오르는 걸 확인했다. 오토모 고타뿐 아니라 어느새 나카누마 쓰토무도 불을 쬐고 있었다.

잡초를 뜯어 빈자리에 깔고 앉았다.

"오토모 씨가 성냥이라든가 불쏘시개가 될 만한 신문지 같은 걸 가져와서 정말 다행이야." 나카누마 쓰토무가 힘없이 웃는다. "근데 배가 고프네. 뭐 좀 먹고 싶어."

"난 너무 배가 고프니까 이제 아무 감각도 없어서 잘 모르겠어." 호사카가 중얼대듯 말했다.

말하고 보니 존댓말을 쓰지 않았다. 하지만 굳이 다시 말할 기분은 들지 않았다.

"물만 있으면" 하고 오토모 고타가 입을 열었다. "하루 이틀 못 먹어도 죽지는 않습니다. 걱정 안 하셔도 돼요."

오토모 고타의 표정은 어느새 딴사람처럼 다부지게 보였다. 그저 자신만의 착각인지, 모닥불을 쬐고 있어서 그렇게 보이는 건지, 아니면 실제로 그의 표정이 달라진 건지 호사카는 알 수 없었다. 직장인은 상상하기 힘든 화려한 그물 무늬 삭발이 이제는 얼굴과 그리 괴리감이 없는 건 분명했다.

"비는 안 오겠지?"

나카누마 쓰토무가 그렇게 말하며 하늘을 올려다보았다. 호사카도 덩달아 올려다보았지만, 구름에 가려 달도 별도 보이지 않았다. 일기예보에서는 비가 오지 않는다고 했으니, 그 말을 믿을 수밖에 없다.

"회사에서는 실종자 신고 같은 거 안 했으려나?" 호사카는 입을 열었다.

"하룻밤 정도로 신고할 리가 없지." 나카누마 쓰토무는 얼굴을 찡그리며 고개를 저었다. "아버지는 자신이나 회사 체면에 이상하리만치 신경 쓰는 남자니까. 그래도 내일 아침이 되면 대행사나 직원들이 찾으러 오기는 하겠지만."

한동안 침묵이 흐른 뒤 오토모 고타가 "손을 쬐면 몸이 더 빨리 따뜻해져요"라고 말했다. "손바닥에는 많은 모세혈관이 모여 있어서, 손바닥을 따뜻하게 하면 온몸에 따뜻한 피가 퍼집니다."

"오, 그래?" 나카누마 쓰토무가 오토모 고타를 따라 불에 손을 쬐었다. 호사카도 따라 했다.

서서히 하지만 확실히 손바닥에서 온몸으로 온기가 전해지는 느낌이 들었다. 추울 때 모닥불에 손을 쬐거나 손바닥을 비벼대는 데에는 다 그럴 만한 이유가 있구나 싶다.

그 뒤로는 대화가 사라지고 세 사람 모두 묵묵히 모닥불에 손을 쬐었다. 대화가 끊겼다기보다는 온몸이 진흙처럼 침전되는 느낌에 말을 한다는 행위가 너무도 귀찮아졌기 때문이다. 다른 두 사람도 분명 마찬가지일 것이라고 호사카는 해석했다.

이윽고 태울 수 있는 마른 가지가 다 떨어져 각자 잠자리에 들게 되었다. 그제야 오토모 고타가 모닥불 안에 돌을 넣어두었음을 알았다. 뜨거워진 돌을 조금 전 벗어둔 속옷으로 감싸서 배 위에 올려놓은 뒤 쓰레기봉투로 몸을 감싸고 조릿대와 잡초로 만든 잠자리에 누웠다.

따스함과 안도감이 느껴진다.

덕분에 그대로 깊은 잠에 빠져들 수 있었다.

눈을 뜨고 엷은 잿빛 하늘을 한동안 멍하니 바라보았다. 그리고 호사카는 몸을 일으키며 몸 마디마디에서 느껴지는 둔통에 신음했다.

거의 동시에 오토모 고타도 잠이 깬 것 같았다. "잘 주무셨어요?"라는 인사에 "어, 잘 잤어?"라고 답했다. 나카누마 쓰토무는 아직 잠들어 있는 듯했다.

손목시계를 보았다. 오전 6시가 지났다. 잠든 시간이 오후 9시쯤이었으니, 잠은 충분히 잔 셈이다.

"호사카 과장님."

"씨 붙여, 씨."

"아, 죄송합니다. 호사카 씨, 잠은 잘 주무셨어요?"

"자네 덕분에 푹 잤어. 근데 온몸이 쑤시네. 하기야 이건 자네 탓은 아니지만."

"비가 안 와서 다행이네요."

"그러게."

일어설 때 발바닥 전체에 둔탁한 통증이 느껴졌다. 등산화와 양말을 벗으니 이유를 알 수 있었다. 왼발 아치 부분을 중심으로 여기저기 피부가 벗겨져 있었다. 오른발은 다행히 물집만 몇 개 잡혔을 뿐 그리 심하지 않았지만, 왼발은 끔찍했다.

참혹한 상황을 보자마자 통증은 더욱 심해졌다.

"으아, 너무 심하네요."

옆에서 들여다보던 오토모 고타가 딱하다는 표정을 지었다.

"평소 안 신던 신발이라서 그런가. 어제는 너무 피곤해서 몰랐어."

가지고 있던 반창고만으로는 부족해서 오토모 고타의 구급용품을 빌려 응급처치를 했다. 연고를 바른 뒤 거즈를 대고, 그 위에 붕대를 넉넉히 감았다. 등산화 끈을 조절해서 다시 신었다. 그럭저럭 걸을 수 있을 것 같았다.

얼마 지나지 않아 나카누마 쓰토무도 눈을 떴다. 아침잠이 많은 타입인지 "잘 잤어요?"라고 말을 건네도 얼굴을 찌푸린 채 대답이 없었다.

세 사람 모두 몸단장을 마치고 출발한 시각은 오전 6시 반이 지나서였다. 방향은 오토모 고타에게 맡기기로 해서 그를 선두에 세웠고, 나카누마 쓰토무가 멋대로 두 번째 자리를 선택하면서 호사카는 맨 뒤가 되었다.

처음에는 등산로를 찾지 못한 채 비탈을 내려갔다. 오토모 고타가 다시 "내려갈 때는 생각보다 근육에 부담이 가니까, 질러가지 말고 되도록 지그재그로, 보폭을 좁게 해서 내려가 주세요"라고 충고했고, 나머지 두 사람은 선두에 있는 오토모 고타를 따라 기본적으로 같은 곳을 밟아가며 내려갔다.

30분 정도 지나자 왼쪽 발바닥 전체가 더 욱신욱신 쑤시기 시작했다. 애써 참아가며 걷는 동안 반쯤 무의식적으로 오른발에 체중을 실었는지, 이번에는 오른쪽 무릎도 아파지기 시작했다.

이거 큰일인데, 라고 생각하던 차에 오토모 고타가 멈춰 섰다. "잠깐 쉬도록 하죠."

"아아, 아까 부드러운 데를 밟았더니 밑창에 흙이 꼈어."

나카누마 쓰토무가 투덜대며 나무 밑동에 발바닥을 문질러 흙을 긁어내기 시작했다.

"아, 이끼가 있는 곳에 그러시면 안 됩니다."

오토모 고타가 말했다.

"이끼가 뭐 어때서? 여기저기 막 자라나는 거잖아. 흙을 제대로 털어내지 않으면 미끄러져서 다친다고."

나카누마 쓰토무는 언짢은 표정으로 오토모 고타의 말을 무시한 채 이끼 낀 나무 밑동에 발바닥을 더 박박 문질러댔다. 호사카는 순간 심장이 쿵쿵 뛰는 걸 느꼈다. 나카누마 쓰토무는 어제부터 쌓인 피로와 허기, 거기에 등산까지 망쳤다는 것에 상당히 짜증이 나 있는 듯했다. 이 남자뿐만이 아니다. 호사카 자신도 사소한 계기로 폭발할 수 있는 상황이다. 어젯밤은 너무 피곤해서 세 사람 다 온순했지만, 어느 정도 기력과 체력이 회복된 지금이 오히려 위험하다. 호사카는 어떻게든 분위기를 누그러뜨려야 한다고 생각했다.

오토모 고타를 쳐다보았다. 평소에는 온순한 사람이 막상 폭발하면 무서울 수도 있다. 오토모 고타가 무표정하게 나카누마 쓰토무를 바라보았다. 큰일이다, 라고 생각한 순간 나카누마 쓰토무의 엉덩이에서 얼빠진 소리가 새어 나왔다.

순식간에 긴장의 끈이 풀렸다. 나카누마 쓰토무가 "쳇" 하고 쓴웃음을 지으며 시선을 호사카 쪽으로 옮겼다. 오토모 고타가 무심히 머리를 긁었다. 그때 자기 머리가 어떤 상태인지 새삼 깨달았는지 흠칫 놀란 표정을 지었다.

"발바닥 청소는 이끼가 없는 곳에서 해주세요." 오토모 고타는 웃는 얼굴로 나카누마 쓰토무에게 말했다. "산은 소중하게 다뤄주십시오."

웃는 얼굴임에도 왠지 모르게 무섭게 느껴졌다. 호사카는 온몸이 오싹해졌다. 나카누마 쓰토무도 오토모 고타의 미소에서 섬뜩함을 느꼈는지 "아, 미안" 하고 고개를 끄덕였다.

잠시 쉬고 나서 다시 출발했다.

얼마 지나지 않아 등산로를 발견하자 나카누마 쓰토무가 "이야!" 하고 환호성을 질렀다. 하지만 호사카는 왼쪽 발바닥과 오른쪽 무릎이 또다시 아프기 시작했다. 앞에 가는 두 사람과 점점 거리가 벌어졌다.

오토모 고타가 뒤를 돌아보더니 "괜찮으세요?"라고 물었다.

"괜찮은 것 같지는 않아……."

호사카보다 앞서가던 나카누마 쓰토무가 작은 소리로 "무슨 일이야?"라고 묻자 오토모 고타가 설명하고 있다. 목소리가 작아 잘 들리지는 않았다.

그런데 별안간 오토모 고타가 "그건 안 됩니다. 무슨 말씀을 하시는 겁니까?"라며 언성을 높였다. 나카누마 쓰토무가 기세에 눌렸는지 조금 뒷걸음질을 쳤다.

오토모 고타가 다가왔다. "어깨 빌려드리겠습니다. 잡으세요"

센 척해봐야 소용없음을 깨달은 호사카는 "미안하네" 하고 순순히 그 말에 따랐다.

조금 앞서서 나카누마 쓰토무가 가고, 호사카는 오토모 고타의 어깨를 빌려 그 뒤를 걷는 모양새가 되었다. 왜소한 체격이라고 여겼던 오토모 고타가 무척 듬직하게 느껴졌다.

"저 남자가 날 두고 가자고 한 거지? 회사 직원들에게 부탁해서 나중에 도와주러 가면 되지 않냐고 했겠지."

나지막이 물어보았으나 오토모 고타는 아무 대답도 하지 않았다. 왠지 그 이상은 꼬치꼬치 캐묻지 않는 편이 좋겠다는 생각이 들어서 호사카도 입을 다물었다.

두 번째 휴식도, 세 번째 휴식도 세 사람의 대화는 없었다. 나카누마 쓰토무가 "꽤 내려왔네"라든가 "이제 우릴 찾으러 온 사람들과 만나지 않을까?"라며 말을 꺼냈지만, 호사카나 오토모 고타 모두 아무 대답도 하지 않아서 말은 이어지지 않았다.

총무부의 젊은 남자 직원들을 만난 것은 세 번째 휴식을 끝내고 다시 20분쯤 내려갔을 때였다. 직원들은 모두 편안한 차림으로 등산화를 신고 있었다.

나카누마 쓰토무는 "오, 이제야 우릴 찾았군" 하고 연기 톤으로 목청을 높였다.

"걱정했습니다. 어디 다치지는 않으셨습니까?" 얼굴만 아는 젊은 직원 한 사람이 나카누마 쓰토무만 쳐다보며 말했다. "이른 아침부터 대행사 사람들과 분담해서 찾고 있었습니다. 근데 무사하셔서 다행입니다. 산기슭까지 얼마 안 남았으니 조금만 더 힘내십시오."

나카누마 쓰토무가 "한심한 결과로 걱정을 끼쳤군"이라며 거물급이라도 된 양 대답한다. 호사카는 오토모 고타가 바통을 넘긴 다른 젊은 직원 두 사람의 어깨를 빌리게 되었다. 앞서가는 오토모 고타에게 "오토모 씨, 고마워"라고 말을 건넸으나 대답은 없었다. 무시한다기보다는 뭔가 다른 일로 머릿속이 꽉 찬 듯이 보였다.

오토모 고타는 자꾸 자기 머리를 만졌다. 뭔가를 확인하려는 듯했다. 직원 한 사람이 휴대폰으로 연락한 뒤 말했다. "사장님께서도 곧 도착하신다고 합니다." 기분 탓인지 순간 긴장감이 감돌았다.

"이야, 정말 난감했어. 지도가 없어져서 완전히 길을 잃었거든." 나카누마 쓰토무가 억지로 밝은 척하는 말투로 지껄였다. "들개가 습격하질 않나, 배는 고프지, 목은 마르지, 피곤해서 정말 힘들었어. 그래도 무사히 워크숍을 마치는 것보다 값진 경험을 했다고 봐."

젊은 직원 하나가 물었다. "들개가 습격했다니, 정말입니까?"

"그래. 도사견처럼 크고 검은 개였는데, 정말 죽는 줄 알았어. 겨우 도망치긴 했지만."

나카누마 쓰토무는 오토모 고타가 들개와 싸워 물리친 이야기는 하지 않았다. 호사카는 이야기에 끼어들고 싶었지만, 발통증 때문에 이내 그럴 생각이 사라졌다. 대신 나중에 사람들에게 진실을 말해주기로 마음먹었다.

"밤에는 어떻게 지내셨어요?" 아까 휴대폰으로 연락했던 직원이 물었다. "꽤 춥지 않으셨어요?"

"조릿대를 베서 침대를 만들고, 가져온 쓰레기봉투로 침낭도 만들어서 버틸 만했어."

젊은 직원들이 입을 모아 "순간적으로 그런 생각을 하시다니, 대단하세요", "위기관리 능력이 있으시네요", "저는 도저히 그런 생각 못 해요"라며 추켜세웠다. 이 멍청한 직원들은 나카누마 쓰토무가 리더로서 그런 일을 지휘했다고 착각하나 보다.

직원들은 해괴한 머리 모양을 한 오토모 고타와는 멀찌감치 거리를 두는 듯했으나, 가까이 있던 한 직원이 "고생 많으셨겠네요, 괜찮으세요?"라고 말을 건넸다. 하지만 오토모 고타가 전혀 대답이 없자 '이 사람, 뭐야?' 하는 표정으로 다른 젊은 직원에게 어깨를 으쓱해 보였다.

호사카는 다시 오토모 고타의 등을 바라보았다. 표정은 알 수 없지만, 어쩌면 속이 부글부글 끓어서 폭발하기 일보 직전은 아닌지 불안해졌다. 그러나 담담히 걷는 뒷모습은 어딘가 초연해 보이기도 했다.

오토모 고타는 여전히 계속 머리를 만지고 있었다. 젊은 직원은 "산기슭까지 얼마 안 남았다"고 했지만 한 시간 가까이 걸렸다. 산기슭 등산로 입구에는 왜건 세 대가 정차해 있었고, 사장 나카누마 다다시를 비롯해 몇몇 임원들이 정장 차림으로 서 있었다. 장신에 백발을 빗어 넘긴 사장의 모습은 유난히 눈에 띄었다. 임원들 뒤에 부장급과 과장급 몇 사람이 더 있었다.

젊은 직원들이 일제히 "수고 많으셨습니다"라며 목소리 높여 인사했다. 직원들을 맞이하는 사장의 표정은 평소보다 더 거만하고 험상궂었다. 그 입이 움직이기 시작했다.

"고작 등산 워크숍에서 뭘 한 거야, 너희들은!"

그 순간이었다. 오토모 고타가 거침없이 사장 앞으로 나갔다. 그리고 큰 소리로 외쳤다.

"등산 워크숍의 리더로서 말씀드리겠습니다. 사장님, 설마 저 멍청한 아들에게 회사를 물려주실 생각이십니까?"

다른 임원들의 얼굴이 파랗게 질려 "뭐야, 네 놈은!", "어디서 감히 그따위 말을 해!", "이놈 당장 말려!"라고 고함치며 끼어들었다.

오토모 고타는 눈앞으로 뛰쳐나온 총무부장과 상무를 두 손으로 퍽 밀쳐냈다. 오토모 고타보다 몸무게가 더 나가는 두 사람은 뒤로 크게 휘청이더니 꼴사납게 엉덩방아를 찧었다. 뒤에서 보고 있던 호사카는 기적이 일어났다고 생각했다. 저건 오토모 고타의 행동이 아니다.

오토모 고타가 쏘아보는 눈빛에 사장은 완전히 압도되어 갑자기 쪼그라드는 풍선처럼 힘없이 고개를 숙였다. 워크숍 중에 아들이 어떤 행동을 했는지, 부모로서 짐작한 것일까. 호사카는 나카누마 쓰토무를 보았다. 새파랗게 질린 얼굴로 거의 넋이 나간 채 서 있었다. 살짝만 건드려도 산산조각이 날 것 같았다.

오토모 고타가 한층 더 목소리를 높였다.

"말씀해보십시오, 사장님!"

등 뒤의 산으로 그 말이 몇 번이고 메아리치며 울려 퍼졌다.

호신술의 여신

엘리베이터를 타고 2층에 내렸을 때 이와세 가에데는 문이
닫히는 듯한 소리를 듣고 멈춰 섰다.

이 임대 아파트에는 층마다 여덟 세대가 입주해 있고, 복도
왼쪽으로 문이 늘어서 있었다. 그리고 가에데의 집은 엘리베이
터에서 내리면 보이는 첫 집으로 불과 몇 걸음 떨어져 있었다.
오른쪽은 바깥이 내다보이는 콘크리트 난간으로 이루어져 있
지만, 인접한 상가 건물의 지저분한 외벽만 코앞에 있을 뿐 탁
트인 경치를 볼 수는 없었다.

가에데가 멈춰 선 이유는 방금 들린 소리가 자신의 집 현관
문이 잠기는 소리처럼 들렸기 때문이었다.

어둑어둑한 통로에 인기척은 없었다. 방 하나에 거실과 부엌

정도만 딸린 독신자용 아파트인 만큼, 오후 8시 무렵인 이 시간대에는 대다수의 입주자가 아직 집에 없다. 아까 1층 공동현관으로 들어오기 전에 무심코 위를 올려다봤을 때도 불이 켜진 집은 적었다.

문 앞에 서서 귀를 기울였다. 아무 소리도 나지 않는다. 젊은 여자가 사는 이웃집 문소리였을까? 그 여자의 집에서는 이따금 사랑싸움이라도 하는 듯 티격태격하는 소리가 들리곤 했다. 그러나 지금은 조용하다. 이웃이라고는 해도 마주치면 서로 가볍게 인사만 할 뿐 교류는 전혀 없다. 그녀가 학생인지, 직장인인지, 프리랜서인지 모른다.

가에데는 자기 집 현관에 달린 조그만 구멍으로 집 안을 들여다보았다. 그리고 작게 한숨을 쉬었다. 분명 옆집이나 그 옆집의 문이 안에서 잠겼을 거야. 가에데는 이 정도 일로 가슴이 철렁 내려앉은 자신의 소심함을 가볍게 웃어넘기며, 가방에서 열쇠를 꺼내 문을 열었다.

현관에서 하이힐을 벗으며 안에서 문을 잠근 뒤 도어체인을 걸었다. 평소 습관대로, 일단 현관 불을 바로 끄고 아코디언커튼을 열어 주방으로 들어갔다. 그런데 뭔가 평소와 달랐다. 늦가을인 이맘때치고는 묘한 온기가 느껴져 불안감에 사로잡힌 순간, 온몸이 얼어붙었다.

식탁 너머에 누군가 있다. 암막 커튼 탓에 실내는 거의 어둠에 잠겨 있었지만, 또렷이 인식할 수 있었다. 상대는 서 있지 않고 웅크리고 있는 듯했다.

불을 켜야 해. 소리를 지르자. 아니, 당장 도망가야 해.

가에데의 머리 한구석에서 그런 목소리가 울렸지만, 몸은 바로 반응하지 않았다. 가위눌린 듯 몸이 말을 듣지 않는다. 그러는 사이 식탁 너머의 상대가 일어섰다.

어둠에 익숙해지면서 상대가 눈만 드러낸 검은색 마스크를 쓰고 있으며, 혼자임을 알 수 있었다. 손에 칼 같은 걸 쥐고 있다.

"헉" 하는 소리와 함께 가에데는 거의 무의식적으로 가방을 상대에게 던졌다. 하지만 가방은 오른쪽으로 빗나가 커튼에 맞았다.

상대가 식탁을 빙 돌아서 이쪽으로 오려고 하자 가에데는 재빨리 그 반대 방향으로 도망쳤다. 그러자 상대가 식탁을 거칠게 밀어냈다. 가에데는 등 뒤 벽과 식탁 사이에 낀 상태가 됐다.

"누, 누구야!"

소리를 지르려 했지만 목소리가 갈라졌다. 상대는 있는 힘껏 식탁을 밀치더니 별안간 현관 쪽으로 향했다. 뭔가가 떨어지는 소리가 나더니 체인이 거칠게 빠지며 문이 열렸다. 발소리가 들리고, 이어서 비상계단으로 이어지는 철제문을 여는 소리가 들렸다.

가에데는 식탁 다리를 붙잡고 주저앉아 있었다. 다리가 후들 후들 떨리고 머릿속에서 쿵쿵 뭔가가 울리는 듯하면서 제어가 되지 않았다. 몸속에서 이물질이 날뛰고 있다. 심장 박동이었다.

경찰에 연락해야 해. 그제야 그 생각이 들었다. 휴대폰이 들어 있는 가방을 찾았다. 바로 오른쪽에 떨어져 있다. 그 전에 불을 켜고 싶었다. 하지만 일어나서 스위치가 있는 곳까지 가는 것조차 너무나도 엄두가 나지 않았다.

가장 먼저 도착한 사람은 작은 체구의 젊은 경찰이었다. 현장을 보존해야 한다면서 부엌 구석에 서서 상황을 물었다. 경찰은 "괜찮으세요?"라고 묻기는 했지만, 태도는 사무적이었다. 경찰에게는 별것 아닌, 일상적인 사건처럼 보이는 듯했다.

가에데가 기억하는 것들은 얼마 되지 않았다. 상대가 눈만 드러낸 검은색 마스크를 쓰고 있었고, 칼 같은 것을 들고 있었으며, 식탁을 밀쳐내고 도망쳤다는 것……. 그 정도였다. 상대의 체격이나 옷차림 그리고 범인으로 짐작되는 사람에 대해 경찰이 여러 번 물었지만, 도무지 생각이 나지 않아 몇 번이고 "죄송합니다"라며 고개를 숙였다.

얼마 지나지 않아 형사와 감식 담당자로 보이는 사람 몇 명이 도착했고, 가에데는 재차 머리숱 적은 중년 형사에게 조사를 받았다. 감식반 사람들은 가에데에게는 관심이 없어 보였고, 지문을 채취하거나 사진을 찍고, 접착테이프로 바닥을 찍찍 누르는 일을 묵묵히 하고 있었다. 중간에 감식반 모자를 깊숙이 쓴 사람이 말을 건넸는데, 범인의 지문과 구별하기 위해 가에데의 지문을 채취하고 싶다는 요청이었다.

범인이 들고 있던 칼은 현관 신발 벗는 곳에 버려져 있었다. 가에데의 부엌에 있던 식칼로 확인됐다.

범인은 장갑을 끼고 있었는지, 감식원이 "지문이 안 나오네요"라고 말하는 소리가 들렸다.

머리숱 적은 형사는 사정 청취를 하거나 휴대폰으로 상사에게 보고하고 있었고, 가장 먼저 달려온 경찰은 다른 형사와 함께 아파트 주민들을 상대로 탐문 수사를 나갔으며, 감식반은 물적 증거를 모으고 있었다. 가에데는 자신만 소외된 듯한 기분이 들었다.

머리숱 적은 형사에 따르면, 가에데가 외출할 때 제대로 문을 잠갔다면 범인은 자물쇠 따기 방법으로 침입했을 거라 했다. 최근에는 이 근처에서 비슷한 수법의 빈집털이 피해가 빈발하고 있어, 같은 범인일 가능성도 있다고 했다.

그 밖에도 집에 왔을 때 수상한 차량이 주차된 건 보지 못했는지, 최근 수상한 사람이 어슬렁대지는 않았는지 등을 물었지만, 가에데는 생각나는 것이 없어 다시 "죄송합니다" 하고 고개를 숙였다.

피해 물품을 확인해보니 집 안을 뒤진 흔적은 있지만, 없어진 물건은 없는 듯했다. 형사가 "침입하고 나서 바로 피해자분이 귀가하셨으니 훔칠 시간이 없었겠죠. 다친 데도 없으니 불행 중 다행입니다"라고 누런 이를 드러냈지만, 가에데는 웃을 기분이 아니었다.

머리숱 적은 형사는 질문 외에도 여성 혼자 사는 집이라면 누가 침입했을 때 경보가 울리는 장치 정도는 설치하는 게 좋으며, 자물쇠 따기가 불가능한 자물쇠로 바꾸고, 베란다에 남자 옷을 걸어두는 등 여자 혼자 살지 않는 것처럼 꾸미는 위장술이 필요하다고 충고했다. 형사는 선의로 하는 조언이겠지만, 가에데는 몇 번씩 "예" 하고 고개를 끄덕이는 동안 왠지 술집에서 모르는 아저씨에게 설교를 듣는 기분이었다.

밖에 나갔던 다른 형사가 돌아와서는 옆집과 그 옆집에도 사람이 없으며, 아파트 내에서 사건을 인지한 주민은 없는 듯하다고 머리숱 적은 형사에게 작은 소리로 보고했다.

1시간 반쯤 지나서 형사들은 철수했다. 가에데는 "저 혼자 여기서 자는 건가요?"라고 묻고 싶었지만, 그렇다는 대답을 들을 것이 뻔해서 그만두었다.

혼자 남게 되자마자 불안한 마음이 큰 파도처럼 밀려와, 귀가 전에 함께 파스타를 먹은 동료 무라이 루미에게 전화를 걸었다. 그녀가 사는 임대 아파트는 여기서 2킬로미터 정도 떨어져 있다.

"어머, 가에데, 무슨 일이야? 오늘 갔던 식당에 뭐 놓고 온 거라도 있어?"

가에데는 그 느긋한 목소리를 듣자, 자신이 형사들 앞에서 아무렇지 않은 척 허세를 부리고 있었음을 깨달았다. 마음이 다른 모드로 바뀐 것처럼 엉엉 울어대기 시작했다.

"정말 힘들었겠다. 당연히 패닉 상태가 되지." 잠옷 차림으로 침대 위에서 책상다리를 한 루미는 캔맥주 뚜껑을 땄다. "어쩔 수 없어. 평소 그런 일에 대처할 준비가 돼 있는 사람은 거의 없으니까. 나도 같은 상황이었다면, 겁에 질려서 아무것도 못할 거야."

가에데도 소파 위에서 캔 뚜껑을 땄다. 여기에 오기 전, 치마 정장에서 청바지와 검은색 스웨터로 갈아입었다. 도보로 이동할 수 있는 거리였지만 택시를 타고 왔다.

오늘 밤은 루미네서 자기로 했다. 루미는 침대에서 자도 된다고 했지만, 그렇게까지 민폐를 끼칠 수는 없어 소파에서 자기로 했다.

"소리조차 지를 수 없었어……." 가에데는 맥주를 한 모금 마시고 쓴맛을 음미했다. "왠지 나 자신이 한심했다고나 할까……."

"가방 던졌다면서? 아무것도 못 한 건 아니네."

"냅다 던지긴 했는데, 완전히 빗나갔어."

"오히려 잘된 일 아니니? 소리를 지르거나 가방이 명중했다면, 범인이 격분해서 큰일 났을 수도 있어."

"……응." 듣고 보니 일리가 있다.

"말하자면, 가에데는 운이 좋았던 거야. 칼을 든 도둑을 만났는데 다치지도 않았고 도난당한 물건도 없잖아."

"그래, 에피소드도 생기고."

"맞아. 형사 중에 괜찮은 사람 없었어?"

"무슨, 없었어."

"아저씨들뿐이야?"

"응. 감식원 중에 좀 젊은 사람이 있긴 했는데, 현관 앞에서 묵묵히 발자국 채취만 하더라."

"발을 좋아하나."

"그런가 봐."

"그리고 보니, 나 대학교 선배 중에 남자 귀 깨무는 걸 좋아하는 사람이 있었는데……."

가에데는 맥주를 벌컥벌컥 마시며 오늘 밤만큼은 루미와 나누는 수다와 취기로 마음을 달래기로 했다.

술을 꽤 마셨다고 생각했는데, 좀처럼 잠이 오지 않았다. 잠든 루미의 조용한 숨소리, 밖에서 달리는 자동차 소리, 냉장고의 희미한 모터 소리가 들려온다.

루미는 입사 동기로, 지금은 나카마키 제약이 재작년 봄에 설립한 나카마키 미술관에서 함께 사무국원으로 근무하고 있다. 입사 당시 연수에서 같은 반이었고, 둘 다 첫 근무처가 '고객 상담실'이기도 해서, 서른 살이 된 지금도 가깝게 지내고 있다. 어느 한쪽이 애인이 생겨 소원해진 시기도 있었으나, 지금은 둘 다 사귀는 사람이 없어서 일주일에 한 번은 함께 외식하거나 술을 마신다. 둘이 술을 마시면 대개 예전 동료였던 누구누구가 아이를 낳고 완전히 변했다거나, 동창회에서 친구들을 만나면 남편과 육아 얘기밖에 안 한다는 등 결혼한 친구들에 대한 질투 섞인 험담을 주고받다가 마지막에는 우리 주변에는 제대로 된 남자가 없다는 결론으로 끝났다.

나카마키 미술관에서는 지금은 대표권이 없는 회장직으로

물러난 전 사장의 컬렉션과 회사 소유의 그림을 주로 전시하고 있다. 미술관이라 해도 번화가에 있는 상가 건물 1, 2층에 입주한 것이라서 미술관이라기보다는 갤러리에 가깝다. 사무국원도 가에데와 루미, 단 둘뿐이다. 두 사람이 리셉션 업무, 전화 응대, DM 작성과 발송, 전시 작품과 시설 관리 따위를 하고 있다. 하지만 전혀 바쁘지 않다.

말이 미술관이지, 결국 대주주인 회장과 그 일가에게 아부하기 위해 운영하는 것이다. 거품 경제기에 투자한 그림값이 떨어지면서 팔고 싶어도 못 파니까 할 수 없이 미술관을 만든 것뿐이다. 이런 식으로 기업 이미지를 끌어올릴 수 있다고 생각한다. 갖은 구설에 오르고 있음에도 굳이 입장료를 내고 감상하러 오는 사람들이 적지 않다. 대부분은 "우리도 이런 것에 관심이 있습니다", "나카마키 제약의 예술에 대한 노력을 지지합니다"라는 의사 표시를 하기 위해 안내대 명부에 이름 올리는 것이 목적인 거래처 관계자들이다. 나카마키 제약은 제약업계에서는 대기업으로 꼽힌다.

눈을 뜨고 작은 전등의 은은한 불빛을 바라보았다. 그러다가 아소 다쿠지는 작은 전등을 켜지 않고 항상 어두컴컴하게 하고 잤던 게 떠올랐다. 가에데는 작은 전등을 켜지 않으면 잠이 잘

오지 않아, 함께 잘 때는 어떻게 할지 늘 가위바위보로 정하곤
했다.

 헤어진 지 4년이 됐다. 교제 기간은 불과 1년 남짓이었다. 하
지만 지금도 같은 회사 직원이다 보니, 업무차 본사를 방문할
때 가끔 마주치면 서로 어색하게 지나친다.

 교제 초반에는 다쿠지가 소속된 홍보부의 화려한 이미지와
미대 출신이라는 그의 이력이 눈부시게 보였다. 실제로 다쿠지
는 디자인이나 그림 등 미술 분야에 잡다한 지식을 가지고 있
었고, 가에데는 솔직히 그런 점이 대단해 보였다. 날씬한 몸매
와 날카로운 턱선, 하얀 이도 매력적이었다.

 하지만 얼마 지나지 않아 다쿠지의 여러 언행을 통해 그의
본성을 알게 되었다. 그가 미대를 나온 이유는 진지하게 예술
을 배우기 위함이 아니라 그저 미대 출신이라는 간판을 얻고
싶었을 뿐이었다. 예술 방면의 지식은 풍부할지 몰라도, 다쿠
지 자신은 새로운 것을 창출할 의욕도 능력도 없었고, 타인의
창작을 깎아내리며 자신의 열등감을 달래고 있었다. 평범한 직
원이 아니라 특출난 능력 덕에 홍보부에 들어간 것처럼 보이고
싶어서 안간힘을 쓰는 인간이었다.

 차츰 가면이 벗겨졌고 그때마다 서서히 환멸을 느꼈다. 결국
가에데가 먼저 이별 이야기를 꺼냈다. 그때 "그럼 그동안 내가

사준 것들 다 돌려줘"라는 다쿠지의 말에, 이런 남자를 한때나마 좋아했던 자신이 한심해서 눈물을 참을 수 없었다. 다쿠지는 분명 그 눈물의 의미를 지금도 오해하고 있으리라. 다쿠지는 2년 전에 결혼했다고 들었지만, 1년도 채 못 가 이혼했다. 아이가 있다는 말도 들었는데, 여자 쪽에서 아이를 데려가 다쿠지는 양육비를 지급하는 듯했다.

왜 갑자기 그런 남자를 떠올릴까. 눈을 감고 자신에게 물었다. 오늘 그런 일을 겪는 바람에 남자 친구가 있었다면 지켜주지 않았을까 하는 생각이 머릿속 어딘가에 있기 때문일까? 그보다 내일부터 혼자 잘 수 있을까?

범인은 어떤 사람일까? 내가 아는 사람일까? 다음에 또 이런 일이 생긴다면 어떻게 해야 할까? 소리를 질러야 하나? 아냐, 안 돼. 루미 말대로 소리를 지르면 오히려 범인을 흥분시켜 칼에 찔릴 수도 있어. 그럼 난 변사자로 발견돼 부검당하는 거야. 그 머리숱 적은 중년 형사가 부검에 입회해 벌거벗은 여자가 메스에 난도질당하는 광경을 지켜보겠지. 살해당하기 전에 성폭행을 당할지도 몰라. 저항하다 얼굴과 배를 사정없이 얻어맞겠지. 최악이다. 왜 굳이 그런 끔찍한 사태를 상상해야 하지?

가에데는 혀를 차며 소파 위에서 꼬물꼬물 몸을 뒤척였다. 결국 몰래 일어나 냉장고에서 캔맥주를 꺼내 마시다 보니 아침까지 잠을 청하지 못했다.

세면대 거울을 보니 눈 밑에 다크써클이 생겼다. 루미가 "회사 쉴래? 나는 괜찮아"라고 묻기에 "그럴까?" 하고 애매하게 고개를 끄덕였더니, 루미는 나카마키 미술관 사무국장을 겸무하는 구와바라 총무과장에게 전화를 걸어 어젯밤 강도 사건에 관해 설명했다. 본인을 바꿔 달라고 한 듯했으나 루미는 "지금 진정제 먹고 자고 있습니다"라며 가에데에게 가볍게 윙크를 했다.

결국 이틀이나 사흘은 쉬어도 좋다는 허락을 받았다. 가에데의 머릿속에 구와바라 과장의 툭 불거진 앞니와 곱슬머리를 빗어넘겨 가르마를 탄 머리가 떠올랐다. 그 남자는 지난번에 루미와 가에데를 따로따로 불러내더니 "결혼해서 퇴직할 생각은 없나?"라고 물었다. 구와바라 과장은 "자네 같은 귀중한 인재가 갑자기 퇴사하면 곤란하니 그냥 확인해두고 싶어서 그래"라는 그럴싸한 변명으로 시작했지만 "말 많은 노처녀는 필요 없으니 인제 그만 퇴사 좀 해"라는 본심을 에둘러서 드러냈다. 나카마키 제약도 예외 없이 남성 중심의 조직이다.

루미는 바나나와 인스턴트커피로 아침 식사를 후딱 해치운 뒤 화장실에서 양치질과 화장을 끝내고는 "한동안 우리 집에 있어도 돼. 있는 거 알아서 챙겨 먹고. 혹시 집에 갈 거면 열쇠로 잠그고 나중에 돌려줘. 예비 열쇠 있으니까"라며 열쇠를 건네주고 출근했다. 가에데는 "고마워"라며 배웅한 뒤 달걀부침과 토스트로 아침을 먹고 신문을 읽었다. 당연한 일이지만 어젯밤 사건은 기사 한 줄 실리지 않았다.

빈둥거리기만 하자니 미안해서 설거지를 하고 청소기를 돌렸다. 창문을 열어 바깥 공기를 들여보냈다. 8층에 자리한 루미네 집은 주변이 주택가라서 전망이 좋다. 하늘에는 새털구름이 긁힌 자국처럼 늘어서 있다. 오른편에는 큰 강이 있고, 왼편 멀리에는 산들이 줄지어 있다.

아파트 위층에 사는 것과 아래층에 사는 것 중 어느 쪽이 안전할까? 문득 그런 생각을 해봤지만 전혀 모르겠다. 소파에 앉아 한숨 돌리자 갑자기 졸음이 쏟아졌다. 그대로 누워 잠시 눈을 붙였다.

초인종이 울려 벌떡 일어났다. 자신도 모르게 심장 고동이 빨라졌다. 살금살금 현관으로 다가갔다. 루미가 나가고 나서 분명 문을 잠그고 체인도 걸었다.

대답을 해야 하나 망설이는 사이 다시 한번 초인종이 울렸다. 마치 '거기 있는 거 다 알아'라고 말하는 듯했다. 숨죽인 채 문을 응시했다. 도어스코프로 내다볼까? 하지만 그러다가 안에 있다는 걸 들킬 수도 있다. 무슨 일이 벌어질 것만 같은 정적.

무릎이 바들바들 떨리기 시작했다. 바보, 겁쟁이라며 속으로 자신을 나무랐다.

곧이어 문 우편함에 뭔가가 투입되는 듯하더니 희미하게 멀어지는 발소리가 들렸다. 그리고 곧이어 이웃집 초인종 소리가 울렸다. 부재중인지 대화 소리는 들리지 않는다. 가에데는 살며시 우편물을 꺼내 보았다. 달랑 종이 한 장이 들어 있다. 이불 세탁 서비스 전단이었다.

그냥 영업하러 돌아다니는 사람이었다. 순식간에 몸에서 힘이 빠져 숨을 내쉬었다. 벽시계를 보니 루미가 출근한 지 두 시간 가까이 지났다. 잠깐 눈만 붙이려고 했는데, 꽤 깊이 잠들었었나 보다. 아직 잠이 덜 깼지만 화장실에서 세수를 했다. 수면 부족 상태로 있어야 오늘 밤에 잠들 수 있을 것 같다.

앞으로 뭘 해야 하나 생각하다가 바로 결론을 내렸다. 먼저 집 잠금장치를 쉽게 따지 못하는 종류로 바꿔야 한다. 그리고 베란다 여닫이문의 유리가 깨지면 경보가 울리는 장치라도 달아야 한다. 2층이라면 누군가 베란다로 침입할 가능성은 늘 있다. 대책을 세우기 전에는 도저히 그 집에서 잘 수 없다.

가에데는 오전에 자신이 사는 아파트까지 걸어서 돌아갔다. 집으로 가는 동안 어젯밤 그 범인이 어디선가 보고 있지는 않을까 하는 생각에 가에데는 몇 번씩 뒤를 돌아보고, 남자 행인과 마주칠 때마다 긴장했다.

집 현관문을 열 때 무언가 무기가 될만한 것이 있어야 했다고 후회했지만, 지금 또 침입자가 집 안에 있을 가능성은 길 가다 유명 연예인과 마주칠 확률보다 낮을 터이다.

그래도 열쇠를 꽂기 전에 문에 귀를 대고 기척을 살핀 뒤, 언제든 도망칠 수 있도록 조심조심 열쇠를 돌렸다. 자물쇠가 풀리는 금속음이 묘하게 크게 울렸다. 손잡이를 돌려 문을 살짝 열고 안을 들여다보았다.

당연한 일이지만 아무도 없었다. 가에데는 그래도 운동화를 신은 채로 인기척이 없는지 잠시 확인한 뒤 안으로 들어갔다. 벽장, 서랍장, 베란다 등 사람이 숨어 있을 만한 장소를 살펴보았다.

한숨 돌리고 나자 어쩌면 앞으로 매일 이런 의식을 치르지 않으면 마음이 편치 않을 수도 있겠다는 불안감이 들었다. 아파트를 관리하는 부동산 회사에 전화를 걸어 어젯밤 일을 대강 설명하자, 전화를 받은 남자는 자물쇠 따기가 불가능한 잠금장치로 교체해주기로 약속했다. 그러면서 다른 입주민들에게는 이 일에 대해 비밀로 해줄 수 없겠냐며 에둘러 부탁했다. 다른 입주민들까지 줄줄이 고성능 자물쇠로 교체해달라고 하면 곤란하다는 것이다.

한 시간쯤 지나 20대 중반으로 보이는 정장 차림의 아담한 여자가 작업복을 입은 30대의 호리호리한 남자를 데리고 왔다. 두 사람에게 받은 명함을 보니, 여자는 아파트를 관리하는 부동산 회사 직원이고 남자는 열쇠공이었다. 회사 직원은 "이번에 큰일을 겪으셨죠. 위로의 말씀을 드립니다"라며 조금 애매한 표현의 인사를 했다. 유감스럽긴 한데, 우리가 사과할 일은 아니라고 말하고 싶은 것일까?

잠금장치는 30여 분 만에 교체가 완료됐다. 열쇠공이 전문 용어로 설명해 알아듣기 힘들었지만, 설치한 자물쇠는 전자식 잠금장치로, 자물쇠 따기뿐 아니라 손잡이식 잠금장치를 푸는 수법도 방지할 수 있다고 한다. 가에데가 베란다 문의 유리가 파손되면 경보가 울리는 장치를 설치하고 싶다고 하자, 그건 자기네는 취급하지 않으니 방범 기기 업체나 경비회사에 문의해보라고 했다. 그러더니 경비회사는 단순히 방범 기기 판매뿐 아니라 침입자를 감지해 보안요원이 달려오는 경비 시스템 계약을 계약해야 해서 비용이 좀 들 거라고 덧붙였다.

부동산 회사 직원은 고개를 끄덕이며 두 사람의 대화를 듣고 있었지만, 잠금장치 외의 방범 기기에 대해선 자기네 회사가 지원하겠다는 말을 하지 않았다.

두 사람이 돌아간 후 바로 전화번호부에서 방범기기 취급 업체를 찾아 전화를 걸었다. 문의해보니 유리 파손 감지기라는, 유리가 깨지면 경보만 울리는 타입은 가격도 그리 비싸지 않아 바로 주문했다. 유리 강화 필름도 붙이라는 권유에 가에데는 내친김에 그것도 함께 주문했다. 보기에는 투명한 필름이지만, 붙여두기만 해도 유리가 잘 깨지지 않아 침입을 포기할 가능성이 높다는 것이 업체 측의 설명이었다.

30분쯤 뒤 작업복을 입은 중년 남자가 오더니 일방적으로 수다를 떨며 설치 작업을 했다. 자기 딸도 내년 봄에 취직해 혼자 살게 되는데, 방범 시스템만큼은 제대로 된 곳에 살게 할 생각이라고 한다. 또 그는 손바닥 정맥을 인식하는 주민 인증 시스템이나 감시 카메라, 적외선 감지기, 경비회사에서 보안요원이 바로 달려오는 시스템에 대해 이런저런 설명을 해주었다.

설치가 끝나고 업체 직원이 돌아간 뒤 정신을 차려보니 오후 2시였지만, 식욕이 없어 마음도 달래고 배고픔도 느낄 겸 방 청소와 빨래를 했다.

청바지 뒷주머니에 넣어둔 휴대폰이 진동했다.

화면을 보니 아소 다쿠지였다. 무슨 일인가 싶어 잠시 망설이다가 전화를 받아보기로 했다.

"아, 나야 나. 아소."

"무슨 일이야?"

"내가 전화해서 불편할 것 같긴 한데…… 괜찮아?"

"뭐가?"

"저, 구와바라 총무과장님한테 들었어."

생각해보니 다쿠지는 구와바라 과장과 같은 대학 출신으로, 사내에서도 같은 파벌에 속해 있다는 말을 들은 기억이 있다. 지금까지 다쿠지의 입에서 자신의 어떤 정보가 구와바라 과장의 귀에 들어갔는지는 상상하지 않기로 했다.

"그래서, 뭐가 궁금한데?"

"그렇게 말하지 마. 괜찮은 거야?"

대답하지 않자 한숨 소리가 들려왔다.

"그래도 다치지도 않고, 도난당한 물건도 없다며. 그럴 때는 말이야, 불행이 닥친 게 아니라 행운을 만났다고 생각해봐."

루미에게 비슷한 말을 들었을 때는 정말 고마웠다. 그런데 이 남자에게 들으니 왜 짜증이 급팽창해 폭발할 듯한 기분이 드는 걸까?

대답하지 않자 다쿠지는 또 범인은 원래 빈집에 침입했으니 절도범이지만, 귀가한 집주인을 칼로 위협해 도망쳤기 때문에 법적으로는 사후 강도라고 해서, 강도범과 동급으로 취급한다는, 쓸데없는 지식을 과시하기 시작했다. 얄팍한 수준은 여전하다.

"근데 범인에 대한 단서 같은 건 있어?"

왜 내가 당신한테 그런 얘기를 해야 하냐고 속으로 말하면서 "아니, 전혀"라고 대답했다.

"그놈, 복면 같은 거 썼어?"

"썼어."

"그렇구나…… 미리 말하는데, 난 아냐."

다쿠지가 웃는다. 혹시 장난스럽게 기분을 달래주려는 의도였는지는 모르겠으나, 가에데는 단번에 분노가 치솟았다.

그래서 말없이 전화를 끊었다. 그대로 전원도 꺼버린 뒤 안락의자에 앉아 몸을 흔들었다. 원래 본가에 있던 의자인데, 별로 사용하지 않는 듯해 달라고 했더니 어머니가 보내줬던 것이다. 혼자 TV를 볼 때 늘 이 의자에 앉는다.

오늘 밤에 혼자서 잘 수 있을까?

날마다 친구를 불편하게 할 수는 없으니, 오늘은 여기서 자야 한다. 그래, 뭔가 무기가 될만한 걸 옆에 두면 조금은 안심하고 잘 수 있지 않을까? "그래, 맞아" 하며 가에데는 소리 내 말했다.

뭐가 좋을까? 역시 칼이야. 칼이라면 여자도 다룰 수 있고, 상대를 움찔하게 만드는 힘이 있다. 주방 서랍에 하나씩 든 다용도 부엌칼과 과도. 어젯밤 범인이 들고 있던 식칼은 경찰이 증거물로 가져가서 집에 없다. 딱히 돌려받고 싶은 마음도 없다.

아무 잘못도 없는데 칼 든 범죄자에게 위협받고 겁에 질려 있다니 불합리하다. 왜 내가 벌벌 떨고 있어야 하지? 식칼을 손에 쥐고 바라보는 사이 그런 생각이 불현듯 강해졌다.

가에데는 식칼을 오른손에 쥐고 가볍게 앞으로 찔러보았다. 몇 번 더 찌르고 휘둘러 보니, 여자가 무기로 쓰기에는 너무 무거웠다. 요리할 때는 이 크기가 전혀 문제 되지 않았는데, 무기로 쓰자니 다루기가 쉽지 않다.

과도는 크기도 작아 손에 쥐기에 좋다. 플라스틱 칼집에서 꺼내 눈앞에 적이 있다고 생각하고 찔렀다. 계속하다 보니 "얍, 얍" 하고 소리를 내게 된다. 호흡이 거칠어지면서 정신을 차렸다.

지금 뭐 하는 거야, 서른 넘은 여자가 혼자서 이런 짓이나 하고. 바보 아냐? 가에데는 크게 한숨을 내쉬고는 칼을 칼집에 다시 넣었다.

자고 있을 때 누가 침입하면 머리맡에 둔 과도로 찌른다? 정말 찌를 수 있어? 상대를 단번에 제압할 만큼 정말 할 수 있을까? 되레 상대를 화나게 만드는 건 아닐까? 쉽게 빼앗겨 거꾸로 내가 찔리지는 않을까? 상대가 더 강한 무기를 들고 있으면 어쩌지? 어젯밤처럼 귀가했을 때 집 안에 범인이 있다면? "잠시만요, 과도 가져올게요"라고 말할 거니?

범죄 피해가 꼭 집 안에서만 일어나란 법은 없다. 집 밖에도 위험이 가득하다. 그렇다면 가방이나 재킷에 늘 칼을 숨겨두고 다녀야 하나? 그러고 다니면 그냥 정신 나간 여자잖아. 가에데는 식칼과 과도를 원래 자리에 갖다 두고 다시 안락의자에 앉았다.

좀 달라. 이런 게 아니야. 나에겐 뭐가 필요할까?

날 지켜줄 남자? 혐오스럽다. 보호받기 위해 애인이 필요하다니, 비뚤어진 사고방식이다.

안심. 그래, 여하튼 안심하고 싶어. 지켜줄 애인이 아니어도 괜찮아. 방범 설비, 범인 검거, 불쾌함을 잊게 해줄 뭔가 즐거운 일……. 뭐든지 좋다. 뭐든 좋으니 지금 이 형용할 수 없는 불안감에서 벗어나고 싶다.

시간이 흐르면 그런 기분도 조금씩 사라지기 마련이다. 하지만 그때까지 굳이 불안감을 안고 있을 이유는 없다. 적극적으로 지워나갈 수 있다면 그보다 더 좋은 일은 없다.

머릿속이 조금 정리된 듯했다.

잠금장치를 교체하고, 베란다 문에 강화 필름과 파손 감지기를 설치했다. 이로써 조금은 안도감이 들기는 했다. 그렇다면 이런 식으로 더 안심할 수 있을 만한 일을 실행해나가면 된다. 범인은 우연히 이 집에 도둑질하러 들어온 것이다. 하지만 어쩌면 그게 아니라 나를 알고 있을지도 모른다. 전부터 몰래 미행하거나, 어딘가에서 감시하거나, 우편함에서 편지를 빼가거나, 쓰레기봉투를 가져가 내용물을 뒤지거나, 친구나 지인에게 슬며시 접촉해 정보를 수집했는지도 모른다.

그럴 가능성은 상당히 낮다는 건 머리로는 알고 있다. 하지만 완전히 부정할 수도 없다. 그 점이 불안감을 만들어내고 있다.

앞으로 좀 더 조심해야 해. 수상한 사람은 조심하고, 의심스러우면 그 사람의 얼굴을 기억해두도록 하자. 수상한 차량이 있으면 차종과 번호를 적어두거나 휴대폰으로 촬영해두는 것이 좋다. 우편함에는 다이얼 자물쇠를 채워뒀지만, 늘 번호 하나만 살짝 움직이면 열리도록 해두었다. 앞으로는 귀찮아하지 말고 모든 숫자를 바꾸자. 개인정보를 알 수 있는 물건이나 낡은 속옷도 쓰레기봉투에 넣지 말자.

하나하나는 사소한 일이지만, 그런 것들을 쌓아나가면 그에 따라 불안감도 줄어들 거야. 그래, 좋아.

뭔가 다른 건 더 없을까.

외모를 바꾼다면?

외모가 달라지면 인상이 바뀐다. 인상이 바뀌면 스토커는 따라다닐 마음이 사라질지도 모른다. 이를테면 피부가 하얀 여자를 좋아해 눈독을 들였는데, 그 여자가 햇볕에 그을리면 실망

해서 다른 표적을 찾으려 하지 않을까? 날씬한 몸매에 집착하는 스토커라면, 표적이 된 여자가 뚱뚱해지면 역시 그럴 마음이 사라지겠지.

지나친 생각인가? 하지만 괜찮잖아. 조금이라도 마음이 놓인다면? 가에데는 안락의자에서 일어나 세면대로 향했다. 거울에 비친 자신과 마주했다. 특징적인 부분은 어디일까. 마른 몸매. 가슴은 크지 않다. 눈은 약간 가늘고 하얀 피부에 조금 각진 턱. 머리는 어떤가. 어깨까지 오는 검은색 생머리. 갈색 머리가 주류가 된 요즘에는 조금 무거워 보이기도 한다.

그래. 먼저 머리 모양을 바꾸자. 가에데는 결심했다. 그러면 아주 조금 안도감을 얻을 수 있을 거야. 게다가 기분 전환도 되고.

휴대폰의 전원을 다시 켜서 단골 미용실 번호를 눌렀더니 "지금 거신 번호는 없는 번호입니다"라는 목소리가 흘러나왔다. 미용실은 자전거로 10분 정도 거리에 있어서 한번 가보기로 했다. 페달을 밟으며 수상한 사람의 그림자나 자동차는 없는지 살폈다.

미용실은 텅 비어 있었고, 임대 문의 간판이 걸려 있었다. 점포를 이전했다면 어디로 이전했다는 내용의 간판이 걸려 있을 텐데, 운영에 어려움을 겪어 가게를 정리한 듯했다.

엽서로 알려주거나 전화 한 통이라도 줬다면 좋으련만. 가에데는 한숨을 내쉬었다. 그 자리에서 잠시 생각한 끝에 일단 집에 돌아가 무가지 같은 데서 적당한 가게를 찾아보기로 했다.

자전거 페달을 밟기 시작한 지 2, 3분 정도 지나자 별안간 날씨가 이상해지더니 빗방울이 떨어지기 시작했다. 하늘을 올려다보며 가랑비로 끝나기를 바랐는데, 기대와는 달리 비구름이 점점 짙어지더니 빗줄기도 덩달아 더욱 거세졌다.

안 되겠다 싶어 비를 피할 곳이 없나 주위를 둘러보았다. 차량 통행이 별로 없는 주택가라서 비를 피할 만한 곳은 보이지 않는다.

조금 더 가니, 접이식 빨래 건조대에서 흰 수건을 거둬들이는 여자와 눈이 마주쳤다. 하얀 셔츠블라우스에 베이지색 바지 차림을 하고 머리는 뒤로 묶고 있다. 몸집이 작고 귀엽다는 말이 잘 어울리는 생김새의 여자였다. 나이는 자기 또래가 아닐까, 가에데는 짐작했다.

그 여자 바로 옆에 이발소임을 알리는 빨강, 파랑, 하양 사선이 빙글빙글 돌아가는 간판이 있었다. 그러고 보니 여기는 이발소였다. 비가 쏟아져 난처해하는 걸 알아차린 모양인지 이발사로 보이는 여자가 "괜찮으시면, 안에서 비 좀 피하실래요?"라고 상냥하게 말을 건넸다. 가에데는 안도하며 "감사합니다"라고 인사한 뒤 가게 앞 좁은 주차 공간에 자전거를 세웠다.

덕분에 머리와 등이 약간 젖은 정도로 비를 피할 수 있었다. 이발소 안에 다른 손님은 없었고, 이발사도 이 여자 혼자인 듯했다.

이발사가 수건을 빌려주었다. 그러더니 밖에 나가 가에데의 자전거 운전대와 안장 부분이 젖지 않도록 우산을 씌어주었다. 가에데가 "정말 감사합니다"라고 인사하자 이발사는 "손님이 두고 가신 우산인데, 계속 안 찾아가시네요"라며 웃었다.

이발소에 가본 것은 초등학교 저학년 때 이후로 처음이었다. 손님용 의자가 세 개 나란히 놓인 아담한 가게는 미용실과는 또 다른, 독특한 헤어 제품의 향이 감돌았다. 크지 않은 음량으로 보사노바 풍의 기악곡이 흘러나오고 있었다.

소파에 앉아 수건으로 머리를 말리다가 '그래, 여기서 커트해달라고 하면 되잖아'라는 생각이 들었다. 이 여자에게 머리를 자르면 기분 좋게 시간을 보낼 수 있을 듯싶었다.

"저⋯⋯ 온 김에 커트 좀 하고 싶은데요."

그러자 거둬들인 수건을 개고 있던 이발사는 "어머, 비 피하러 오신 건데, 괜히 마음 쓰지 않으셔도 돼요"라며 하얀 이를 드러냈다.

"아, 그게 아니라 안 그래도 커트할 곳을 찾고 있었거든요."

"어머, 그래요? 근데 여기서 잘라도 괜찮으시겠어요?"

"네. 이렇게 여기에 온 것도 뭐랄까……."

"무언가의 이끌림 같은?"

"네……."

서로 웃고 나서 이발사는 "감사하네요. 뭔가의 이끌림이 있었다고 하시니. 자, 이쪽으로 오세요"라며 가운데 의자로 안내했다. 이발사가 "어떻게 해드릴까요?"라고 묻자 가에데는 되도록 지금의 모습과 다른 인상을 주고 싶어서 머리 모양뿐 아니라 머리 색도 갈색으로 염색하고 싶다고 했다.

"이미지 변신을 하고 싶다는 말이죠?"

"그렇다기보다는……."

가에데는 조금 망설였지만, 상대가 여자라는 것이 안심되어 어젯밤 일어난 일을 털어놓았다. 타인에게 이야기하면 더 빠르고 냉정하게 그 일을 되돌아볼 수 있을지도 모른다는 계산도 있었다.

이발사는 눈을 동그랗게 뜬 채 들으며 "많이 놀랐겠네요. 그래도 다치지 않아서 다행이에요"라며 웃는 얼굴로 가볍게 어깨를 주물러주었다.

"다행인지 불행인지는 잘 모르겠어요."

"그래요. 하지만 적어도 범죄로부터 내 몸을 안전하게 지켜야겠다는 의식은 다른 사람보다 강해졌잖아요."

"네, 그건 확실해요. 오늘 당장 현관 잠금장치도 쉽게 못 따는 거로 교체했고, 유리 파손 감지기도 설치했거든요."

"어깨가 뭉치신 것 같네요. 커트하기 전에 잠깐 마사지해드릴까요?"

이발사는 그렇게 묻고는 가에데가 대답하기도 전에 어깨와 등을 마사지하기 시작했다. 어젯밤에 일어난 사건 때문에 몸이 계속 긴장된 상태였던 듯하다. 마사지는 처음에는 아팠지만 근육의 긴장이 풀리면서 점차 수면 아래로 가라앉는 듯한 해방감에 빠져들었다.

이발사는 수다 떨기를 좋아하는지 예전에 같이 일하던 남편과 이혼하면서 이 가게를 빼앗았다는 이야기, 남자 손님 중심의 이발소가 신경 쓸 일이 적다는 이야기를 마사지하면서 해주었다.

"혼자 사시나요?"

"네. 아이도 없고."

외롭지 않으세요? 하고 물으려다 대신 "방범 장치는 어떤 걸 하세요?"라고 물었다.

"음, 글쎄요……. 문패에 이름 없이 성만 표기한다거나, 집으로 전화가 오면 먼저 이름을 밝히지 않는다거나 하는 건 습관이 됐는데, 그 정도려나. 그래도 손님이 모처럼 이런 이야기를 해주셨으니, 앞으로는 더 고민해봐야겠네요."

마사지가 끝나자 뒤로 눕혀 머리를 감겼다. 적당한 손가락 자극이 머리에서 온몸으로 스며들자 수면 부족이었던 가에데는 기분 좋은 졸음에 저항하지 못한 채 아득해지는 의식에 몸을 맡겼다. 이발사가 여전히 무슨 말인가를 하는 듯했으나 가에데는 건성으로 대답할 수밖에 없었다.

한동안 졸다가 "의자 세우겠습니다"라는 목소리에 눈을 떴다. 전동의자의 등받이가 세워지고 가에데는 거울과 마주했다.

누구야, 이 사람? 가에데는 반쯤 넋이 나간 상태로 거울을 바라봤다. 지나치게 짧았다. 평범한 남자 직장인보다도 짧은 머리. 게다가 앞머리가 싹둑 잘려 나가 넓은 이마가 드러나 있다.

언제였더라. 패션 잡지 특집 기사 중에 '영화에 등장하는 여주인공들의 헤어스타일'이라는 코너에서 이런 머리를 본 기억이 있다. 뭐였더라. 〈네 멋대로 해라〉라는 영화였던 것 같다. 흑백 화보 속에서 건달 같은 남자 주인공 뒤에서 웃는 얼굴로 걸어가는 그 여자를 보며, 저렇게 짧게 자를 용기는 없다고 웃었던 기억이 있다.

무슨 일인지 지금 내가 그와 비슷한 머리를 하고 있다. 머리는 염색하지 않은 흑발이어서 인상은 좀 다르지만. 이발사는 웃고 있었다.

"정말 잘 어울려요." 이발사가 만족스럽다는 듯 끄덕였다. "역시 가슴 펴고 다니려면 이마를 드러내야 해요. 어때요, 자신이 조금 달라진 것 같은 기분이 들지 않아요?"

"제가 이런 머리로 해달라고 했나요?"

당연히 조금 따지는 듯한 말투가 나왔다. 이발사는 어머, 하는 표정을 지었다.

"머리 감으면서 어떤 머리로 할지 얘기하셨잖아요."

"네⋯⋯?"

"범죄자가 무서워 외모를 바꾸겠다는 소극적인 생각은 버리고, 과감히 범죄자에게 맞서겠다는 의지를 머리로 표현하고 싶다고."

의아해하는 눈빛에 가에데는 "아, 아아" 하고 애매하게 고개를 끄덕였다. 어슴푸레하지만 그런 기억이 나기는 한다. 아무래도 잠에 취한 상태에서 이발사의 제안에 "그렇네요", "네" 하고 맞장구치며 동의한 모양이다.

창밖을 보니 비는 그친 상태였다. 자리에서 일어날 때 아주 잠깐이었지만 거울 속 자신이 결의에 찬 눈빛을 보내는 기분이 들었다.

집에 돌아와 화장실 거울 앞이 섰다.

'가슴 펴고 다니려면 이마를 드러내야 해요.'

처음 봤을 때는 너무 놀라서 부정적인 기분만 들었는데, 신기하게도 이렇게 보고 있으니 제법 괜찮다는 생각이 든다.

이마를 드러내고 극단적으로 짧은 머리를 한 이유는 범죄자에게 맞서겠다는 의지를 표현하기 위해서다.

"음, 그래. 좋아."

가에데는 거울 속에 있는 새로운 자신을 마주 보며 고개를 끄덕였다. 나쁜 짓을 한 사람은 그 강도이니 피해자인 내가 숨어 다닐 이유는 없다. 그렇다면 방범은 필요 없다는 의미? 그건 아니야. 방범은 물론 필요하다.

방범은 범죄자의 눈에서 벗어나기 위한 것이 아니다. 범죄자의 의도대로 내버려 둘 수 없다는 의사 표시다. 한마디 더하자면, 범죄자를 혼쭐나게 해주겠다는 의지의 표현.

"응, 좋아. 그런 자세."

가에데는 그렇게 말하고 나자 서서히 기분이 고조됨을 느꼈다. 부정적인 생각에서 벗어나지 못하던 정신 상태가 머리 모양의 변화로 긍정적으로 전환됐다고나 할까.

갑자기 배가 고파져서 밥상을 차리기로 했다. 밥은 집에서 자주 해 먹기 때문에 재료는 있다. 좋아, 배를 채우자.

오믈렛에 토스트, 야채 주스로 식사를 마치고, 유리 파손 감지기를 설치했던 업체에 전화를 걸었다. 전화를 받은 여성에게 다른 방범기기는 어떤 것들이 있는지 물어보았고, 감지기와 경보 장치, 감시 카메라, 무전기 등 다양한 호신용품이 있다는 말에 더욱 흥미가 생겨 매장을 방문하기로 했다.

현관에서 운동화를 신고 있는데, 청바지 뒷주머니에 넣어둔 휴대폰이 진동했다. 전화기를 꺼내 화면을 보니 루미였다.

"잘 있나 전화해봤어."

"생각보다 괜찮아. 머리 모양을 바꾸니 조금 기분 전환이 된 것 같아."

"정말? 어떻게 바꿨는데?"

"헤헤. 만날 때까지 기대하시라."

"흐음, 알았어. 오늘 밤은 어떻게 할래?"

"계속 신세 질 순 없으니, 오늘부턴 집에서 잘게."

"잘 수 있겠어? 우리 집에 와도 괜찮은데."

"응, 고마워. 근데 괜찮아."

"……그래. 그럼 나 일하러 갈게."

"응. 아, 있잖아."

"응?"

"나, 이제 무서워하지 않기로 했어."

"음? 무슨 소리야?"

"다른 뜻 없어. 말 그대로야. 나중에 보자."

전화를 끊고 나서 가에데는 혀를 내밀었다. 하기야 다른 사람은 무슨 의미인지 잘 모를 수도 있다.

매장은 자전거로 약 10분 거리에 있는 국도변 상가 2층이었다. 가에데가 자주 가는 마트 앞에 있었지만, 이전에는 별로 신경 쓰지 않아서 여기에 이런 매장이 있는 줄도 몰랐다. 방범기기를 취급해서인지 그리 넓지 않은 매장 안 창문에는 전부 묵직한 철망이 설치돼 있었다. 전체적으로 어둡고, 공간의 절반가량을 상품 진열이 아닌 골판지 상자로 가득 쌓아놓았다.

약간 땅딸막한 체형의 아주머니가 맞아주었다.

"아까 전화하신 분? 이와세 씨?"라는 물음에 "네" 하고 고개를 끄덕이자, 아주머니는 "많이 놀라셨겠어요"라며 조금 동정 어린 표정을 지었다.

여러 가지 방범기기를 보며 이야기하는 동안, 유리 파손 감지기를 설치하러 왔던 남자는 가게 주인이고, 매장을 담당하는 이 아주머니는 부인이라는 걸 알 수 있었다. 아주머니 입에서도 딸이 내년 봄에 취직해 혼자 살게 됐다는 이야기가 나왔다.

어떤 방범기기를 더 갖춰야 할지 잘 몰라서 가에데가 물어보니, 아주머니가 말했다. "현관문 잠금장치를 자물쇠 따기나 손잡이식 잠금장치 따기에 대처할 수 있는 것으로 교체했고, 베란다 문도 강화 필름을 붙이고 파손 감지기도 설치했으니 충분하지 않을까요?"

"그래요?"

"이와세 씨네 집은 현관문과 베란다 문이 침입 경로잖아요. 그 두 곳을 대비해놨으니까, 굳이 따지자면 감시 카메라? 하지만 아파트 주인의 양해를 구해야 하니 좀 그렇죠. 그렇게까지 돈 들일 필요 없어요. 나머지는…… 호신용품 정도?"

가에데가 호신용품을 보고 싶다고 하자 아주머니는 몇 가지 물건을 꺼내 사용법을 설명했다.

30여 분 후, 가에데는 세 가지 호신용품을 구매했다. 매장을 나오면서, 나중에 가게 주인과 아내가 자신의 이야기를 한다면, 각자 기억하는 머리 모양이 너무 달라 서로 "아니라니까, 그 사람 아니야"라고 할 수도 있겠다는 상상에 피식 웃음이 나왔다.

해가 저물기 시작하면서 벌써 날은 어둑어둑해졌다. 가에데는 자전거 페달을 힘차게 밟으며 아파트로 돌아와 방에서 얼른 호신용품을 꺼냈다.

구매한 물건은 전기충격기, 삼단봉, 최루 스프레이.

먼저 전기충격기를 집어 들었다. 휴대폰만 한 크기의 검은색

직사각형, 윗부분에 전극이 두 개 달려 있다. 손잡이에 달린 스위치를 누르면, 이 전극 부분에서 고압 전류가 방출돼 푸르스름한 빛과 함께 빠지직 소리가 난다. 전원은 알칼리 건전지. 가에데는 몇 번이나 스위치를 눌러보며 푸르스름한 빛에 넋을 잃었다. 이 빛이 순식간에 범죄자의 몸에 경련을 일으켜 균형 감각을 마비시킨다고 생각하니 신비로운 아름다움이 느껴졌다.

가에데가 구매한 전기충격기는 전압이 30만 볼트로, 위력은 충분한 제품이었다. 덩치 큰 남자를 쓰러뜨리기 위해서는 15만 볼트 이상은 돼야 효과적이라는 것이 그 매장 아주머니의 설명이다.

범죄자가 습격했을 때를 상상해보았다. 뒤에서 달려든다, 정면에서 달려든다, 때린다, 넘어뜨린다, 칼을 휘두른다. 이때 어떤 경우든 우선 상대를 방심하게 해야 한다. 돈을 요구하면 지갑을 내준다. 몸을 요구하면 고분고분 따르는 척한다. 그렇게 적을 방심하게 해서 그 틈에 전기충격기를 들이밀고 스위치를 누른다. 적은 순식간에 힘이 빠져 몸이 움직이지 않는다. 효과가 지속되는 시간은 그때그때의 상황이나 상대의 체형에 따라 다르지만, 어떤 상대라도 수십 초는 움직일 수 없다고 하니 그 틈에 도망치면 된다. 도망치기 전에 적의 얼굴이나 배를 있는 힘껏 짓밟아주자.

설명서를 읽어보았다. 전기충격기로 온몸이 마비돼 움직이지 못하더라도 의식은 잃지 않는다고 적혀 있다. 상처나 흉터도 남지 않고 후유증도 없다. 상대의 몸에 전극을 접촉해야 하지만 조금 두꺼운 옷 위에서도 충분히 효과가 있다.

다음으로 최루 스프레이를 집어 들었다. 손바닥 안에 들어오는 크기로, 언뜻 보기에는 탈취 스프레이나 휴대용 헤어스프레이 같다. 용기 설명서에 따르면, 주성분은 고추 추출물로, 근거리에서 뿌리면 눈에 심한 통증을 느껴 눈물이 멈추지 않고, 피부 작열감, 기침, 콧물 등이 30분 정도 지속된다고 한다. 사정거리는 약 3미터로, 상대의 코를 노리면 실패하지 않는다. 단, 바람이 불거나 좁은 밀실에서 사용하면 사용자도 피해를 볼 수 있으니 주의해야 한다.

가에데는 허공에 대고 살짝 분사해봤다. 손으로 부채질하며 자신 쪽으로 입자가 날아오게 해보았다. 별안간 눈이 매워서 황급히 눈을 감고 이리저리 더듬어 창문을 열었다.

최루 스프레이 입자를 밖으로 내보낸 뒤 삼단봉을 집어 들었다. 숄더백에 숨기기 좋은 휴대성과 좁은 장소에서 다루기 쉽다는 점에서 가장 작은 것을 골랐다. 삼단으로 펼쳤다가 접을 수 있고, 짧은 상태에서는 16센티미터밖에 안 되지만 버튼을 눌러 휘두르면 40센티미터까지 늘어난다. 가볍고 튼튼한 특수

합금으로 제작돼 여자도 한 손으로 다룰 수 있다. 색은 여러 종류가 있는데, 그중에서 고급스러운 골드로 골랐다.

몇 번씩 휘둘러 펼쳤다가 다시 접어보았다. 조작은 간단해서, 버튼을 눌러 휘두르기만 하면 된다. 휘두를 때마다 딸깍하는 기분 좋은 금속음이 나면서 전투 모드에 들어간 느낌이다.

눈앞에 적이 있다고 가정하고 시뮬레이션을 해보았다. 크게 휘두르면 안 된다. 작은 동작으로 휙 하고 정확하게 휘둘러야 한다. 상대가 붙잡으려 하거나 때리려고 할 때는 먼저 손을 가격한다. 상대는 고통스러워 맞은 손을 감싸려고 한다. 그러면 무방비 상태가 된 얼굴에 두 번째 공격을 가하는 것이다.

가에데는 한동안 오른쪽 혹은 왼쪽에서 삼단봉을 휘두르거나, 숄더백에서 재빨리 꺼내는 연습을 되풀이했다. 숨이 가빠지자 그제야 정신없이 삼단봉을 휘두르고 있는 자신을 발견하고는 쓴웃음을 지었다.

세 가지 호신용품을 식탁 위에 늘어놓았다. 최루 스프레이나 삼단봉은 화장품이라 해도 믿을 듯한 생김새다. 전기충격기 역시 손 마사지기처럼 보이기도 한다. 아무리 호신용이라 해도 가방에 칼을 숨기고 다니면 정신 나간 여자로 보이지만, 이런 물건이라면 괜찮다. 오히려 위기관리 의식이 투철하다는 증거다. 가에데는 "좋았어" 하고 고개를 끄덕였다.

초인종이 울렸다. 살금살금 현관문으로 다가가 도어스코프로 내다보니 루미였다. 숄더백을 어깨에 메고 비닐봉지를 들고 있다. 퇴근길에 들른 모양이다. 도어체인과 자물쇠를 풀고 문을 열자 루미는 눈을 크게 뜨고 한 손을 입에 가져다 댔다.

"어떻게 된 거야?"

"아, 이건." 가에데는 머리를 만졌다. "과감하게 이미지 변신."

"그래, 근데 숨이 차 보여⋯⋯. 이마에 땀이 나."

"아, 잠깐 운동 좀 했어."

루미는 당혹스러운 표정으로 웃더니 "생각보다 잘 지내는 것 같아 다행이야"라며 비닐봉지를 내밀었다.

"이게 뭐야?" 봉지를 받아 들고 안을 들여다보았다. 용기에 담긴 젤리와 푸딩이 몇 개 들어 있다.

"너 이런 거 좋아하잖아."

"고마워. 들어와. 같이 먹자."

"응, 그럼 잠깐 들어갈게."

주방에 들어온 루미는 의아한 표정을 지었다. "이게 뭐야?" 식탁 위에는 호신 3종 세트가 놓여 있었다.

"호신용으로 샀어."

가에데는 하나하나 집어 들면서 설명해주었다. 전기충격기는 실제로 방전시켜 푸르스름한 빛을 내게 하고, 삼단봉은 원터치로 펼쳐 보였다. 최루 스프레이는 차마 분사하지는 못하고, 아까 사용해보니 눈이 엄청 매웠다고 알려주었다.

"와······. 대단하다."

루미는 약간 억지웃음을 지었다.

"그치? 이렇게 좋은 물건이 있더라니까."

"그보다 너 참 대단하다."

"왜?"

"어제와는 완전히 다른 사람처럼 변했어."

"그런가? 머리 모양을 바꿔서 그럴지도."

"머리뿐 아니라 표정도 달라."

"그래?"

"응. 운동했다는 말은 혹시 이걸······." 루미가 삼단봉을 가리켰다. "휘둘렀다는 소리?"

"헤헤헤, 뭐 그런 셈이지."

장난스럽게 대답했다고 생각했는데, 루미는 완전히 표정이 굳어버렸다.

식탁에서 함께 젤리를 먹으며 나카마키 미술관의 관람객이 오늘 적었다는 보고를 듣기도 하고, 최근 입소문 난 로맨스 드라마 이야기를 했다.

그러는 동안 루미는 겉으로는 웃고 있었지만, 어딘가 불편한 듯 안절부절못하는 느낌이었다.

아니나 다를까 루미는 오래 머물지 않고 20여 분만에 "아, 오늘은 빨래해야겠다" 하고 손목시계를 보며 일어섰다. 현관에서 배웅하면서 가에데가 말했다. "내일까지 쉬고 모레부터는 출근할게. 사무국장에게는 그렇게 전해줄래?"

"아, 그래." 루미는 그렇게 대답하더니 조금 머뭇거렸다. "있잖아, 심리상담 같은 거 받아보면 어떨까 싶은데."

"응?"

"친척이 종합병원에서 일하니까 소개해줄 수 있어. 그쪽 전문의."

"아……. 고마워. 근데 필요 없을 것 같아. 딱히 우울한 것도 아니고."

루미가 어색하게 웃으며 고개를 끄덕였다.

"그래. 그럼 다행이고."

"조심해서 들어가. 필요하면 호신용품 하나 빌려줄까?"

"아, 됐어. 됐어." 루미는 당황해하며 손을 저었다. "아직 이른 시간인데 뭐."

루미를 배웅한 뒤 가에데는 실제로 누군가의 공격을 받았을 때 3종 세트를 어떤 순서로 사용할지 검토했다.

적과 어느 정도 거리가 있다면 최루 스프레이가 효과적일 터이다. 한 발짝 다가가 손을 뻗으면 닿을 거리에서는 삼단봉. 더 거리가 밀착되면 전기충격기다. 적과의 거리에 따라 사용할 기기를 선택할 수 있어서 편리하다.

그래, 최루 스프레이는 손가락으로 누르기만 하면 되니까 왼손에 들고 있어도 되지 않을까? 그러면 오른손에 삼단봉을 들 수 있다. 쌍검술이다. 가에데는 좌우로 그것들을 들고 몇 가지 시뮬레이션을 해보았다.

적이 나를 붙잡거나 넘어뜨렸다면 전기충격기가 나설 차례다. 이 말은, 최루 스프레이나 삼단봉은 가방 안에 넣어둬도 되지만, 전기충격기는 옷 속 어딘가에 숨겨둬야 한다는 뜻이다.

고민 끝에, 전기충격기는 재킷 오른쪽 주머니에 넣어두기로 했다. 주머니가 조금 불룩해지기는 하지만 눈에 띌 정도는 아니며, 여기에 넣어두면 상대에게 붙잡히더라도 꺼내서 목덜미에 공격을 가할 수 있다. 옷 위에서도 효과가 있다고 하니, 주머니에 넣어둔 채 공격할 수도 있다.

고조된 기분이 가라앉지 않아 뭔가를 더 하고 싶었다. 그래, 방범과 호신술에 대해 좀 더 알아보자. 지식이 늘면 그만큼 대비가 탄탄해지고, 범죄자에게 맞서겠다는 의지도 더욱 굳건해질 터이다.

가에데는 먼저 노트북 전원을 켜고 '방범'과 '호신'을 키워드로 검색해보았다. 그러나 해당 항목이 너무 많아 원하는 정보가 어디 있는지 도무지 알 수 없었다. 시험 삼아 몇 군데 클릭해봤지만, 지역 범죄 예방 활동을 소개하거나 호신용품을 파는 업체에서 운영하는 사이트였고, 원하는 정보를 얻으려면 시간이 꽤 걸릴 듯했다.

손목시계를 보니 오후 7시가 막 지났다. 가에데는 대형 서점에서 그 분야 전문서를 찾아보기로 했다. 물론 집을 나설 때는 재킷 주머니에 전기충격기를 숨기고, 최루 스프레이와 삼단봉이 든 숄더백을 어깨에 멨다.

서점에서 책 두 권을 사서 집에 온 뒤 바로 읽기 시작했다. 한 권은 테러 대책 부문 책임자였다는 군인 저널리스트가 쓴 『범죄자로부터 나를 지키기 위해』, 다른 한 권은 종합격투기 트레이너가 쓴 『호신술 바이블』로, 두 책 모두 해설 사진이 풍부하고 초보자도 이해하기 쉬운 구성이었다.

중간중간 집에 있는 재료로 간단하게 저녁밥을 차려 먹고, 목욕과 빨래를 하면서 계속 책을 읽었다. 페이지를 넘기며 참고가 될 만한 내용은 메모해두었다.

책 두 권을 다 읽고 나니 새벽 2시가 넘었다. 원래 잠이 부족했지만 책을 읽는 동안에는 졸리지 않았다. 책을 덮고 나서 적어둔 메모를 보고 있을 때 마침내 하품이 나왔다.

형광등을 켜둔 채 잠옷으로 갈아입지도 않고 침대에서 곯아 떨어졌다는 건 이튿날 아침 9시 전에 깨어나서야 알았다.

크게 기지개를 켠 가에데는 바로 훈련을 시작했다. 평소에 몸을 단련해야 한다는 건 전문서 두 권에서 공통으로 강조하는 중요 사항이다. 최소한의 신체 능력이 없다면 범죄나 재난 예방도 분명 그림의 떡에 불과하다. 범죄자를 물리치려면 나름의 근력이 있어야 한다.

두 권의 전문서 내용을 참고해 가에데는 네 가지 훈련을 하기로 했다. 먼저 팔굽혀펴기. 이 운동은 가슴, 어깨, 삼두박근 등 상반신의 '밀어내는 운동'에 사용되는 근육을 동시에 단련할 수 있다. 중요한 것은 횟수가 아니라 근육에 충분히 부하를 가해 자극하는 것이다. 그러기 위해서는 두 팔의 폭을 어깨보다 주먹 하나만큼 넓게 잡고, 몸을 곧게 유지한 채 코끝이 바닥에 닿을 때까지 팔꿈치를 구부려야 한다. 해보니 고작 세 번 만에 힘이 빠져, 그동안 자신이 얼마나 몸 관리에 소홀했는지 뼈저리게 깨달았다.

이어서 인버티드 로우. 이 운동은 등, 이두박근, 팔꿈치에서 팔목까지 등 상반신의 '당기는 운동'에 사용되는 근육을 단련할 수 있다. 가에데는 철봉 대신 식탁 밑으로 들어가, 식탁 가장자리를 붙잡고 해보았다. 몸 기울기를 약간 완만히 한 덕분에 이 운동은 일곱 번이나 할 수 있었다.

다음은 스쾃. 넓적다리 외에 등 아랫부분을 강화하는 훈련이다. 넓적다리 뒤쪽이 바닥과 평행이 될 때까지 앉았다가 일어선다. 앉은 자세에서 반동으로 일어나면 넓적다리에 자극이 되지 않으므로 천천히 수행한다. 스무 번을 넘기니 두 다리의 근육이 쑤시는 듯한 통증을 느껴 오늘은 여기서 멈췄다.

마지막은 크런치. 복근 운동이다. 등을 바닥에 대고 누워 두 무릎을 세운 뒤 두 손은 머리 뒤에서 깍지를 낀다. 이 상태에서 머리를 들어 올린다. 상반신 전체를 들어 올리는 게 아니라, 어깨 뒷부분이 바닥에서 뜨는 정도로만 올리는 것이 포인트다. 이른바 윗몸일으키기는 허리를 다칠 위험이 있지만, 이 운동은 그럴 염려도 없을뿐더러 복직근에 더 큰 자극을 준다.

네 종목을 한 세트씩 하는 데에 10분도 채 걸리지 않는다. 가에데는 달력 오늘 날짜에 펜으로 체크 표시를 했다. 앞으로 매일 아침 일어나자마자 이 간단한 훈련을 실천할 것. 처음에는 제대로 하지 못하더라도, 꾸준히 하면 조금씩 성과가 나올 것이다.

간단히 아침을 먹은 후 재활용 쓰레기를 내다 버리기 위해 베란다에 놓아둔 '캔, 병' 전용 비닐봉지에서 병류만 꺼내 물로

씻었다. 포도주, 라이트 맥주, 건강 보조 음료, 소스 등 총 여덟 병. 이 병들을 베란다 난간 근처에 나란히 놓았다. 2층 베란다로 들어온 침입자가 실수로 병을 넘어뜨리면 소리가 나게 할 작정이다. 특히 야간에 효과적이다.

현관 신발장을 열어 하이힐은 상자에 집어넣고, 펌프스 같은 굽 낮은 신발을 앞쪽에 배치했다. 다음으로 옷장 속도 치마류를 안쪽으로 밀어 넣고, 바지류를 앞쪽에 배치했다. 앞으로 외출할 때는 최대한 활동성 좋은 옷차림을 할 것. 생각해보면 이건 단순히 범죄 예방뿐 아니라 지진 같은 불의의 사고를 당했을 때도 유용하다.

긴 목도리도 보관함 깊숙이 넣어두었다. 목도리는 범죄자에게 붙잡혀 목이 졸릴 위험이 있고, 지나가는 트럭 등에 걸리기라도 하면 끔찍한 사고를 당할 수 있다. 액세서리류도 범죄에 휘말리거나 사고를 당했을 때 내 몸을 다치게 할 수 있는 건 착용하지 않을 것이다.

안락의자에 앉아 잠시 쉬다가 곧 호신용품을 손에 쥐고 싶어져서 자리에서 일어났다. 삼단봉을 휘두르고, 전기충격기의 푸르스름한 빛을 바라보고, 최루 스프레이를 사용하는 시뮬레이션을 해본다. 한동안 그 행동들을 되풀이했다.

만질수록 손에 익는 듯하다. 생각해보면 '이 아이들' 덕분에 어젯밤 푹 잘 수 있었다. 호신용품 하나하나에 이름을 붙여주고 싶은 심정이다.

삼단봉으로 가볍게 팔을 두드려 보았다. 제대로 맞으면 엄청 아플 듯싶다. 팔로 막더라도 뼈가 부러질 수 있고, 머리에 맞는다면…….

범죄자와 싸운다는 생각으로 찔렀다가 강하게 휘두르기를 반복했다. 그러던 중 갑자기 둔탁한 소리와 함께 오른손이 찌릿하고 저렸다.

"아…… 아."

가에데는 쓴웃음을 지었다. 보기 좋게 움푹 팬 벽에는 삼단봉 끝부분이 또렷이 새겨져 있다. 이 집에서 나갈 때 보증금에서 벽 수리비를 빼겠구나.

전기충격기로 바꿔 든 다음 검고 네모난 형태를 바라보았다. 위력이 어느 정도일까? 삼단봉은 상상이 가고, 최루 스프레이도 조금이지만 뿌려서 효과를 확인했다. 하지만 전기충격기만큼은 아직 확신이 서지 않는다. 하지만 온몸에 경련이 일어나면서 움직일 수 없게 된다고 하니, 내 몸에 시험해보기는 무섭다.

가에데는 잠시 망설이다가, 전극을 밀착시키지 않도록 조금 떨어져서 발꿈치에 시험해보기로 했다. 발꿈치는 피부도 두껍고 조금 떨어져서 하면 효과가 반감돼 충격도 크지 않을 듯싶다.

주방 바닥에 앉아 왼발 뒤꿈치를 끌어당겼다.

하나, 둘, 셋…… 숫자를 셌지만, 자꾸 주저하게 된다. 한 번 심호흡을 한 뒤 눈을 딱 감고 스위치를 눌렀다. 하지만 전극이 너무 멀어서인지 아무 느낌도 없다. 1센티미터까지 가까이 대고 다시 스위치를 눌렀다.

"아얏!"

날카로운 통증에 가에데는 벌렁 자빠져 뒷머리를 바닥에 찧었다. 발꿈치가 저리고 욱신거린다. 이런 물건을 목덜미에 대고 사용한다면 아무리 힘센 남자라도 맥을 못 출 듯싶다.

갑자기 웃음이 터져 나왔다. 혼자서 이러고 있다니, 이상한 사람 같다. 하지만 멋지다. 가에데는 벌렁 드러누워 히죽히죽 웃었다.

오후, 가에데는 호신술을 배울 만한 곳을 찾아보았다. 두 권의 전문서에는 다양한 상황에서 자신을 지키는 방법이 적혀 있어 그 원리는 알 수 있지만, 머리로 이해했다고 해서 실제로 이론대로 몸이 움직이는 건 아니다. 적이 붙잡으려 할 때 복부나 급소를 걷어찬다거나, 뒤로 물러나며 적의 머리를 눌러 엎어트리는 원리를 안다 해도, 평소에 연습해두지 않으면 막상 위험이 닥쳤을 때 실제로 할 수 있으리란 보장은 없다. 적이 때리려

할 때 팔로 막거나 피하는 것도 마찬가지다.

물론 건장한 남자를 상대로 난투극을 벌이겠다는 무모한 생각을 하는 건 아니다. 실제로 위험한 상황과 맞닥뜨리면 우선 저항하지 않는 척하며 적을 방심하게 해야 한다. 그리고 틈을 노려 반격해 잽싸게 도망치는 것이 기본이다.

하지만 그래도 가에데는 지금 이 들뜬 기분을 충족시키기 위해 호신술 연습이 필요하다고 생각했다. 왜 그럴까, 가에데는 생각해보았다. 자신감을 불어넣기 위해. 그럴 수도 있지만, 꼭 그 이유 때문만은 아닌 듯하다. 표현하기는 힘들지만, 지금까지 잠들어 있던 무언가가 깨어난 느낌?

인간의 뇌는 좌뇌와 우뇌로 나뉘어 있다. 좌뇌는 이성적인 사고와 겉마음, 우뇌는 감정과 창의적인 생각, 속마음을 담당하고 있다고 언젠가 TV 방송에서 주워들었다. 그 방송에서는 회사에서 정해진 업무를 하고, 사생활에서도 매일 같은 일을 반복하면 좌뇌만 사용해 우뇌가 위축된다는 점도 지적했다. 신경이 목 부분에서 교차하는 탓에 오른손잡이는 좌뇌를 주로 쓰게 되고, 우뇌는 자극을 주기 어렵다고도 한다.

어쩌면 지금까지 잠들어 있던 우뇌가 각성해 새로운 행동을 하게 하는 건지도 모른다. 사실인지는 알 수 없지만, 가에데는 그 가설이 마음에 들었다.

노트북을 열어 인터넷에서 호신술 수업을 조사했다. 하지만 원하는 정보는 좀처럼 찾기 힘들었다. 다음으로 '도장' 항목에서 전화번호부를 조사했다. 호신술이 없다면 가라테나 유도라도 하자는 생각에서였다. 시내에 한 곳, 유술 도장이 있었는데, 그 광고 중에 '여성 호신술 코스'라는 문구가 눈길을 끌었다.

있다, 있어. 장소도 역과 가까우니 퇴근길에 갈 수 있다.

근데 유술이 뭐지? 유도와는 다른 건가? 합기도 같은 건가?

인터넷 사전을 찾아보니 유도의 모체가 된 일본 전통 격투기인데, 최근에는 유도가 전파되면서 브라질을 중심으로 발전한 격투기로 알려져 있다고 한다. 굳히기 기술인 꺾기나 조르기를 많이 사용한다는 특징이 있고, 많은 유술 선수가 종합격투기 링에 올라 활약하고 있다는 내용도 쓰여 있다.

가에데는 휴대폰을 꺼냈다. 한번 가보자.

이튿날부터 가에데는 업무에 복귀했다. 가에데의 머리를 본 낯익은 관람객들이 "분위기가 달라졌네요"라며 놀라움과 당혹감을 보였고, 가에데는 그럴 때마다 "감사합니다"라며 웃어넘겼다.

루미와는 주변에 사람이 없을 때는 잡담을 나누기도 했지만, 이전과는 다른 미묘한 거리감이 느껴졌다. 가에데는 더는 루미에게 이상한 시선을 받고 싶지 않아서 호신술 교실 이야기는 하지 않기로 했다.

업무는 이전과 다름없는 일의 반복이었지만, 사생활은 완전히 바뀌었다. 아침에 일어나자마자 네 종목 훈련을 했다. 처음에는 심한 근육통에 시달렸지만, 며칠 만에 근육통도 사라졌다. 일주일 뒤에는 팔굽혀펴기를 여덟 번 할 수 있었고, 다른 종목 역시 순조롭게 한계치가 늘어갔다.

호신 3종 세트는 잘 때는 이부자리 양옆과 머리맡에 분산시켜 두고, 출근하거나 외출할 때는 주머니와 가방에 넣고 다녔다. 전철을 탈 때는 충돌 사고의 가능성을 생각해 뒤쪽 차량을 선택하고, 범죄자 대책으로 출입문과 가까운 공간을 확보했다.

일주일에 두 번, 퇴근길에 '여성 호신술 코스'에서 땀을 흘리고, 도장에 가지 않는 날은 비디오 가게에서 종합격투기 시합 DVD를 빌려 실전 동작을 흉내 냈다.

'여성 호신술 코스'의 한 회 연습은 1시간 반. 유도복 비슷한 유술 도복을 입고 기본적인 기술을 거는 법과 그 방어법을 느린 동작으로 여러 번 반복하는 것이 주된 내용이었다. 젊은 지도 강사의 말에 따르면, 반복 연습을 하다 보면 순간적으로 몸을 훈련한 대로 움직이게 되며, 기술은 재빨리 걸 필요는 없고, 그전 단계의 형태를 만드는 것이 중요하며, 그것이 가능하면 기술은 확실히 걸 수 있다고 한다. 수강생은 열 명 안팎으로, 주로 20대 여성이었지만 여고생부터 제법 나이 든 여성까지 있었다.

가에데는 범죄 예방뿐 아니라 재난 방지에도 관심이 쏠려, 지진이나 수해로 전기, 가스, 수도 등이 차단되는 경우를 대비해 대형 플라스틱 통에 물을 모으고 비상식량을 쟁여두었다. 주말마다 조금씩 비상식량을 소비하고, 그때마다 새로 보충하기로 했다.

그 밖에도 집에 추가적인 장치를 설치했다. 먼저 대형 할인점에서 금속 부품과 철사, 펜치 등을 구매해 현관에서 올라서는 곳과 베란다 문 발밑에 침입자가 넘어지도록 함정을 설치했다. 간단히 설명하자면, 바닥에서 약 20센티미터 높이에 철사를 쳐놓았다. 가에데는 자신이 깜빡하고 걸려 넘어지지 않도록, 철사 끝에 훅을 달아 집에 오면 원터치로 떼어낼 수 있게 했다.

가에데는 범죄자로부터 자신을 보호하는 것보다는 오히려 범죄자에게 한 방 먹이고 싶다, 혼쭐 내주고 싶다는 위험한 생각에 사로잡혀 있는 자신을 발견했다. 그러고 보니 전기충격기 같은 호신 3종 세트를 숨기고 외출하다 보면, 요즘은 실제로 사용해보고 싶다, 치한이라도 좋으니 무슨 일 안 일어나나 하는 기대감까지 생겼다.

가에데는 마음의 균형에 문제가 생긴 건 아닌지 불안했지만

'아니, 그렇지 않아. 예전의 내가 마음의 균형이 무너진 상태였어. 지금은 그 반동으로 꽤 호전적인 기분이 고조됐지만, 머지않아 적당한 선에서 안정을 찾을 거야'라고 자신을 설득했다.

업무에 복귀한 지 열하루가 지난 밤, 강도 사건 때 본 머리숱 적은 형사가 젊은 형사와 함께 가에데의 아파트를 방문했다. 현관에서 남자 사진 몇 장을 보여주며 이 중에서 아는 사람이 있냐고 물었고, 아는 사람이 없다고 솔직히 대답하자 형사는 사진 중 하나를 내밀었다. "이 남자가 어제 체포됐습니다." 다른 절도 혐의로 체포됐는데, 자물쇠 따기로 침입한 점이나 복면을 쓰는 수법이 동일해서 비슷한 미해결 사건에 대해 추궁하자, 가에데의 집에 침입한 것을 포함해 여죄 10여 건을 인정했다고 한다.

사진으로 본 피의자는 피부가 하얗고 광대뼈가 두드러진, 흉악하기는커녕 연약해 보이는 중년 남자였다. 뭐야, 고작 이런 놈이었어? 하고 혀를 차고 싶은 심정이었다.

강도 사건이 일어나고 이주일 후, 오후에 가장 먼저 사무국장을 겸무하는 구와바라 총무과장이 나카마키 미술관에 왔고, 루미와 가에데는 차례대로 응접실로 불려 갔다.

먼저 불려 갔던 루미가 5분 뒤에 낙담하는 표정으로 돌아왔고 "무슨 일이야?"라고 묻자 "곧 알게 될 거야"라고 작은 소리로 말했다.

응접실에 들어선 가에데는 소파 맞은편에 앉으라는 말을 들었다. 조금 전 루미의 태도도 그렇고, 이 무거운 분위기로 보건대 인사 이야기임을 가에데는 짐작했다.

소파에 앉자 구와바라 과장은 "지난번 사건으로 많이 힘들었을 거야. 잠 못 이루는 날도 있었을 텐데, 요즘은 어떤가?"

"괜찮습니다."

"그래." 구와바라 과장은 고개를 끄덕인 후 기침을 했다. "실은 인사이동이 예정돼 있다는 걸 미리 알려주고 싶네."

역시나.

"정기 인사가 아니군요."

"그래. 하지만 드문 일은 아니야. 무라이한테 방금 들었는지 모르겠지만."

"못 들었습니다."

"아, 그래?" 구와바라 과장은 어색한 웃음을 지었다. "자네는 12월 1일 자로 나카마키 식품 공장에 파견되는 형태로 가게 될 거야."

날짜가 일주일도 남지 않았다.

"무라이 씨하고 함께 가나요?"

"그래. 하지만 무라이는 공장이 아니라 나카마키 식품 본사 영업부야."

영업……. 지금까지 하던 업무와는 완전히 다른 분야다.

"저는 공장에서 어떤 일을 하나요?"

"창고 관리과야."

"사무직인가요?"

"기본적으로는 그렇다고 하는데, 몸을 움직이는 일도 좀 있을 거야."

"……."

할 말을 잃었다. 업무 내용 때문이 아니다. 나카마키 식품 공장은 나카마키 제약의 자회사로, 회사와 공장 모두 여기서 50킬로미터나 떨어진 이웃 현에 있다. 출퇴근이 가능한 거리이기는 하나 왕복 두 시간은 걸린다.

더구나 나카마키 식품은 본사가 조만간 주식을 매각할 수도 있다는 소문이 돌고 있다. 나카마키 제약 계열에서 제외되면, 본사로 돌아가지 못할 수도 있다.

인사이동에 따라라, 싫으면 그만둬라, 이 말인가? 가에데는 속으로 중얼거렸다.

"저희 둘은 왜 갑자기 자회사로 파견을 가는 건가요?"

"회사에서 인사이동은 당연한 일이야. 나카마키 식품에서 사람이 필요하다고 하면, 유능한 직원을 보내는 게 당연한 일 아니가?"

미리 생각해둔 대사를 국어책 읽듯 말하네. 가에데가 쏘아보자 구와바라 과장은 '뭐야?' 하는 표정으로 미간을 찌푸렸다.

"서른 넘은 여직원은 내쫓아라. 그런 말씀이시군요."

말해버렸다. 이제 돌이킬 수 없다.

"거 무슨 소리를." 구와바라 과장은 험악한 표정으로 고개를 저었다. "그렇게 삐딱하게 생각하지 말게. 아니면 자네는 그 뭐냐, 본사 업무가 자회사보다 고상하다, 사무직이 창고 관리보다 고상하다고 말하고 싶은 건가?"

"나카마키 식품은 매각되는 거 아닌가요?"

"현시점에서는 그럴 일은 없어."

"매각되면 파견된 직원은 어떻게 되는 건가요?"

"만약에 어쩌고 하는 이야기는 지금 해봐야 끝이 없어."

"참 역겨운 방식이네요."

"뭐가?"

"세상 사람들이 보기에 부당한 인사이동인지 판단하기 힘들게 만든다는 점이 나카마키 제약다운 방식이라는 말씀입니다. 한꺼번에 많은 사람에게 칼을 휘두르는 게 아니라, 조금씩 무너뜨리는 이유도 일치단결해서 저항하면 곤란하기 때문 아닌가요?"

구와바라 과장은 노골적으로 한숨을 내쉬었다.

"기가 막히는군. 자네 같은 사람을 세상 물정 모른다고 하는 거야. 이 정도 인사에 이렇게 시끄럽게 하다니, 떼쓰는 애도 아니고 말이야. 불만 있으면 어디 고소라도 해봐. 망신당하는 건 자네일 테니까."

가에데는 대답하지 않은 채 자리에서 일어나 안내대로 돌아 갔다.

무슨 이야기가 오갔는지 알려주자 루미는 "세상에……" 하고 말을 잇지 못했다.

퇴근 후 루미와 함께, 각자의 집 중간 지점에 있는 선술집에 서 술을 마셨다. 가에데는 비공식 인사이동에 대해 어떻게 할 지 의논할 생각이었는데, 루미는 이미 체념 모드에 들어갔는지 "별수 없잖아. 출퇴근권 내 이동이고, 나카마키 미술관 업무가 너무 편하기도 했어"라든가 "노조도 회사와 적당히 타협할 테 니 보호해주지 않을 거야. 소송 같은 거 시작해봐야 진흙탕 싸 움 돼서 결국 회사를 떠나야 하겠지" 같은 나약한 소리만 했다.

"그럼 순순히 인사이동에 따르겠다는 거야?"라고 물으니 루 미는 어이없다는 표정을 지었다.

"아니면 뭘 할 수 있는데?"

"그야 모르지만…… 난 이렇게 살기 싫어."

"싫다고 한들……." 루미는 짜증이 난 기색이었다. "달리 방법이 있어?"

"어떻게 해야 하는지, 뭘 할 수 있는지 모르겠지만, 싫은 건 싫다는 당연한 감정까지 버리면 아무것도 달라지지 않아."

"가에데, 너 취했어."

"안 취했어."

"네가 무슨 소릴 하는지 모르겠어. 싫은 건 싫다는 당연한 감정을 버리지 않으면 어떻게 되는데? 무슨 기적이라도 일어나?"

가에데는 "일어날 거야"라고 대답하고 싶었지만, 차마 입 밖에 내지는 못했다.

결국 둘만의 술자리는 서로 삐걱대다가 어색한 분위기 속에서 1시간여 만에 끝났다. 술집 앞에서 헤어질 때 루미는 "어디 괜찮은 이직처 없으려나" 하고 혼잣말처럼 중얼거렸다.

집에 오는 길에 단것이 먹고 싶어 편의점에 들렀다. 큰 아이스크림을 사는 김에 종합비타민도 바구니에 넣었다. 요즘은 영양 섭취에도 신경을 쓰고 있다.

편의점 안에 다른 손님은 한 사람뿐이었다. 마른 몸매의 젊은 남자가 잡지를 펼치고 있다. 덥수룩한 머리에 어두운 분위기의 남자였다. 가에데는 곁눈으로 그 남자를 보며 계산대에 바구니를 올려놨다. 계산하고 있는데 그 남자가 등 뒤로 다가왔다. 힐끔 돌아봤지만 남자는 가에데에게는 관심이 없어 보였다.

아니, 모르는 일이야. 방심하면 안 돼. 가에데는 마음속으로 경계 태세를 취했다.

계산대의 젊은 남자 점원이 "숟가락은 몇 개 필요하세요?"라고 물어 "두 개 주세요"라고 대답했다. 하나만 달라고 하면, 난 혼자 산다고 떠벌리는 셈이니 위험하다.

계산을 마치고 편의점에서 나와 뒤를 돌아보니, 아까 그 남자는 잡지를 사고 있었다. 이쪽을 보려고도 하지 않는다. 가에데는 걸어가면서 '뭔가를 기대한다면 숟가락은 하나면 된다고 말했어야지'라며 속으로 혀를 내밀었다.

아파트 1층 공동현관에 들어서자 웬 남녀가 옥신각신 싸우고 있었다. 보라색 스웨터에 청바지 차림의 갈색 머리 여자와 흰색 운동복을 위아래로 입은 남자. 좁은 1층 공동현관에는 승강기와 1층 주차장으로 통하는 철제문 그리고 음료 자판기와 관엽식물만 있다. 남녀는 철제문 앞에 있었다.

여자는 이름도, 직업도 모른다. 단지 옆집에 산다는 것만 안다. 남자는 처음 보는 얼굴이었지만, 이전부터 가끔 들려오던 말다툼 상대일 것으로 짐작했다.

여자가 가에데를 보는 표정은 어딘가 도움을 청하는 느낌이었다. 반면 남자는 날카롭게 쏘아보았다. 남자는 금발 머리에 턱 부분에만 수염을 기르고 있었다. 보통 남자보다 약간 건장한 체격. 목에는 금목걸이가 반짝였다. 남자는 두 손으로 여자의 손목을 잡고 있었고, 여자는 그 손을 뿌리치려 하고 있었다.

"어이, 뭘 봐?" 남자가 가에데를 노려보았다. "얼른 꺼져."

"괜찮으세요?" 가에데가 여자에게 말을 건넸지만, 남자가 그 말에 덮어씌우듯 소리를 질렀다. "너하고 뭔 상관이야!"

분명 상관은 없다. 그저 사랑싸움일 수도 있고, 여자가 도움을 요청하지 않는 한 간섭할 수도 없다. 하지만 이 녀석, 한 대 치고 싶다. 가에데는 남자를 한번 힐끔 보고는 승강기 버튼을 눌렀다.

남자가 억지로 여자를 밖으로 끌고 나가려는 듯했다. 그러자 여자는 "놔!" 하고 소리쳤다. 돌아보니 여자와 눈이 마주쳤다. 다음 순간 여자가 "도와주세요!"라고 다급히 외쳤다.

스위치가 켜졌다. 가에데는 남자에게 말했다. "그만해."

"끼어들지 말라 했지?" 남자는 더 매섭게 눈을 번득였다.

선수를 쳐야 해. 안 그러면 위험해. 가에데는 자신을 믿고 행동에 나설 준비를 했다. 가에데가 거리를 좁히자 남자는 "뭐야!"라고 소리 지르며 여자를 붙잡고 있던 손을 떼고 이쪽으로 돌아섰다. 순간 오른쪽 발끝으로 남자를 걷어찼다. 호신술 교실에서 반복 연습해온 앞차기. 확실한 감촉이 전해졌다. 남자가 고통스러운 신음을 내며 배를 움켜잡고 몸을 앞으로 숙였다.

해냈어, 잘 들어갔어. 온몸의 피가 한꺼번에 들끓었다.

긴장을 풀자마자 형언할 수 없는 괴성과 함께 남자가 몸통 박치기를 했다. 아차 하는 순간 엉덩방아를 찧으며 그대로 뒤통수가 바닥에 부딪혔다. 급히 방어 자세를 취하려 했지만, 한 발 늦고 말았다. 아이스크림과 종합비타민제가 든 비닐봉지가 손에서 떨어져 데구루루 굴러갔다.

머리가 핑 돈다.

"이게!"

남자가 위에서 얼굴을 걷어차려 했다. 잽싸게 가방을 내밀어 막았다. 발차기로부터 얼굴은 보호할 수 있었지만, 가방이 옆으로 날아갔다.

아앗, 무기가…….

계산이 크게 어긋나면서 머릿속이 새하얘졌다. 앞으로 사용해야 할 무기가 사라졌다. 어쩌지? 남자가 다시 괴성을 지르며 발로 걷어찬다. 여자가 "안 돼!"라고 외친다. 뇌가 흔들리는 느낌. 뺨에 둔탁한 통증. 그러나 가에데는 순간 남자의 발을 두 손

338

으로 끌어안듯이 움켜잡았다.

그대로 바닥을 굴렀다. 남자가 균형을 잃고 쓰러진다. 일어서려 했으나 머리가 어질어질해 몸이 생각대로 움직이지 않는다. 그래도 남자가 먼저 일어나지 못하게 허리 쪽을 붙잡고 늘어졌다. 남자는 뿌리치려 했다. 남자가 등과 어깨를 후려쳤지만 밀착한 탓에 얼굴은 가격하지 못했다.

두 사람 모두 균형을 잃고 다시 쓰러졌다. 남자가 재빨리 가에데 위에 올라타더니 때리기 시작했다. 가에데는 발로 걷어차며 남자한테서 벗어나려 하다가 두 다리 사이에 남자의 몸통을 끼우는 동작을 취했다. 호신술 교실에서 배운 가드 포지션이라는 동작이다. 이 동작이라면 상대가 주먹을 휘둘러도 얼굴에는 잘 맞지 않는다.

예상대로 남자가 위에서 공격을 가했다. 가에데는 얼굴로 주먹이 날아오지 않도록 두 무릎을 조여 남자의 몸을 밀어냈다.

전기충격기를 사용하고 싶지만, 남자가 주먹을 휘둘러대는 바람에 재킷 주머니에 손을 넣을 여유가 없다.

얼굴에 주먹이 닿지 않자 남자는 가에데의 복부를 가격했다. 짧은 펀치라 위력이 약한데도 숨이 턱 막혔다. 가에데는 윗몸을 조금 일으켜 오른손을 뻗었다. 남자의 머리카락을 붙잡는 데 성공했다. 남자가 뿌리치려고 날뛴다. 다시 복부에 둔통이

덮쳐왔다.

남자가 팔을 휘두르며 몸을 비틀어 일어서려 했다. 가에데는 그걸 막고자 두 다리로 남자의 복부를 조였다. 남자가 더 고래 고래 소리 지르며 날뛰었다. 붙잡고 있던 머리카락을 놓자마자 바로 두 손으로 남자의 오른팔을 붙잡았다.

음, 이제 어떻게 하는 거였더라……. 가에데는 호신술 교실에 서 반복 연습했던 삼각 조르기로 이행하는 방법을 머릿속에서 복습했다. 할 수 있다는 확신이 들자 가에데는 오른발을 휘둘 러 단숨에 남자의 뒤통수로 가져갔다. 즉시 남자의 뒤통수에서 두 다리를 교차시켰다.

남자의 오른팔과 목이 가에데의 두 다리 사이에 낀 모양새가 됐다. 쉽게 말하면, 다리를 이용해 엑스자로 조르는 형태다. 가 에데는 두 다리에 힘을 주는 동시에 남자의 오른 손목을 두 손 으로 잡아당겼다.

"으악!"

남자가 살기 어린 표정으로 신음하며 뒤로 빠져나가려고 발 버둥 쳤다. 그러나 삼각 조르기가 일단 들어가면, 뒤쪽으로 몸 을 빼려고 하면 더 강하게 조여온다.

남자는 자유로운 왼손으로 공격을 가했지만, 가에데의 어깨 뒤쪽에 맞을 뿐 큰 통증은 없었다. 가에데는 남자가 빠져나가면 자신이 죽을 수도 있다는 생각에 다리 힘이 느슨해지지 않도록 안간힘을 썼다.

남자의 손이 멈췄다. 얼굴은 충혈되어 검붉게 물들어 있었고, 관자놀이 부근에 정맥이 툭 불거져 있었다. 경동맥을 조이면 뇌에 산소가 공급되지 않아 몇 초 만에 의식을 잃는다. 분명 그런 원리였다.

지금이라면 전기충격기를 쓸 수 있다. 가에데는 남자의 손목을 잡고 있던 오른손으로 재킷 주머니를 뒤졌다. 그때 남자의 몸이 갑자기 떨리더니 단숨에 힘이 빠진 걸 알 수 있었다. 얼굴을 보니 눈이 뒤집혀 있었다.

남자가 기절했다는 걸 알고는 황급히 두 다리의 힘을 풀었다. 이대로 계속 조르면 죽을 수도 있다. 혹시 몰라서 발로 남자를 밀어내 거리를 두었다. 남자는 옆으로 쓰러져 몸을 꿈틀대고 있었다.

가에데는 재킷 주머니에서 전기충격기를 꺼내 남자의 등에 밀착시켜 스위치를 눌렀다. 남자가 온몸에 경련을 일으켰다. 가에데는 숨을 크게 몰아쉬며 일어섰다. 여자가 자판기 그림자에 숨어 우두커니 서 있었다.

"전화……." 가에데가 여자에게 말했다. "휴대폰 있죠? 전화해요."

여자는 무슨 소리인지 모르겠다는 듯 굳은 얼굴로 가에데를 쳐다보았다.

"경찰에 신고하라고요!"

호통 소리가 1층 공동현관 안에 울려 퍼졌다.

정신없이 바쁜 나날이 시작되었다. 가에데가 쓰러뜨린 남자는 역시 이웃집에서 가끔 들려오던 말다툼 상대였다. 그날 남자는 이웃집 여자가 이별을 통보하자 격분해 억지로 끌고 가려다 가에데와 마주친 것이었다.

가에데는 뺨에 시퍼런 멍이 들었지만 사흘 만에 거의 사라졌다. 남자에게 얻어맞기는 처음이었지만, 경험해보니 '견딜 만한데?'라는 느낌이었다.

경찰은 처음부터 가에데의 정당방위를 인정했고, 사건 수사를 담당하는 통통한 형사는 정중하면서도 존경 어린 태도로 응대했다.

남자는 두 건의 상해 혐의로 체포되었다. 남자는 가에데와 마주치기 직전에 다른 상해 사건을 저지른 상태였다. 피해자는 이웃집 여자와 최근 사귀기 시작했다는 식당 주인으로, 둘의 관계를 알고 일방적으로 폭행을 가한 듯했다. 피해 남성은 머리와 얼굴 등에 타박상을 입었고 갈비뼈도 부러져, 전치 4주의

중상을 입었다.

그 밖에 이웃집 여자가 20대 초반에 피해자가 운영하는 식당에서 일한 적이 있으며, 체포된 남자는 서른일곱의 자칭 파친코 전문가로, 몇 년 전에도 상해 혐의로 체포된 적이 있다는 사실을 가에데는 나중에 TV 방송을 보고 알았다.

여자가 흉악한 남자를 조르기로 제압했다는 이유로 가에데에게 신문과 TV, 주간지 등에서 취재 요청이 쇄도했다. 주목받을 생각은 없었지만, 어디까지나 정당방위였으니 이쪽에서 숨어다닐 이유는 없었다. 그래서 주거지인 아파트에 출입하지 않는 조건으로, 외부 공원 등에서 얼굴에 모자이크 처리 없이 취재에 응했다. 도장에서 연습하는 모습도 취재하고 싶다는 TV 방송국도 있었으나, 다른 수련생들에게 불편을 주는 일이라 거절했다.

인터뷰에 응할 때마다 가에데는 사건 경위와 집에서 절도범과 마주친 사건을 계기로 범죄 예방의 중요성을 인식하게 되었고, 지금은 호신술 교실에도 다니고 있다는 말을 되풀이했다. 기자들은 하나같이 가에데의 호신 3종 세트에 관심을 보였고, 이에 대한 질문이 쏟아졌다. 가에데는 기자들의 요구에 호신용품을 보여주며 설명했고, 실제로 전기충격기 외에는 사용한 적이 없다고 솔직히 말했다. 그리고 이러한 물건은 사용할 일이 없는 것이 가장 좋다는 말도 덧붙였다.

회사에는 유급 휴가를 최대한 신청한 후, 휴가가 끝나는 11일째에 맞춰 사직서를 우편으로 발송했다. 구와바라 총무과장이 전화를 걸어 형식적인 회유를 했지만, 생각하는 바가 있어 그만두겠다는 말에 기다렸다는 듯이 가에데의 의사를 존중하겠다며 더 캐묻지 않았다. 그날로 총무과 직원이 전화로 퇴직 절차를 설명하고 퇴직금 입금 계좌를 물었다.

언론의 취재 공세 탓에 루미와는 전화 통화만 할 수 있었다. 가에데는 퇴사하는 이유에 대해, 정신적으로 지쳐서 잠시 쉬면서 앞으로의 일을 생각하고 싶다는, 본심의 일부만 설명해두었다. 루미는 걱정하는 눈치였지만 다시 생각해보라는 말은 하지 않았다. 기자들이 따라붙지 않게 되면 같이 술 한잔하자고 약속했으나, 가에데는 서로 '언젠가'라고 생각하는 사이 세월이 흘러버릴 것 같았다.

아침 방송과 주간지에서는 가에데가 지니고 다니는 호신 3종 세트와 같은 물건을 소개하면서 사용법과 구매 방법 등을 소개했다. 전 격투기선수 배우를 불러 가에데가 남자를 제압한 삼각 조르기라는 기술에 대해 해설하는 방송도 있었다.

몇몇 여성 주간지의 요청으로 단순한 취재와는 차별화된, 인물에 초점을 맞춘 인터뷰도 진행했다. 지역 신문사에서도 취재해 '지역의 얼굴' 코너에 크게 실리기도 했다. 되도록 숨김없이 말하자는 생각으로 질문에 답하다 보니, 대형 제약회사에서 근무하다가 본의 아니게 자회사로 인사 발령이 나 퇴사한 사실도 기사에서 언급되었다. 그 신문 기사가 나간 날, 구와바라 총무과장이 바로 자동응답기에 "얘기 좀 하고 싶은데……"라는 메시지를 남겼지만, 쓸데없는 말은 하지 말라는 압력을 가할 의도임을 잘 알기에 가에데는 무시하기로 했다.

외출하면 낯선 사람이 "어?" 하고 알아보는 일이 늘었다. 개중에는 "이와세 씨, 사진 좀 찍어주세요"라며 휴대폰 카메라를 들이대는 여성도 있어 당혹스러웠지만, 손을 흔들거나 인사로 화답했다. 그러다 보니 세상 사람들이 자신을 영웅시하는 것 같았다. 그렇다면 억지로 이 흐름을 거스르지 말고 몸을 내맡겨보면 어떨까? 그러면 다시금 길이 열릴지도 모른다는 생각이 들었다. 어차피 잃을 것도 없으니까.

이웃집 여자는 어느새 이사를 가고 없었다. 가에데는 도와준 사람에게 고맙다는 말 한마디 정도는 해야 하지 않나 싶어 씁쓸했지만, 그 여자도 기자들에게 시달렸을 테고, 자신을 무서워할 수도 있겠다는 생각에 웃음이 터져 나왔다.

지역 경찰서에서도 표창을 받게 된 가에데는 거절할 이유도 없어서 경찰서에 가서 감사장을 받았다. 수여식은 간단했지만,

그곳에도 기자들이 밀려와 카메라와 마이크를 들이댔다.

수여식이 끝나고 서장실에 초청돼 서장과 부서장, 본청 참사관이라는 사람과 잠시 환담을 가졌다. 그때 서장이 "이와세 씨, 호신용품이라는 건 한마디로 무기입니다. 그런 물건은 범죄자에게 악용될 수도 있으니, 언론 인터뷰는 신중하게 해주세요"라고 당부했다. 초청받은 이유가 이 때문이었나 보다.

액자형 감사장이 든 상자를 겨드랑이에 끼고 경찰서를 나서는데, 경찰서 주차장에서 남색 블레이저 차림의 덩치 큰 남자가 말을 건넸다. 가에데는 잠시 경계했지만 생김새나 체격, 꼿꼿한 자세로 미루어보아 경찰 관계자일 것이라 짐작했다.

남자가 내민 명함을 보니 경찰관이 아니라 후루야 겐이라는, 아라카와 경비보장 홍보실 차장이었다. 경비 회사 중에서는 전국에 지사와 영업소를 거느린 대기업이다.

"긴히 드릴 말씀이 있어서, 실례지만 이런 곳에서 인사를 드리게 됐습니다. 가능하면 시내에 있는 당사 영업소에서 이야기를 드리고 싶은데, 어떠십니까?"

50대로 보이는 후루야는 가에데에게 상당히 겸손한 태도였다.

"아…… 오래 걸리지 않는다면, 지금 당장이라도 상관없습니다만."

무슨 용건인지, 목적이 무엇인지를 일일이 확인하기보다는 바로 가서 이야기를 듣는 편이 낫다.

후루야는 "아, 지금 괜찮으시겠습니까?"라며 의외라는 표정을 지었지만, 곧 정신을 가다듬고 "고맙습니다. 그럼 타시죠"라며 경찰서 밖에 세워둔 흰색 대형차로 안내했다.

아라카와 경비보장 영업소는 경찰서에서 가까운 법원 뒷골목, 변호사 사무실과 법무사 사무실이 입주해 있는 상가 건물 1층이었다.

응접실에서 커피를 대접받고, 맞은편에는 후루야와 영업소 소장 두 사람이 앉았다. 소장의 태도로 보아 후루야가 상급자인 듯했다. 설명은 후루야가 했다.

"당사 직원들은 물론이고, 특히 우에노 사장이 이와세 씨를 극찬한다고 해야 할까요, 열성 팬이라서……. 현재 무직이시라면, 꼭 당사에 영입하고 싶습니다. 네, 물론 정직원으로 말입니다만, 업무는 범죄 예방 교육을 위한 강연이나 행사 출연 중심의 이벤트 캐릭터로 활동해주셨으면 하고……. 그 외에도 범죄 예방 비디오 출연이나 당사 감수 형태로 체험기를 출판하는 것도 현재 검토 중이고……."

갑작스러운 일에 가에데는 가벼운 어지럼증을 느꼈다. "저보다는 여자 격투기 선수나 여자 비밀경찰 출신 같은 분들이 더 적합하지 않을까요?" 그러자 후루야는 당치도 않다는 듯 고개를 저으며, 얼마 전까지만 해도 초심자였던 이와세 씨이기에, 또 실제로 범죄자를 물리친 이와세 씨이기에 의미가 있다고 반박했다.

가에데는 애써 웃는 얼굴이 경직된 것을 자각하면서 "네" 하고 고개를 끄덕일 뿐이었다.

집에 돌아온 가에데는 현관문 앞에 서서 도어스코프를 들여다보고 문에 귀를 쫑긋 세워 집 안 상황을 살폈다. 무슨 소리나 인기척은 없다. 문 위에 있는 전력량계 회전판도 천천히 돌고 있는 것으로 보아 냉장고 같은 전기만 사용되는 듯했다.

좌우를 둘러보며 아무도 없음을 확인한 뒤 열쇠를 꽂아 돌린다. 천천히 문을 열고 집안을 들여다본다. 물론 이상 없음. 가에데는 벽 스위치를 누르려다 그대로 멈췄다. 지금의 자신에게는 불빛이 필요 없다고 생각했다. 주방에 들어갔다. 누군가가 습격해오는 모습을 상상해봤지만, 현실 속 집은 고요했다. 옆에 끼고 있던 감사장 상자를 식탁 위에 살짝 내려놓았다.

형광등 아래로 늘어진 끈 손잡이를 향해 펀치를 날렸다. 계속해서 주먹으로 손잡이를 쳤다. 잽으로 견제하고 라이트 스트레이트, 다음은 원투. 상대의 공격을 더킹으로 피한 뒤 곧바로 몸통에 레프트 훅을 날렸다. 주춤하는 상대 얼굴에 라이트 훅.

방범의 카리스마. 호신의 여신. 그러한 캐치프레이즈가 머릿속에 떠올랐다. 나 자신만 변한 것이 아니다. 살아가는 세상이 변한 것이다. 인생의 제2막이 시작된다.

어두운 방 안에서 형광등 끈을 향해 복싱 흉내를 내는 여자. 누가 보면 꽤 소름 끼칠 듯싶다.

"우후후후, 후후후."

가에데는 혼자 웃으며 계속해서 펀치를 날렸다.

한여름날의 기적

열차에서 승강장에 내린 치히로는 사람들이 오가는 가운데 두리번대는 할아버지의 모습을 발견했다. 할아버지도 곧 치히로를 발견하고는 미소를 지으며 다가왔다.

"잘 왔다, 치히로. 1년 새 많이 컸구나."

"잘 부탁드립니다."

"남처럼 굴지 말고."

할아버지는 웃으면서 치히로가 어깨에 걸치고 있던 배낭을 빼앗듯이 가져가더니, 자기 어깨에 걸쳤다. 승강장에서 개표구로 내려갈 때, 앞서 걸어가던 할아버지는 계단이 아닌 에스컬레이터를 택했다.

"방학 숙제는 다 했니?"

에스컬레이터로 내려가면서 할아버지가 뒤를 돌아보았다. 한쪽 눈썹에 있는 흰털 한 가닥이 유독 길어 눈에 띄었다. 머리가 많이 벗어지진 않았지만, 흰머리가 섞여 있는 데다 눌린 자국 때문에 정수리 부분이 뻗쳐 있다.

"봄방학은 숙제 없어요."

"아, 그래?"

"엄마 잔소리 때문에 문제집 풀기 같은 건 하고 있지만요."

"그래. 이제 5학년이 되는 거지?"

"네."

치히로는 작년에 만났을 때보다 할아버지가 덜 단정하다고 느꼈다. 회사에 다닐 때의 할아버지는 머리가 깔끔했었다. 그런데 지금은 약간 살도 찐 것 같다. 원래 마른 편이어서, 알맞은 체형에 가까워졌다는 건 좋은 일인지도 모르지만.

"5학년 중에서는 키가 큰 편이니?"

"보통이에요."

주변에 사람들이 많은데, 할아버지가 이것저것 묻는 것에 대답하는 것이 치히로는 창피했다. 할아버지와 할머니 집은 아빠의 본가에 해당한다. 치히로가 살고 있는 곳에서 특급열차를 타도 세 시간 넘게 걸리다 보니 자주 오가지는 못하고, 며칠 묵으러 가는 건 1년에 한두 번 정도다.

치히로가 혼자서 놀러 온 건 이번 봄방학이 처음이었다. 아빠가 할아버지에게 전화를 걸어 치히로가 7박 8일 머물다 갈 거라고 멋대로 결정했다. 엄마가 김을 박스로 포장하는 아르바이트를 하다가 허리를 다쳐 며칠 입원하게 된 데다 아빠는 일이 바쁘기 때문이다.

개표구를 지나 역에서 나오자 할아버지는 음료 자판기 앞에 멈춰 섰다.

"치히로, 주스 사줄게. 뭐 마실래?"

"목 안 말라요."

"사양하지 말고 어서 골라 봐."

사양하는 거 아닌데요, 라고 말하려다 오랜만에 만난 할아버지에게 차갑게 구는 것 같아 "그럼 우롱차요"라고 말했다.

"허어, 치히로도 벌써 그런 나이구나. 뭐 먹을 때 칼로리 신경 쓸 나이야."

할아버지는 쓸쓸하게 웃었다. 칼로리 때문이 아니라 그냥 우롱차가 마시고 싶어서 고른 것뿐인데. 치히로는 굳이 설명하지 않고 "고맙습니다" 하고 받았다.

할아버지가 그 자리에 우두커니 서 있는 걸 보니, 여기서 마시라는 뜻인 듯했다. 치히로는 속으로 한숨을 쉬며 캔 뚜껑을 땄다.

"아빠는 여전히 바쁘니?"

"네."

"매일 집에 늦게 오고?"

"네. 얼굴 볼 수 있는 건 일요일 정도? 근데 가끔 일요일에도 일하세요."

"그렇구나. 엄마가 빨리 나아야 할 텐데."

"그렇게 심하지는 않아요."

우롱차를 입에 대자마자 할아버지는 앞장서서 걸어가기 시작했다. 걸으면서 마시라고? 치히로는 이번에는 진짜 한숨을 내쉬었다.

날이 저물고 있었다. 집을 나설 때는 맑았는데, 어느새 하늘은 잿빛 구름이 펼쳐져 있었다.

할아버지네 집은 도보로 5분 거리에 있다. 아담한 2층집으로, 아빠와 큰아빠가 어린 시절에 쓰던 2층 방은 지금은 벽을 터서 하나로 만들어, 할머니의 조각보 만들기 교실이나 문화센터 친구들과 훌라댄스 연습에 사용하고 있다.

할머니는 부엌에서 저녁 밥상을 차리고 있었다. 할머니는 할아버지와 달리 살이 찐 편이었다. 치히로는 엄마 아빠가 준 화과자가 생각나서 배낭 안에서 상자를 꺼내 "잘 부탁드려요" 하며 할머니에게 건넸다.

"얘가 남의 집에 온 사람처럼 왜 이러니." 할머니는 웃으면서도 조금 서운한 듯했다. "TV라도 보면서 조금 기다리거라. 컴퓨터도 있으니 게임 같은 거 해도 되고."

"도와드릴게요."

"오늘은 괜찮아."

괜찮다는 할머니 말에 치히로는 TV를 보기로 했다.

저녁은 돈가스였다. 치히로가 초등학교 1학년인가 2학년 때 돈가스를 좋아한다고 한 적이 있다고 하는데, 이후로 할머니는 치히로가 놀러 온 첫날에는 돈가스를 만들어준다. 지금은 그리 좋아하지 않는다고 알려드려야 하나 싶지만, 딱히 싫어하지도 않아서 그냥 그대로 두었다.

할아버지는 저녁에 반주 삼아 맥주를 마시고 있다. 술은 그리 세지 않은지 얼굴이 늘 발그레해진다.

"치히로, 내일은 어디 갈까?"

할머니가 물었다. 내일은 일요일이다.

"꼭 어디 안 가도 돼요."

"평일은 좀 바쁘잖니. 특히 할머니가 말이야."

"그럼…… 아무 데나 다 좋아요."

"옷 사줄까?"

"아뇨, 괜찮아요."

"뭐든지 사주는 게 사랑이 아니야." 할아버지가 말했다.

"자주 못 보는 손녀인데, 뭐 어때요."

할머니가 입을 삐죽댔다.

"좀 더 마음의 양식이 될 만한 걸 해주는 게 좋겠다는 거지."

"그게 뭔데? 예를 들어봐요."

할아버지는 잠시 생각에 잠긴 듯했지만, 잘 떠오르지 않는지 아무 대답도 하지 않았다. 할머니도 눈치껏 더 이상으로 몰아붙이지 않고 화제를 돌려 치히로에게 학교생활에 관해 물었다.

저녁 식사 후 할아버지가 목욕하러 들어간 사이 치히로는 뒷정리하는 할머니를 거들었다. 할머니가 설거지한 식기를 식기건조기에 넣으며 "할아버지가 전보다 좀 기운이 없어 보이세요"라고 말해보았다.

"회사가 전부였던 사람이잖니." 할머니가 씁쓸하게 웃었다. "퇴직하고 나서 지난 1년간 할 일 없이 빈둥거리기만 하더구나. 다시 일자리를 찾아본 적도 있는데, 잘 안됐어."

할아버지는 오랫동안 일하던 회사를 3년 전에 그만둔 뒤 다른 회사에서 잠시 일했는데, 1년 전에 그곳도 그만두고 지금은 아무것도 하지 않는다.

"할아버지는 취미 같은 거 없으세요?"

"장기를 좀 둘 줄 알아서 시립도서관에 있는 장기 코너에 잠시 다녔는데, 초등학생한테 지더니 다시는 안 가더라. 원체 자존심이 센 양반이니. 지역 노인들 골프 클럽 같은 데서 오라고 하는데도 싫대. 동네 사람들과 잘 어울릴 자신이 없나 봐."

할머니가 이것저것같이 하자고 하면 좋을 텐데요, 라는 말을 치히로는 삼켰다. 할머니가 하는 조각보 만들기나 훌라댄스를 할아버지가 하는 모습이 도저히 상상되지 않았다.

이튿날인 일요일에는 할아버지 할머니와 수족관에 갔다가, 집에 오는 길에 일식 레스토랑에서 밥을 먹었다. 수족관에서는 할아버지와 할머니가 물고기 이름을 둘러싸고 말다툼을 한 번 벌였지만, 담당자에게 물어보니 둘 다 틀린 이름이었고, 치히로는 무승부라는 결과에 차라리 조금 안심했다.

월요일은 할머니가 해야 할 일이 많았다. 오전에는 문화센터 도예 교실, 낮에는 조각보 만들기 수강생들과 식사 모임, 식사 후에도 장소를 옮겨 이야기를 나눈다고 한다. 할머니는 외출할 때 할아버지가 아니라 치히로에게 "부탁할게"라고 말했다.

아침에 일어났을 때는 가랑비가 내리고 있었는데, 할머니가 외출할 때쯤엔 이미 비가 그치고 구름 사이로 보이는 푸른 하늘이 조금씩 번져가고 있었다. 치히로는 집에서 가지고 온 문

359

제집을 1시간쯤 푼 뒤, 할아버지에게 산책 좀 다녀오겠다고 말하고는 혼자서 집 근처를 거닐었다.

이전에 몇 번 놀러 갔던 어린이공원에 가니, 중학생 정도의 좀 불량해 보이는 남자아이들이 몇 명 쭈그리고 앉아 무슨 이야기를 하고 있었다. 괜히 시비를 걸어 올까 봐 무서워서 강변 벚꽃길로 발길을 돌렸다.

어젯밤부터 아침에 걸쳐 내린 비 때문에 벚꽃은 많이 떨어졌지만, 분홍색 카펫이 깔린 듯한 땅 위를 걷는 기분은 정말 황홀했다. 아무도 밟지 않은 눈 위를 걷는 것보다도 호사스럽게 느껴졌다. 학교가 보여서 교정에 들어가 봤는데 중학교인지 놀이기구 같은 건 보이지 않았다. 그러고 나서 여기저기 발길 닿는 대로 가봤지만 재미있는 곳은 없었고, 금세 길을 잃을 것 같아 집에 가기로 했다.

걸으면서 히토미 생각을 했다. 히토미는 4학년 때 처음 같은 반이 됐고, 2학기 때 옆자리에 앉으면서 친해졌다. 히토미는 배구부에서 큰 활약을 했다. 히토미의 주특기는 높이 점프해 강력한 스파이크를 날리는 것이었다. 피구를 할 때도 남학생에게 지지 않았다. 그런 히토미와 친해지고 나니 반에서도 왠지 치히로를 보는 눈이 달라져, 2학기에서 3학기까지 의기양양한 기분으로 지냈다.

하루는 히토미가 "4월부터 같이 댄스 교실에 다니지 않을래?"라고 하기에 무심코 그러자고 대답해버렸다. 하지만 치히로는 춤에는 관심도 없을뿐더러 운동 신경에도 자신이 없어서, 춤을 배운다 해도 히토미와 실력 차만 드러나 기가 죽을 것 같다는 생각이 바로 들었다. 히토미는 치히로가 함께 다닐 거라고 확신하고는 다음에 같이 연습용 신발을 사러 가자며 들떠 있다.

어쩌지…… 안 가겠다고 하면 화내겠지? 히토미를 화나게 하면 다른 아이들까지 날 괴롭힐지도 몰라.

할아버지 집에 도착할 때까지 결론을 내지 못했다.

점심은 피자를 시켜 먹었다. 할아버지가 치히로를 위해 주문을 한 듯하다. 치히로가 홍차 티백을 우렸다.

"치히로, 이거 먹고 나서 어디라도 갈까?"

"어디요?"

"글쎄……. 동물원은 어떠냐? 몇 년 전에 데리고 갔었잖아."

할아버지는 손녀가 심심해할까 봐 노심초사인 듯했다. 그래도 동물원은 싫지 않다. 치히로는 기쁜 표정을 지으며 대답했다. "네, 좋아요."

열차를 탔을 때는 하늘도 파랗고 햇살은 눈부셨다. 동물원

입구 앞에 섰을 때 할아버지는 잠시 말이 없었다. 그러더니 "아이고, 미안" 하고 머리를 긁적였다. 휴무다. 그러고 보니 월요일에는 보통 이런 곳은 휴무다. 치히로는 동물원에 들어가지 못하는 것보다 할아버지가 더더욱 자기 눈치를 볼 것 같다는 생각에 마음이 무거웠다.

"아, 맞다." 할아버지가 손뼉을 쳤다. "할아버지가 아주 오래 다니던 회사 공장에 가볼래? 집에 가는 열차 중간에 내리면 되니까 딱 좋네."

할아버지는 아기 옷을 만드는 '피치웨어'라는 제조사에서 오랫동안 근무했다. 그리 유명한 회사는 아닌지 치히로 친구들은 하나같이 모른다고 했지만, 치히로는 유치원 무렵까지 피치웨어 제품과 함께 컸다.

공장 견학이라. 별로 내키지는 않았지만, 할아버지가 오랫동안 일하던 공장이 어떤 곳인지 조금은 궁금하기도 했다. 치히로는 "네, 갈래요" 하고 고개를 끄덕였다.

열차 안에서 할아버지는 퇴직 당시 피치웨어의 상품 검사실이라는 곳의 실장이었다는 것과 공장에서 만들어진 상품을 인장 강도, 마모 강도, 색 빠짐 등을 상품 검사실에서 엄격히 검사하기 때문에 우수한 제품을 세상에 내보낼 수 있다는 이야기를 해주었다. 하지만 할아버지는 어느새 시장 조사가 어쩌고, 중국

등지에 공장 짓는 회사가 증가해서 어쩌고 하면서 치히로가 알아들을 수 없는 이야기로 빠져버려 건성으로 맞장구를 쳐야 했다. 피치웨어 공장은 초등학교 정도 되는 부지에 녹슨 철망으로 둘러싸여 있었다. 부지 내 건물은 모두 오랜 세월 비바람을 맞은 듯 빛바랜 느낌이었다.

문에 들어서자마자 바로 앞에 있는 건물 1층에서 관람객용 표를 받아 가슴에 붙이고 안으로 들어갔다. 전시실 같은 곳을 구경하고, 구름다리 복도를 지나 공장 안을 대충 둘러본 뒤 상품 검사실로 향했다. 그러는 동안 몇몇 직원들이 할아버지에게 인사를 했고, 할아버지가 손녀와 함께 왔다며 일일이 얘기하는 바람에 "몇 학년이니?"라는 질문에 똑같은 대답을 반복해야 했다. 하지만 개중에는 할아버지가 "어이, 오랜만이네"라며 말을 건네도 웃음기 하나 없이 "안녕하세요"라는 인사만 하는 사람도 있었다.

공장에서나 상품 검사실에서나 할아버지는 열심히 설명해주었다. 피치웨어는 의류업계에서도 품질 시험이 철저하기로 정평이 나 있는지 "처음에는 좋아 보여도 쓰다가 질리는 상품은 안 돼. 처음에는 그저 그래도, 쓰다 보면 좋은 점을 알 수 있는 상품을 만들어야 해"라고 말했다. 그러나 치히로에게는 그리 재미있는 이야기는 아니었다.

상품검사실의 작은 사무실에서 할아버지와 나란히 응접 소파에 앉았다. 소파는 군데군데 갈라져서 안에 스펀지 같은 것이 보였다. 맞은편에 앉은 아저씨는 엄청 뚱뚱해서 넥타이가 답답해 보였다.

"근데 구리하라 씨는?" 할아버지가 묻자 맞은편 아저씨가 대답했다. "지금 잠깐 공장장실에 가셨어요."

"또 이거?"

할아버지가 양손 검지를 세워 칼싸움하는 듯한 시늉을 하자 아저씨는 "그렇죠, 뭐"라며 모호하게 고개를 끄덕였다.

그 뒤 할아버지와 아저씨 모두 말을 하지 않아 잠시 침묵이 흘렀다. 아저씨가 별안간 치히로에게 "몇 학년이니?"라고 물어 치히로는 오늘 벌써 몇 번째인가 싶은 대답을 또 했다. 학교는 재미있니? 할아버지가 뭐 사주셨니? 이런 질문까지는 하지 않았다. 그 대신 아저씨는 할아버지 쪽을 보며 물었다. "실장님께 볼일 있으세요?"

"아, 아니야." 할아버지는 쓴웃음을 지으며 손을 저었다. "근처에 온 김에 그냥 들러봤어."

"아, 그러세요."

아저씨는 어색한 웃음으로 맞장구를 쳤다. 그 후 할아버지가 최근 회사 사정에 대해 몇 가지 물어보자 아저씨가 대답하긴 했지만, 대화가 활발히 이어지는 분위기는 아니었다. 할아버지가 손목시계를 보았다.

"자, 오래 있기도 뭣하니 이제 갈까."

할아버지가 치히로에게 말하면서 무릎에 두 손을 짚고 일어섰다. 아저씨는 붙잡으려 하지 않았고 "다음에 또 들러주세요"라며 영혼 없는 표정으로 말했다.

집에 가는 열차에서 치히로는 할아버지와 나란히 앉았다. 할아버지는 갑자기 기운이 빠졌는지 몇 번씩 작게 한숨을 내쉬었다. 이유는 짐작이 갔다. 할아버지는 회사 사람들이 더 반갑게 맞아줄 거라 기대했던 모양이다. 그러나 현실은 달랐다. 겉으로는 웃고 있지만 '뭐 하러 온 거야?'라는 느낌이었다. 할아버지도 그런 분위기를 느끼고 바로 돌아가기로 한 것이다.

열차 안은 비교적 한산했고, 남자나 여자나 약속이라도 한 듯 눈을 감고 있었다. 할아버지는 갑자기 "치히로, 친구들한테 편지 같은 거 오니?"라고 물었다.

"으음, 별로 없어요."

"몇 장 정도?"

"열 장 정도? 메일이 더 많이 와요."

"네 컴퓨터는 있고?"

"아뇨. 가족들이 다 같이 써요."

"그래." 할아버지는 한 번 헛기침을 했다. "할아버지가 회사에 있을 때는 연하장이 이만큼 왔어."

할아버지는 그렇게 말하며 엄지와 검지를 벌렸다. 5센티미터는 돼 보인다.

"우와, 엄청나네요."

"그런데 회사를 그만두고 나니, 겨우 스무 장 정도로 줄더라. 보내는 사람은 동창이나 친척뿐이고, 회사나 거래처 사람은 거의 없었어."

"으음."

이야기가 더 이어질 줄 알고 기다렸지만 할아버지는 더 말이 없었다. 잠시 뒤 치히로는 할아버지에게 말했다.

"할아버지, 취미 같은 거 없으세요?"

"어? 그건 왜?"

"그냥…… 궁금해서요."

할아버지는 살짝 머리를 긁적였다.

"취미 같은 거 없어. 오래전부터 일이 취미이기도 했으니까."

"뭐라도 시작하시면 좋을 텐데요."

"……골프를 해봤는데 재미가 없더라. 노래방이나 실내 골프장도 왠지 잘 안 맞고. 할아버지 세대는 말이야, 취미에 정신 팔린 사람은 눈총을 받았어."

"그렇구나……."

"치히로는 취미 있니?"

"저는…… 게임이랑 수영이요."

"그러고 보니 수영 교실에 다닌다고 했지?"

"네. 근데 요즘은 별로 재미가 없어요."

"왜?"

"1학년 때부터 계속했는데, 얼마 전에 새로 들어온 애한테 졌거든요."

치히로는 그제야 할머니한테 들은 이야기가 떠올랐다. 할아버지는 취미라고 할 게 장기밖에 없었는데, 그 장기마저 초등학생에게 져서 그만뒀다는 이야기. 그 이야기가 나올까 싶었는데, 할아버지는 "뭐 이기려고 수영하는 것도 아니고, 너무 기죽을 거 없어. 또 지금은 지더라도 계속하다 보면 언젠가 이길지도 몰라"라는 뻔한 격려만 했다. 하기야 부끄러운 일을 손녀에게 말하고 싶지는 않을 것 같다.

"퇴직하고 나서 하고 싶었던 일은 없으셨어요?"

"글쎄다. 퇴직하면 뭔가 찾을 수 있을 줄 알았는데, 아무것도 없어."

"아무것도 할 일이 없는데 재미있어요?"

"재미는 무슨." 할아버지는 조금 울컥한 듯 말하더니 아차 싶은지 억지로 씩 웃었다. "음, 그래. 치히로가 그렇게 말하니 한 번 찾아봐야겠네."

치히로는 할아버지가 마음속으로 '있으면 좋겠지만, 그딴 게 있겠어?'라고 구시렁댄 듯한 기분이 들었다.

할머니가 집에 온 건 저녁 5시가 다 돼서였다. 그때까지 2시간 남짓 동안 치히로는 컴퓨터를 빌려 인터넷으로 심리 테스트를 하며 시간을 보냈다. 할아버지는 같은 방에 누워서 TV를 보고 있었지만, 리모컨으로 자꾸 이리저리 채널을 돌리기만 했다.

할머니가 치히로에게 "오늘은 할아버지랑 어디 놀러 갔니?"라고 물었고, 피치웨어 공장을 견학했다고 하자 할머니는 얼굴을 찌푸렸다. "아이고, 재미없었지? 내일 오후에는 할머니랑 옷 사러 가자."

이튿날 오전, 주방 식탁에서 치히로가 문제집을 풀고 있는데 맞은편에서 신문을 보던 할아버지가 말했다. "이발 좀 하고 올까?"

"치히로도 머리 좀 자르면 어떠니?" 막대 걸레로 바닥을 닦고 있던 할머니가 말했다. "이발소는 싫으니? 미용실 아니면 안 가려나."

치히로는 보통 동네 미용실에서 머리를 자른다. 이발소는 한 번도 가본 적이 없었다. 그래서 살짝 호기심이 생겼다.

"전 자른 지 얼마 안 됐어요. 근데 이발소에는 가본 적이 없어서 궁금하긴 해요."

"오, 그래?" 할아버지가 조금 기뻐하는 표정으로 신문을 접었다. "뭐 별 차이 없어. 이발소는 수염이나 솜털을 면도해준다는 점이 다른 정도지. 아라카와 씨네 이발소에 애들 보는 만화책도 많지 않았나?"

"점프?"

"그런 잡지도 본 것 같아. 또 그 뭐냐, 코로코로 어쩌고 하는 거."

"코로코로 코믹."

"음, 그런 이름이었나?"

"잠시만요, 이거 조금만 더 하고요."

치히로는 남은 문제를 전속력으로 풀어나갔다.

국도를 건넌 곳에 있는, 할아버지가 늘 이용한다는 아라카와 씨네 이발소는 문이 닫혀 있었다. 이발소는 셔터가 내려간 채 '임시 휴업합니다'라는 종이가 붙어 있었다. 할아버지는 "이런" 하고 머리를 긁적였다.

치히로는 할아버지가 하는 일마다 되는 게 없다는 생각이 들었다. 집에서는 그저 빈둥대기 일쑤고, 밖에 나가면 사소한 목표조차 이루지 못한다.

"어쩌지? 그냥 집에 갈까?"

아직 오전 10시 전. 집에 가봐야 따분하다. 그래서 치히로는 제안했다. "벚꽃 보고 집에 가요. 강가에 벚꽃 많잖아요."

"벚꽃?" 할아버지는 살짝 미간을 찌푸렸다. "아직 남아 있을까?"

"많이 지긴 했는데, 아직 피어 있어요."

할아버지는 별로 내키지 않는 듯했지만, 손녀의 말을 거절할 수는 없었던 모양이다. "그래. 자, 그쪽으로 산책이나 할까?"

드문드문 피어 있는 벚꽃을 이따금 올려다보며 강가를 따라 걸었다. 날씨는 좋았지만 차가운 바람이 불면서 그때마다 벚꽃잎이 팔랑팔랑 떨어졌다.

"떨어진 벚꽃은 금세 더러워지는구나." 할아버지가 중얼거렸다. "가지에 붙어 있을 때는 다들 예쁘다고 난리인데, 땅에 떨어지면 그냥 쓰레기야."

보도에는 누군가에게 짓밟혀 더러워진 꽃잎이 여기저기 뒹굴고 있었다. 강가 산책로에서 꺾어진 길로 한동안 걷다 보니 이발소가 나왔다. 손님은 없는지 출입구가 활짝 열려 있었고, 한 여자가 가게 앞 자잘한 자갈을 갈퀴로 고르고 있었다. 꽤 젊어 보이는 여자였다. 문득 눈이 마주쳤고 여자가 싱긋 웃으며 "안녕하세요"라고 말했다. 치히로도 같은 인사로 답했다.

"여기서 이발할까?" 할아버지가 멈춰 섰다. "가끔은 다른 데서 해보는 것도 좋지." 치히로는 "그래요. 모처럼 나왔는데"라며 고개를 끄덕였다.

여자 혼자 운영하는 이발소인 듯했다. 『코로코로 코믹』은 없었지만 『맛의 달인』이 잔뜩 있어서 시간 보내기에 좋을 듯싶다. 할아버지는 세 개 있는 좌석 중 가운데 자리로 안내받았다. 여자 이발사가 "손님, 여기 처음 오시죠? 이 동네 사시나요?"라고 묻자 할아버지는 "네, 걸어서 남쪽으로 10분쯤, 파출소와 주유소가 있는 그 근처에 사는데, 단골 이발소가 임시 휴업이라서요"라고 설명했다. 단골 이발소가 따로 있다고 하는 이유는 나중에 다시 안 오더라도 신경 쓰지 말라는 뜻을 전하고 싶은 거겠지, 라고 치히로는 생각했다.

이발사는 수다 떨기를 좋아하는지, 할아버지의 머리를 감기는 동안 자신이 이혼하면서 이 가게를 전남편에게서 빼앗았다는 이야기를 명랑하게 하더니, 수염을 면도할 때는 예전에 미용실에서 일한 적도 있지만 남자 손님을 상대하는 이발소가 정신적으로 피곤하지 않아 좋다고 이야기했다. 할아버지는 별로 물어볼 게 없었는지 "음" 또는 "저런" 같은 대답만 했다.

이발사는 할아버지의 어깨를 주무르기 시작했다. 할아버지가 시원한지 "아아" 하며 몇 번 탄성을 질렀다.

"머리는 어떻게 해드릴까요? 과감히 짧게 잘라드릴까요?" 이발사가 어깨를 주무르며 묻자 할아버지는 머리를 흔들며 "으음……" 하고 대답했다. 거울로 보니 할아버지는 눈을 감고 입을 조금 벌리고 있었다. 반쯤 잠든 것 같았다. 이발사가 이발기를 꺼내 "그럼, 이걸로 깎습니다"라고 재차 확인하자 할아버지는 또 "음……" 하고 대답하며 고개를 끄덕였다.

잔디깎이 같은 소리가 난다 싶더니 할아버지의 머리카락은 순식간에 깎여나갔다. 흰색과 검은색이 뒤섞인 머리카락이 우수수 떨어진다. 치히로는 저러다가 빡빡머리가 되는 건 아닌지 조금 걱정됐지만, 이발사가 능숙하게 이발기를 다루는 데다 할아버지도 불평하지 않아서 『맛의 달인』을 계속 읽기로 했다.

"자, 끝났습니다"라는 이발사의 목소리에 치히로는 고개를 들었다. 거울에 비친 할아버지는 고교 야구 선수 같은 빡빡머리 그 자체였다. 하지만 할아버지는 백발이 많아서 희끗희끗한 머리였다.

할아버지는 역시 잠들었던 모양이다. 이발사가 다시 한번 "끝났습니다"라고 하자 그제야 눈을 떴다. 그리고 거울에 비친 자기 모습을 본 할아버지는 입이 떡 벌어졌다.

"이게…… 뭐……."

"정말 잘 어울리세요."

이발사는 싱글벙글 웃고 있다. 이 손님의 머리 모양은 이것 밖에 없다는 자신감 넘치는 태도였다.

"……누가 이렇게 하라고 했소?"

"어머." 이발사는 뜻밖이라는 듯 조금 얼굴이 어두워졌다. "과감히 짧게 잘라도 되겠냐고 했더니 좋다고 하셨고, 이발기로 깎아도 되냐고 했을 때도 좋다고 하셨는데요, 그죠?"

여자는 마지막에 "그죠?" 하며 치히로를 돌아보았다. 거울 속 할아버지와 눈이 마주쳤다. 굉장히 무서운 표정이었다. 할 수 없이 치히로는 고개를 끄덕였다.

"내가 그런 말을 했어?" 할아버지의 확인에 한 번 더 고개를 끄덕였다. 할아버지는 다시 한번 거울을 보더니 그대로 얼어붙었다. 마치 넋이 나간 듯했다.

돌아오는 길에 할아버지는 줄곧 말이 없었다. 더구나 치히로는 신경도 안 쓰고 빠른 걸음으로 성큼성큼 걷고 있다. 치히로는 무슨 말을 해야 하나 고민했지만, 아무 말도 떠오르지 않아 할 수 없이 종종걸음으로 따라갔다.

집에 가자 할머니가 깜짝 놀라며 "어머, 머리가 왜 그래요?"

라고 물었지만 할아버지는 "나도 몰라!" 하고 고함치더니 침실로 들어갔다. 치히로가 사정을 설명하자 할머니는 어처구니없다는 듯 한숨을 내쉬었다.

"할아버지, 혹시 치매인가?"

"그냥…… 잠결에 그러신 것 같은데."

"아무리 그래도 그렇게 건성으로 대답하다니, 좀 이상하네."

"어깨를 주물러주니 기분 좋아지셔서 깊이 잠든 게 아닐까요?"

"그렇다고 빡빡머리가 되도록 몰랐단 말이야?"

할머니는 그렇게 말하고는 다시 한번 한숨을 내쉬었다.

오후에 치히로는 할머니와 함께 백화점에 갔다. 외출할 때 할머니는 할아버지에게 함께 가자고 했지만 할아버지는 뿌루퉁하게 "안 가!" 하고 대답했다. 집을 나오자마자 할머니가 말했다. "왜 저런다니. 자기 탓인데 남한테 화풀이나 하고."

치히로는 일단 사양했지만 그래도 할머니가 옷을 사준다고 해서, 청바지와 베이지색 라이더 재킷을 골랐다. 그리고 백화점 안 레스토랑에서 함께 파르페를 먹었다.

"곧 할아버지 생신 아니에요?"

분명 열흘 정도 지나면 할아버지 생신이다. 아쉽게도 그때쯤이면 치히로는 이곳에 없다.

"할아버지는 선물 뭐 받고 싶냐고 물어도 필요 없다는 사람이야." 할머니는 웃다가 잠시 생각에 잠기더니 말했다. "치히로, 네가 선물 좀 골라줄래? 치히로가 주는 선물이라고 하면 의외로 기뻐하실지도 몰라."

"제가 골라도 돼요?"

"그럼."

"뭘 좋아하실까."

"글쎄. 그 양반 게으름뱅이니까 운동복 어떠니?"

운동복이라. 치히로는 할아버지가 위아래로 운동복을 입고 산책하는 모습을 상상해보았다. 운동복에 그 삭발은 뭔가 이상했다. 하지만 손녀가 고른 선물을 받으면 조금은 기분이 풀어지지 않을까 싶어서, 어쨌든 뭔가 골라 보기로 했다.

남성복 매장을 둘러봤지만 할아버지에게 어울릴 만한 옷은 발견하지 못했다. 포기하려던 그때, 침구 매장에서 치히로는 그것을 발견했다.

어딘가 낯익은 남색 유도복 같은 옷에 눈길이 갔다. 마네킹이 입은 모습은 조금 이상했지만 할아버지라면 어울릴 것 같다. 운동복보다는 훨씬 좋은 선물이 될 듯싶다.

"뭐? 사무에?" 할머니는 그렇게 말하더니 "뭐 괜찮으려나. 근데 할아버지가 입으면 거의 스님 같겠네"라며 웃었다.

"저걸 사무에라고 해요?"

"그래. 뭐 옛날부터 스님들이 입던 일본식 작업복이라고 해
야 하나."

할머니는 가격표와 함께 붙어 있는 상품 태그에 인쇄된 글자
를 보여주었다. 할머니도 딱히 반대하지 않아서 할아버지 생일
선물이 결정됐다. 내친김에 사무에와 어울리는 남색 버선과 조
리도 샀다.

집에 와서 선물을 건네자 할아버지는 처음에 "그런 거 안 줘
도 되는데"라며 살짝 얼굴을 찡그리더니, 내용물이 사무에라는
걸 알고는 더 당혹스러워했다. 하지만 치히로가 골랐다는 말이
생각났는지 "고맙다"라며 웃었다. 조금, 아니 몹시 애써 웃는
표정이었다.

할아버지는 침실에서 사무에로 갈아입고 거실로 나왔다.

보자마자 할머니는 "어머, 괜찮네"라고 말했다.

"그래?" 할아버지는 싫지 않은 듯 옷깃을 잡아당기고 소매를
끌어당겼다.

"어울리네, 어울려. 그치, 치히로?"

"네. 예전부터 입던 옷 같아요."

"그런가?"

막상 입어 보니 마음에 드나 보다. 할아버지는 조금 쑥스러운 듯 배시시 웃었다. 할머니가 "치히로가 골랐을 땐 장난인 줄 알았는데…… 잘 어울리긴 하네"라며 감탄했다.

할아버지는 거실에서 나가더니 한동안 돌아오지 않았다. 치히로가 궁금해서 가봤더니, 세면대 거울 앞에서 옆으로 돌아보기도 하고 옷깃 모양을 조절하고 있었다.

그러더니 "잠깐 요 근처 좀 걷다 올게"라는 말을 남기고 할아버지는 밖으로 나갔다. 치히로에게 같이 가자고 하면 따라나서려고 했는데, 할아버지는 혼자서 부리나케 나가버렸다.

1시간쯤 지나 할아버지가 돌아왔다. 주방 식탁에서 집에서 가지고 온 휴대용 게임기로 놀고 있던 치히로 맞은편에 앉더니 "아, 이런" 하고 혀를 찼다. 거칠게 앉다가 아차 싶어서 반성하는 듯했다.

"이야, 오랜만에 실컷 걸었어."

할아버지가 싱글벙글 웃는 얼굴로 말했다.

"어디까지 갔어요?"

"한 정거장 떨어진 곳까지 갔어. 이걸 입으니 왠지 몸을 움직이고 싶어서 말이지. 이 옷에 이 머리를 하고 있으니, 가끔 모르는 사람이 인사를 해."

"스님인 줄 알고?"

"그런가 봐. 난감하네."

하지만 할아버지의 얼굴은 난감했다기보다 기뻤던 것처럼 보였다. 그러더니 할아버지는 노트북을 열고 뭔가를 하기 시작했다. 치히로가 살짝 화면을 들여다보니, 사무에 대해 조사하는 듯했다.

"치히로. 선종이라고 아니? 불교의 하나인데."

"좌선하는 그 선종이요?"

"오, 알고 있니?"

"이름만요."

도서관에서 빌린 역사 학습 만화에서 본 적이 있지만, 누가 전파했고, 어떤 특징이 있는 불교인지는 깨끗이 잊어버렸다.

"사무에서 사무란 말이지. 청소, 잡초 뽑기, 밭일처럼 몸을 움직이는 일을 말한단다. 최선을 다해 그런 작업에 몰두하는 것도 중요한 수행이라고 본 거지."

"그렇구나."

이때 한 이야기는 그게 다였지만, 할아버지의 내면에서는 뭔가 변화가 일어난 듯했다. 그 사실은 밤에 할아버지가 목욕할 때 알았다.

할머니가 "치히로, 할아버지에게 좋은 선물을 해줘서 고맙다"라며 차를 타주었다.

"그런가?" 하고 무심하게 대답하자 할머니는 치히로를 진지하게 바라보며 고개를 끄덕였다.

"글쎄 할아버지가 현관 신발을 가지런히 정리해놨지 뭐니. 결혼해서 단 한 번도 그런 적이 없었는데."

이튿날 아침, 치히로는 창밖에 인기척을 느끼고 잠이 깼다. 커튼 밖은 이미 날이 밝았다. 벽시계를 보니 아침 6시 반. 다시 잘 기분은 아니어서 일어나기로 했다.

커튼을 열고 밖을 보니, 할아버지가 사무에 차림으로 목장갑을 끼고 쭈그리고 앉아 작은 정원의 잡초를 뽑고 있었다. 뽑은 잡초는 한군데에 모아놔 작은 산을 이루고 있었다.

창문을 열자 할아버지가 돌아보았다.

"잘 잤니? 할아버지 때문에 깼어?"

"안녕히 주무셨어요. 아침부터 왜 잡초를 뽑고 계세요?"

할아버지가 일어서면서 작은 신음과 함께 허리를 폈다.

"이유랄 게 뭐 있냐, 요즘 운동 부족이라서 말이지. 이왕 움직이는 거 뭔가 정리하면 일석이조 아니겠니. 날씨도 꽤 좋고."

할아버지 말대로 하늘은 쾌청했다. 사무에가 예상보다 훨씬 더 할아버지의 무언가를 달라지게 한 듯하다.

"할아버지, 도와드릴까요?"

"아니, 다 끝나가니 괜찮다."

할아버지는 그렇게 말하더니 다시 쭈그려 앉아 잡초를 뽑기 시작했다. 마치 자신의 즐거움을 빼앗기고 싶지 않다는 모습이었다.

치히로가 옷을 갈아입고 밖으로 나가자 할아버지는 녹슨 대형 삽으로 에어컨 실외기 근처에 구멍을 파기 시작했다. 어제까지만 해도 정원은 라벤더와 페퍼민트 같은 허브류를 심은 길쭉한 화단과 붉은 잇꽃을 심은 것 외에는 잡초투성이였는데, 지금은 몰라보게 깔끔해졌다. 치히로는 산처럼 쌓인 잡초를 보고, 할아버지는 대체 몇 시에 일어난 건지 궁금해졌다.

구멍을 파고 있는 할아버지의 이마에는 땀방울이 송골송골 맺혀 있었다. 약간 숨이 가빴지만 표정은 즐거워 보였다.

"할아버지, 잡초 파묻어요?"

"그래. 내다 버리지 않아도 되고, 이렇게 하면 흙으로 돌아가니까."

"잡초도 사라지고 땅도 비옥해지고, 일석이조네요."

"바로 그거야."

거들만 한 일이 없는 듯해서 치히로는 화단에 물을 주기로 했다.

오전에 할아버지는 혼자서 여러 가지 일을 했다.

큰 페트병을 잘라 작은 양동이 같은 통을 만들더니 할머니에게 건넸다. "이제 음식물 쓰레기는 여기에 버려둬. 내가 매일 아침 땅에 묻을 테니까." 할머니가 "그러면 밖에서 냄새 안 나려나?" 하고 물으니 "무슨 소리야. 흙 속 미생물이 다 분해해서 냄새날 일 없어. 다 알아보고 하는 거니까 걱정하지 마. 당신이 싱크대에 며칠씩 내버려 두는 게 훨씬 더 냄새 고약해"라고 대답했다.

그러더니 할아버지는 할머니가 평소에 청소를 하지 않는다고 생각되는 커튼레일과 에어컨 윗부분, 형광등 따위를 청소포로 닦았다. 그러고 나서 목욕탕 배수구도 청소했다. 또 옷장 서랍 바닥에 양초를 문질러 매끄럽게 열리게 하고, 신발 상자 안에 넣어둔 신발에 동그랗게 만 신문지를 넣어두었다. 신발에 신문지를 넣어두면 탈취와 제습 효과가 있다고 한다.

할아버지가 하는 일은 평소 할머니가 하지 않는 일들이어서 할머니도 참견하지 않았다. 할아버지는 자신만이 할 수 있는 일을 찾아 실행하는 듯했다. 아무튼 일거리를 찾아 처리해가는 모습은 그동안 보아왔던 할아버지와는 거의 다른 사람이었다.

할머니가 쓴웃음을 지으며 치히로에게 슬그머니 속삭였다. "해가 서쪽에서 뜰 일이네. 작심삼일로 끝나지 않으면 좋으련만." 농담처럼 들렸지만 가늘어진 눈과 살짝 올라간 입매를 보니 할머니는 틀림없이 기뻐하고 있었다.

점심을 먹는데 거실 전화기가 울렸다. 전화를 받고 나서 식탁으로 돌아온 할머니는 얼굴을 찌푸렸다. "이걸 어쩌나……."

"왜, 무슨 일인데?" 할아버지가 물었다.

"오후 2시에 약속이 있다는 걸 깜빡했어." 할머니가 그렇게 말하더니 치히로를 보며 설명했다. "지역 신문의 수필 기고자 모임이야."

할머니는 가끔 신문에 수필을 기고하는데, 지금까지 열 번 넘게 신문에 실렸다. 신문에 실린 수필은 오려내서 클리어 파일에 철해 놓았기 때문에 치히로도 읽은 적이 있다. 계절감 있는, 사소한 일상을 적은 글들이 많았다.

"가면 되잖아?"

할아버지가 말하자 할머니는 콧등을 찡그리며 손을 저었다.

"가고 싶은데, 자치회 모임이랑 겹치거든."

"아, 그거?" 할아버지는 입으로 가져가던 젓가락을 멈추더니 잠시 생각에 잠겼다. "그럼, 자치회 모임은 내가 갈까?"

"응?" 할머니는 어안이 벙벙해진 얼굴이었다. "괜찮겠어요?"

"뭘 그리 놀라나. 대단한 모임도 아니면서."

"그야 그렇지만…… 정말 가게요?"

"그래. 딱히 가고 싶은 건 아닌데, 별수 없잖아."

"여태 당신이 그런 지역 모임 같은 거 싫다고 해서……."

"그럼 가지 마?" 할아버지가 가로막듯이 말했다. "아니면 가길 바라는 거야? 어느 쪽이야?"

"아, 그럼 부탁해요. 기껏해야 30분 정도 할 거예요."

할머니는 기쁜 듯 두 손을 맞잡았다.

자치회는 근처 마을회관에서 열렸다. 마을회관이라고는 하지만, 조립식 주택보다는 튼튼한 정도의 건물로, 꾸역꾸역 스무 명 정도 앉을 수 있는 다다미방 하나만 있는 시설이었다.

치히로는 마을회관 바로 앞에 있는 작은 아동공원에서 시간을 보냈다. 그네와 철봉, 미끄럼틀만 있는 작은 공원으로, 그네를 타면 금속이 긁히는 소리가 났다.

공원에 먼저 온 사람은 젊은 엄마와 세 살쯤 된 여자아이뿐이었다. 젊은 엄마는 벤치에 앉아 휴대폰으로 누군가와 수다를 떨면서 가끔 크게 웃어댔다. 여자아이가 치히로와 놀고 싶어 하는 표정으로 다가왔기에, 치히로는 아이가 미끄럼틀 계단을 오를 때 넘어지지 않게 보살피고, 그네에 태워 등을 밀어주기도 했다.

마을회관은 여닫이문이 조금 열려 있어서 자치회에서 주고

받는 이야기가 들려왔다. 나이 든 남자와 여자가 예닐곱 명 있는 듯했다. 누군가가 무슨 말을 하면 다른 사람들이 소곤소곤하다가 "네, 이의 없습니다"라고 대답하기를 되풀이하는 것 같았다.

잠시 후 "다른 의견 없으시면, 이것으로 끝내겠습니다"라는 목소리가 들려왔고, 다 같이 또 "이의 없습니다" 하는가 싶더니 "아, 잠시만요" 하고 귀에 익은 목소리가 들려왔다. 여닫이문 너머로 안을 들여다보니 할아버지가 자리에서 일어나 있었다.

"주민 친목을 도모하기 위해 봄 학군 소프트볼 대회 참가, 중앙마을회관 문화제, 가을 학군 운동회와 골프 대회, 그리고 어린이 축제를 올해도 개최하는 것에는 이의가 없습니다만, 그 뭐냐, 다른 동네에서는 하지 않는 뭔가를 할 수는 없을까요?"

"뭔가라니, 예를 들어 어떤 걸 말씀하시는 거죠?" 약간 쏘아붙이는 듯한 여자 목소리가 들려왔다.

"당장 생각은 안 나지만, 연례행사는 전부 일회성으로 그치는 것들 아닙니까. 그런 행사만으로는 주민들 간에 교류가 잘 이뤄질지……."

"저기, 오노 씨라고 하셨죠?" 남자 목소리가 들려왔다. "오노 씨는 지금까지 지역 활동에 참여하신 적이 없어서 잘 모르시나 본데, 우리는 그런 행사를 통해 서로 얼굴과 이름을 익히고,

길에서 만나면 웃으며 인사하게 됐습니다. 다른 동네와 똑같은 행사라는 건 맞는 말이지만, 주민 교류라는 목적은 충분히 달성하고 있다고 봅니다. 어린이 축제 때는 바비큐 파티도 하고, 이웃과 함께 술 마시며 이야기도 나누고요."

"아, 저기…… 죄송합니다, 트집을 잡으려는 건 절대로 아닙니다." 잠시 분위기가 쥐 죽은 듯 조용해졌다.

"그러면." 머리가 반들반들하고 나이가 제법 들어 보이는 남자가 말했다. "오노 씨, 좋은 아이디어 있으면 나중에라도 좋으니 저한테 말씀해주시겠습니까? 매번 자치회를 열지 않아도 제가 임원들에게 직접 전달할 수 있으니까요. 그러면 어떠세요?"

아까 할아버지에게 꽤 매섭게 말한 남자가 "그 부분은 회장님 판단에 맡기겠습니다"라고 고개를 끄덕였지만 바로 말을 이어갔다. "그런데 예산은 어쩌죠? 오노 씨가 어떤 신규 사업을 구상하시는지 모르니, 파악이 안 되는데."

"아, 예산은 걱정하지 마세요. 돈 들어가는 일 아니니까."

"예산 없이 괜찮으시겠어요?"

"비용이 얼마 안 들면 자비로 충당하겠습니다."

저런 말을 하다니, 할아버지 괜찮으실까. 치히로는 그네를 타고 있는 여자아이의 등을 밀며 나중에 창피를 당해서 다시 은둔형 외톨이가 된 할아버지의 모습을 상상하고 말았다.

자치회를 끝내고 마을회관에서 나온 할아버지는 "자, 이제 지역 발전을 위해 뛰어볼까?" 하고 웃으며 손을 비벼댔다. "치히로, 할아버지 좀 도와줄 거지?"

"뭘 하는데요?"

"사실 어제 산책할 때, 어떤 걸 보고 생각한 게 있거든." 할아버지가 다시 그곳에 간다고 해서 치히로도 같이 가기로 했다.

멈춘 그네에 여전히 타고 있는 여자아이에게 "안녕" 하고 손을 흔들자, 그 아이도 살짝 아쉬운 표정으로 손을 흔들었다. 아이의 엄마는 아직도 휴대폰으로 누군가와 수다를 떨고 있었다.

그곳은 10분 정도 걸어가면 나오는 주택가에 있는 집이었다. 치히로가 그것을 보고 "와, 멋지다!"라고 말하자 할아버지는 "그치?"라며 뿌듯해했다.

콘크리트 담장으로 둘러싸인 2층집이었다. 집 자체는 흔히 볼 수 있는 형태였지만, 외관은 완전히 달랐다. 꽃으로 가득했다. 콘크리트 담장은 물론 집 외벽에도 작은 도자기 화분들을 철사로 가득 매달아 놨다. 그야말로 마치 공간이 비좁다는 듯 알록달록한 꽃들이 서로 경쟁하듯이 담장과 벽을 가득 채우고 있다. 튤립, 제비꽃, 진달래, 장미, 스위트피, 마거리트 등 치히로가 알고 있는 꽃도 있었지만, 이름을 모르는 꽃들이 훨씬 많았다.

대체 화분은 몇 개일까. 치히로는 손가락으로 가리키며 세다가 중간에 까먹고 말았다.

"어제 여기를 지나다가 생각했어. 우리 동네 전체를 이렇게 꽃으로 가득 채운다면 분명 굉장할 거라고."

"동네 집들을 전부 이렇게 꾸민다는 거예요?"

"그래. 꽃으로 꾸미는 일 자체가 중요한 게 아니야. 온 동네가 함께 꾸미면서 더욱 돈독해진다고나 할까."

그건 불가능해요, 하기 싫다는 사람도 있을 테고, 라고 하려던 말을 치히로는 삼켰다. 지금의 할아버지라면, 어쩌면 어떻게든 해낼지도 몰라.

"아무튼 이 집 사는 사람에게 이야기를 들어볼까 해. 어떻게 관리하는지, 비용은 얼마나 들었는지, 그런 정보를 알아둬야 할 테니까."

할아버지는 대문을 열고 부지 안으로 들어가 현관 초인종을 눌렀다. 문패에는 '기도'라고 적혀 있었다.인터폰에서 "누구세요?"라는 남자 목소리가 들려왔다.

"아, 저는 오노라고 합니다. 이 근처에 사는 사람인데, 이 댁 꽃에 대해 좀 가르쳐 주실 수 있을까 해서요……."

"잠시만요"라고 대답한 뒤 밖으로 나온 기도 씨는 할아버지

또래로 보이는, 얼굴이 네모난 사람이었다. 체격이 좋은 데다 할아버지보다 키도 좀 크고 얼굴도 우락부락했다.

"이렇게 불쑥 찾아와서 죄송합니다."

고개를 숙이고 나서 할아버지는 자신의 이름과 주소를 말하고 치히로를 손녀라고 소개한 다음, 가능하면 우리 동네를 이렇게 꽃으로 가득 채우고 싶은데 관리법과 비용, 화분 매다는 법을 알려주십사 부탁했다. 기도 씨는 입을 떡 벌리고 듣더니 쓴웃음을 지으며 혀를 찼다.

"오노 씨라고 하셨죠?"

"네."

"꽃을 키워본 적은 있으신가요?"

"아뇨, 완전 초보라서……."

"역시 그러시군요." 기도 씨는 의미심장하게 고개를 끄덕였다. "이렇게 많은 꽃을 키우려면 그만큼의 지식과 노력, 상당한 비용이 필요해요. 파종 시기도 제각각이고, 꽃마다 알맞은 흙을 골라야 하고, 벽에 걸린 것들은 사다리로 올라가 매일 물을 줘야 합니다. 꽃을 좋아하는 사람이 자기 집을 이렇게 꾸미고 싶어 한다면 이해가 가지만, 동네 사람들에게도 똑같은 일을 강요할 수는 없다고 봅니다."

"네……."

"하기야 마을 전체를 이렇게 꾸민다면 참 아름다울 겁니다. 여기저기 소문이 날 테고, 많은 사람이 보러 와 동네에 활기가 넘치겠죠. 하지만 현실적으로 불가능합니다. 꽃을 잘 모르시는 분이기에 가능한 재미있는 발상이긴 한데, 비현실적인 일이라고 봅니다."

"……그렇군요." 기도 씨는 조금 말이 지나쳤다고 생각했는지 치히로를 보며 쓴웃음을 짓더니 "야박하게 말씀드려 죄송합니다. 뭐 꽃에 대해 궁금하신 게 있으면 언제든 알려드리겠습니다"라고 덧붙였다.

집으로 가는 동안 할아버지는 줄곧 말이 없었다. 치히로도 무슨 말을 해야 할지 몰라 할아버지의 등을 보며 걸었다.

집에 거의 다 왔을 때 할아버지가 불쑥 말했다.

"그래도 이 삭막한 동네를 어떻게든 하고 싶은데."

할아버지는 아직 포기하지 않은 듯했다. 치히로는 조금 마음이 놓였다. 할아버지가 말을 이어갔다.

"그래, 기도 씨네를 따라 할 필요는 없어. 하기에 따라서 어떻게든 될 거야, 그치, 치히로?"

치히로는 조건반사적으로 "네"라고 대답했지만 '그런 방법이 있을까?' 하고 마음속으로 고개를 갸웃거렸다.

집에 온 할아버지는 바로 컴퓨터를 켜고 인터넷으로 검색하기 시작했다. 치히로가 들여다보자 할아버지는 "노력과 비용을 많이 들이지 않으면서 동네를 꽃으로 가득 채우는 방법을 알아보는 거야"라고 설명했다.

"있으면 좋겠어요."

"있을 거야. 기도 씨는 지식과 노력, 비용이 많이 필요하다 했지만, 그건 그 사람 집처럼 다양한 꽃을 장식하기 때문이야. 그래서 할아버지는 지식이 없어도, 노력과 비용을 많이 들이지 않아도 잘 자라는 꽃을 선택하면 되지 않을까 생각한 거야."

치히로는 그 말을 듣고 별생각 없이 말했다. "나팔꽃 같은 거요?"

키보드를 두들기고 있던 할아버지는 손을 멈췄다.

"나팔꽃이라. 나팔꽃은 키우기 쉽니?"

"아마도요. 초등학교 1학년 과학 시간에 한 사람당 한 화분씩 키울 정도였으니까, 튼튼한 식물 같아요."

"오호."

"우리 집 근처 공원 같은 데서 나팔꽃이 막 멋대로 자라서 그 씨앗이 떨어지고, 다음 해에 더 많아져요. 작년에는 철조망에 나팔꽃이 잔뜩 타고 올라왔어요."

"그러니까 까다롭지 않고 튼튼한 식물이라서 거의 손대지 않아도 된다는 거구나."

"그럴 거예요. 게다가 나팔꽃은 지금이 씨 뿌릴 때예요. 꽃은 7월부터 10월인가 11월까지 피고요."

"나팔꽃이라……."

할아버지는 인터넷에서 나팔꽃에 대해 이것저것 검색했다. 그 결과, 치히로의 말대로 키우는 데에 큰 노력과 비용이 들지 않는다는 사실을 확인했다.

"할아버지, 나팔꽃 괜찮지 않아요? 기도 씨네 집처럼 화분을 벽에 걸지 않아도 나팔꽃은 알아서 덩굴이 뻗어나가니까, 위에서 그물만 매달면 되고."

"그래. 나쁘지 않네. 처음에는 해바라기로 할까 했는데, 너무 흔하긴 해." 할아버지는 턱을 쓰다듬었다. "나팔꽃이라면 화분과 흙, 그물 비용이 문제구나. 이 근처 흙에서도 꽃들이 잘 자라는 것 같으니 흙이라면 이웃들의 협조를 얻으면 어떻게든 될 것 같은데, 화분과 그물은 사야겠어."

"100엔 가게에 있어요."

"에이, 설마."

"정말이에요. 엄마가 텃밭 가꾸느라 가끔 사는걸요."

"텃밭이라니, 너희 집은 아파트잖아?"

"베란다에 있어요, 베란다. 100엔 가게에서 산 화분에 방울토

마토 같은 걸 키우거든요. 그물은 비둘기나 까마귀를 막기 위해 치고요.”

“아하.” 할아버지는 감탄한 듯했다. “그러면 의외로 싸게 완성할 수 있을 것 같구나.”

“그러게요.”

하지만 할아버지는 잠시 생각에 잠긴 얼굴로 말이 없더니 “나팔꽃은 아침에만 피잖아”라고 말했다.

“맞아요. 나팔꽃(朝顔)은 아침에 피는 꽃이고, 낮에 피는 건 메꽃(昼顔), 저녁에는 박꽃(夕顔).*”

할아버지는 별안간 손바닥을 탁 마주쳤다.

“박꽃이다, 박꽃.”

“왜요?”

“아침에는 다들 직장이나 학교에 가느라 꽃이 피어도 볼 여유가 없잖아. 하지만 박꽃이라면 괜찮아.”

“아…… 그럴지도.”

“잠깐 상상해봐, 치히로. 직장이나 학교에서 돌아왔는데 동네에 들어서면 여기저기 박꽃이 피어 있는 거야.”

치히로는 그 광경을 머릿속에 그려보았다.

---

* 일본어로 나팔꽃, 메꽃, 박꽃은 각각 아침 얼굴, 낮 얼굴, 저녁 얼굴이라는 뜻이다.

저녁 식사 전, 박꽃에 물을 주는 아주머니. 푸르스름한 박꽃 덩굴과 잎이 울타리와 집 벽을 덮고 있다. 잎에 맺힌 물방울이 저물어가는 석양빛을 받아 반짝반짝 빛나고 있다. 이웃끼리 서로의 집에 핀 박꽃이 얼마나 빛깔이 곱고 잘 자랐는지 칭찬한다. 놀다가 들어온 아이, 학원에서 돌아온 아이, 동아리 활동을 마치고 집에 온 아이들 그리고 퇴근하고 온 아저씨와 아주머니들을 박꽃이 반갑게 맞아준다. 비록 말은 못 하지만 박꽃은 피어 있는 것만으로도 "어서 오세요"라고 말하는 것처럼 보인다.

"박꽃 좋네요. 나팔꽃보다 박꽃이 나을 것 같아요."

"그치?"

"까마귀가 울어서 집에 가는 게 아니라* 박꽃이 피어서 집에 가는 거네요."

"그래, 그거야."

박꽃이라면 어떻게든 될 것 같아. 치히로도 조금 가슴이 두근거렸다.

저녁 식사 후 할아버지는 소파에 누워 TV를 보다가 나지막이 코를 골기 시작했다. "어두워질 때까지 뛰어놀던 어린 시절

---

* 100여 년 된 일본 동요 '저녁노을(夕焼け小焼け)'에는 "까마귀와 함께 돌아가자"라는 가사가 있다. 저녁이 되면 무리 지어 울면서 둥지로 돌아가는 까마귀의 습성과 이 가사가 뒤섞이면서, '까마귀가 울어서 집에 간다'라는 의식이 자연스레 생긴 일본인이 많다.

로 돌아간 것 같네" 하고 할머니는 웃으며 담요를 살짝 덮어주었다.

이튿날 아침, 할아버지는 자치회 회장 집을 방문해 계획을 설명하고 대략적인 동의를 얻었다. 자치회에서 예산은 나오지 않는 대신 화분이나 흙을 제공해줄 수 있는 사람들을 회람판이나 전단 배포를 통해 모집하기로 했다. 그러나 박꽃 작전을 수행하는 곳은 마을에서 할아버지 집을 포함한 10반(班) 범위로 한정됐다. 마을에는 1반에서 10반까지 있는데, 반마다 열다섯 가구 정도가 산다. 다른 반 임원들을 설득하기 힘들다는 것이 그 이유인 듯했다. 할아버지는 "괜찮아. 10반에 박꽃이 가득 피면, 그것만으로도 아주 볼만할 거야"라고 말했다.

할아버지는 컴퓨터로 전단을 만들었다. '박꽃 작전에 협력해주세요'라는 제목으로, 흙과 화분 제공을 호소하는 내용의 전단을 만들었는데, 글자만 있는 전단은 별로 인상적이지 않아서 인터넷에서 박꽃 이미지를 찾아 알록달록 잔뜩 피어 있는 사진을 넣었다. 할아버지 집에는 컬러 프린터가 없어서, 할머니랑 같이 훌라댄스를 배우는 지인 집에서 한 장만 인쇄한 뒤 편의점에서 잔뜩 복사했다.

오후부터 치히로는 할아버지와 분담해 마을 우편함에 전단을 넣으러 다녔다. 그다음 두 사람은 100엔 가게와 대형 할인점을 돌며 흙과 화분, 그물의 재고와 금액을 확인했다.

할아버지와 함께 걸어가는데 모르는 사람이 몇 번 인사를 했다. 우연히 눈이 마주쳐서가 아니라 할아버지를 스님으로 오해한 듯싶었다. 할아버지는 그 오해가 싫지 않은지 "안녕하세요"라고 웃으며 인사를 건넸다.

"조리를 신고 걸으면 말이야." 할아버지는 천천히 말했다. "길이라는 것의 고마움을 알게 돼. 한 발 한 발 땅을 딛으며 걷는 느낌을 오랜 신발 생활 탓에 잊고 있었어."

치히로는 정확히 이해할 수는 없지만, 할아버지가 사무에를 입으면서 전에는 그냥 지나쳤던 것들에도 관심을 두는 사람이 된 건 분명해 보였다.

집에 돌아와 할아버지가 깎아준 사과를 간식으로 먹었다. 할아버지가 화장실에 가자, 안마봉으로 어깨를 두드리며 통신판매 잡지를 보고 있던 할머니가 "이제는 사과를 다 깎네"라며 반쯤 어이없다는 표정으로 말했다.

그 뒤 치히로는 할아버지와 함께 10반에 사는 집들을 돌기로 했다. 양쪽 이웃집처럼 서로 잘 아는 집은 뒤로 미루고, 먼 집부터 방문하기로 했다.

처음 초인종을 누른 집은 키가 큰 침엽수로 둘러싸인 2층집이었다. 보이지는 않지만 집 옆에 경비견이 있는지 맹렬히 짖어대고 있었다.

밖으로 나온 사람은 할머니보다 훨씬 젊어 보이는, 검은색 스웨터 차림의 날씬한 아주머니였다. 할아버지가 박꽃 작전에 관해 설명하자 아주머니는 어두운 표정으로 물었다. "화분을 어디에 두죠?"

"아, 기타하마 씨 댁 같은 경우에는 나무 앞에 줄지어 놓으면 어떨까요?."

"그럼, 우리 집 나무에 그물을 걸고 박꽃이 타고 올라가게 하는 건가요?"

"나무가 있으니 그물은 필요 없을지도……."

"그건 아니죠." 아주머니는 약간 무시하듯 웃었다. "이상하잖아요? 우리 집은 나무들을 잘 관리하고 있고, 나름 돋보이도록 신경 쓰고 있어요. 그런데 그 위로 박꽃 덩굴이 휘감고 올라가는 건 좀 그렇네요."

"네……."

"죄송하지만, 박꽃 화분을 두기에 적당한 집을 찾아보시면 어떨까요? 우리 집이 아니라."

"……그러시군요. 이거 실례했습니다." 할아버지는 고개를 숙인 뒤 치히로와 대문 밖으로 나왔다. "그래도 혹시 마음이 바뀌시면 언제든 말씀해주세요. 이 나무들에 박꽃이 가득 피면 꽤 근사할 겁니다."

아주머니는 "안녕히 가세요"라는 말만 하고는 현관문을 닫았다. 치히로가 "안 될 것 같아요"라고 하자 할아버지는 "괜찮아, 이제 시작이야"라며 웃었다.

그 옆집은 흰색 금속 격자 울타리로 둘러싸여 있었다. 초인종 소리를 듣고 나온 조금 통통한 아주머니에게 할아버지가 또 설명했다.

"그건 자치회에서 결정된 사항인가요?"

아주머니는 왠지 망설이는 듯했다.

"아니요, 결정된 사항이라기보다는…… 의무적인 건 아니고, 10반 주민이 힘을 모아 이 거리를 박꽃으로 가득 채우자는 제제안입니다."

"저기, 그렇게 근거가 모호한 이야기를 하시면 쉽게 동의할 수가 없죠. 박꽃은 손이 많이 안 간다고 하시는데, 물 주기만 해도 매일 해야 하는 일이 하나 더 느는 거고, 덩굴이 자라면 2층에서 그물도 쳐야 하고, 잡초가 나면 뽑아야 하잖아요."

"그물 치는 건 말씀만 하시면 도와드리겠습니다. 그리고 화분에서 키우는 거라 잡초도 그렇게까지는……."

"그야 오노 씨는 퇴직하시고 시간이 많으니 그리 말씀하시지만, 우리는 맞벌이인 데다 아이가 내년에 고등학교 시험을 앞두고 있어요. 오노 씨에게는 별일 아닐지 몰라도 우리 집은 달라요."

"네……."

"다른 분들은 뭐라고 하시나요?"

"이제 막 옆집 기타하마 씨 댁부터 설명을 시작한 거라서요."

"기타하마 씨는 뭐하고 하시던가요?"

"그게……." 할아버지는 머리를 긁적였다. "별로 내켜 하시지 않는 것 같아요."

아주머니는 그러면 그렇지, 라는 표정으로 심술궂게 웃었다.

"그럼 먼저 다른 분들의 의향을 확인하고 나서 다시 오시겠어요?"

현관문이 닫힌 후 치히로가 "밥맛 없는 아줌마네요"라고 하자 할아버지는 "그런 말 하면 못써"라며 꾸짖더니 "이건 뭐랄까……. 그동안 마을 행사에 나 몰라라 한 대가인가 보다"라고 중얼거렸다.

골목으로 나오자 검은 개를 데리고 걸어가던 여자아이와 마주쳤다. 치히로 또래의 피부가 하얗고 얌전해 보이는 아이였다. 개가 할아버지와 치히로를 향해 짖어대자 여자아이가 "그만!" 하고 목줄을 가볍게 잡아당겼고 개는 짖기를 멈췄다.

"여기 살아?"

치히로가 아까 거절당한 집을 가리키자 여자아이는 의아한 듯 고개를 끄덕였다.

"몇 학년이야? 난 5학년. 오노 치히로라고 해."

그렇게 말하면서 치히로는 할아버지의 영향으로 자신도 어느새 적극적인 태도가 됐음을 느꼈다. 예전 같으면 모르는 아이에게 갑자기 이런 식으로 말을 걸지는 못했을 텐데.

여자아이는 "4학년"이라고 하더니 잠시 말이 없다가 "기타하마 미즈키야"라고 이름을 밝혔다.

"미즈키, 잠깐 물어볼 게 있는데, 미즈키네 집 주변 나무에 박꽃 덩굴이 타고 올라가 꽃을 잔뜩 피우면 예쁠 것 같지 않아?"

기타하마 미즈키는 잠시 생각에 잠기더니 미소를 지었다.

"크리스마스트리 같겠어."

"크리스마스트리? 그거 괜찮네. 여름 크리스마스트리."

치히로는 손에 든 전단을 한 장 그 아이에게 건넸다.

"가능하다면, 미즈키가 엄마 좀 설득해줄래? 10반이 있는 이 골목을 올여름에는 박꽃이 가득한 곳으로 만들어보고 싶거든."

"그렇게 하면 어떻게 되는데?"

의외의 질문에 치히로는 말문이 막혔다. 그리고 바로 "기적이 일어날 거야, 반드시"라고 엉겁결에 말해버렸다.

"기적? 어떤 기적?"

"글쎄, 어떤 기적인지는 모르겠지만, 크리스마스에는 기적이 일어난다고 하잖아. 그러니까 미즈키네 집에서 여름 크리스마스트리를 만들면 무슨 일이 일어날지도 몰라."

말하자마자 어린애 같은 설명을 했다고 후회했다. 기타하마 미즈키도 살짝 비웃는 표정으로 "그럼 엄마한테 말은 해볼게"라며 무심하게 대답하더니 국도 쪽으로 가버렸다.

"기적이 일어난다……." 할아버지가 웃었다. "그거 좋구나."

그 뒤에도 치히로는 할아버지와 함께 10반 구역을 돌았다. 부재중인 집도 있었지만, 어두워진 뒤 다시 방문해 그날 중으로 열다섯 가구 모두에게 설명할 수 있었다.

결과는 전멸이었다. 대찬성인 사람은 물론 일단 찬성해주는 사람조차 없었다. 다들 그건 곤란하다, 번거로운 일 좀 가져오지 말라는 태도였고, 10반 대다수가 찬성한다면 따르겠지만 그게 아니라면 하고 싶지 않다는 식의 대답이 돌아왔다. 개중에는 더 노골적으로 냉담한 태도를 보이는 사람도 있었다. 어느 집 할아버지는 "그런 일 하고 싶지 않소"라고 단호히 말했고, 다른 집 아주머니는 "모두 똑같은 일을 하자는 생각은 좋아하지 않아요"라며 차갑게 거절했다.

할아버지는 저녁 식사 때 TV 버라이어티 방송을 보며 "저 사람 이름이 뭐더라? 요즘 자주 나오네", "이 토란 잘 삶아졌네. 참 맛있어"라거나, 사무에 소매에 코를 갖다 대며 "오늘은 빨아서 널어둘까 봐"라며 별 의미 없는 말을 주저리주저리 늘어놓았다. 실망감을 감추려는 의도가 분명했고, 치히로는 무슨 말을 건네야 할지 몰라 별것 아닌 말에도 제대로 대꾸할 수 없었다.

잠자리에 들면서 소파에 누워 멍하니 TV를 보는 할아버지에게 "안녕히 주무세요"라고 하자 할아버지는 "어? 그래, 잘 자라" 하고 맥 빠진 대답을 하더니, 방에서 나가려는 치히로를 불러세웠다. "저기 말이다."

"네?"

"우리 집이라도 해보자, 박꽃."

"……그래요."

"좋아, 그럼 내일 화분하고 흙 사러 가자."

"네."

치히로는 갑자기 눈물이 나오려는 걸 꾹 참고 다시 한번 "안녕히 주무세요"라고 말했다.

이튿날 아침에도 할아버지는 일찍 일어나 묵묵히 걸레질을 하고 음식물 쓰레기를 처리했다.

아침밥을 먹고 나자 자치회 회장에게 전화가 걸려 왔다. 친척 조경사가 작업하다 남은 흙을 가져다주겠다고 하는데 어떠냐는 이야기였다. 할아버지는 "고맙습니다. 꼭 부탁드립니다" 하고 보이지도 않는 상대에게 고개를 숙였다.

조경사 아저씨는 생각보다 빨리, 1시간 뒤쯤 찾아왔다. 그리고 할아버지네 부지 안으로 소형 트럭을 들여놓은 뒤 삽으로 짐칸의 흙을 퍼냈고, 화단 앞에 높이 1미터 정도의 작은 언덕 두 개를 남겨놓고 돌아갔다. 그걸 본 할머니가 "어머, 자루에 든 흙이 아니었어? 이걸 다 어째"라고 불평하자 할아버지는 "나도 이렇게나 많을 줄이야……. 그래도 모처럼 가져오셨는데, 필요 없다고 할 순 없잖아"라며 뒷머리를 긁적였다.

대형 할인점과 100엔 가게를 돌며 박꽃 씨앗과 플라스틱 화분 등 필요한 물품을 사들였다. 차가 없는 할아버지는 구매한 물건들을 자전거 짐칸에 싣고 끌고 다녔다. 그물은 덩굴이 자란 뒤에 사도 될 듯싶어 사지 않았고, 대신 덩굴이 짧을 때 감고 올라갈 수 있는 1미터 길이의 지지대를 많이 샀다. 사는 김에 목장갑과 치히로가 사용할 삽도 샀다.

할아버지가 산 박꽃 씨앗은 흔히 볼 수 있는 나팔꽃의 검은색 씨앗과는 달리 하얗고 견과류처럼 큼직했다. 할아버지 말에 따르면, 덩굴이 굵고 튼튼하다고 한다.

삽으로 화분에 흙을 넣고 박꽃 씨앗을 세 개씩 심었다. 화분은 전부 여덟 개를 만들어, 도로에 인접한 산울타리 앞에 늘어놓았다. 조경사에게 받은 흙더미는 조금씩 줄어갔다. 치히로는 부지 바깥쪽에 늘어놓은 화분을 할아버지와 함께 바라보았다.

"치히로, 내일은 집에 가는 날이구나."

"네."

"그럼 오전에 놀이공원에 놀러 가자꾸나. 거기서 바로 기차역에 데려다줄 테니."

"안 그래도 되는데."

"사양하지 말라니까."

"……그럼 갈게요."

"치히로, 어제 기타하마 씨네 아이에게 박꽃으로 기적이 일어날 거라고 했지?"

"그랬죠."

할아버지는 엄지와 검지로 작은 물건을 집는 시늉을 했다. "이런 조그마한 씨앗 한 개가 결국 2층까지 덩굴이 자란단다. 그것만으로도 충분히 기적이야."

"그러고 보니 그렇네요." 고개를 끄덕인 치히로는 마음속으로, 집에서 빈둥댈 줄만 알던 할아버지가 지금 이런 일을 한다는 것 자체가 기적이라고 생각했다.

마음의 소리가 들렸을 리 없을 텐데, 할아버지는 갑자기 "허허허" 하고 웃었다.

이튿날은 공교롭게도 비가 내려 놀이공원에 가기로 한 약속
은 취소됐다. 대신 할아버지, 할머니와 함께 대형 마트에 가서
게임 센터에서 메달 게임을 하고, 파스타 전문점에서 점심을
먹었다.

할머니가 또 옷을 사준다고 해서 치히로는 아동용 사무에를
찾아보았다. 점원에게 물어보니, S 사이즈는 있지만 아동용은
없다고 한다. S 사이즈를 입어 보니 치히로에게 조금 크긴 했
지만, 소매를 걷어 올리면 그럭저럭 입을 만했다. 짙은 남색 사
무에를 입은 모습을 거울에 비춰보자, 자신보다 조금 춧대 있
어 보이는 아이가 그 안에 있는 것처럼 보였다.

치히로가 "이걸로 할게요"라고 결정하자 할아버지가 애매한
웃음을 지으면서도 기뻐하는 듯했다. 할머니는 "정말 괜찮겠
어?"라며 몇 번씩 확인했다.

세 사람은 기차역까지 함께 갔다. 승강장으로 올라갈 때 할
아버지는 에스컬레이터는 쳐다보지도 않고 계단으로 올라갔다.
그것을 본 할머니는 에스컬레이터에 조금 미련이 있는 듯했지
만 치히로와 나란히 계단을 오르기 시작했다.

열차에 탈 때 할아버지가 "치히로, 여러모로 고맙다"라며 사
무에 소매를 손으로 살짝 잡아당겼다.

삭발에 어울리는 꽤 멋진 웃음이었다.

집에 와서 일주일간 있었던 일을 이야기했지만, 아빠나 엄마 모두 할아버지는 치히로 앞에서만 억지로 부지런한 척할 뿐이라며 전혀 믿지 않았다. 할머니가 사준 사무에를 보고 엄마는 "이게 뭐야"라며 미간을 찌푸렸다. 엄마가 허리에 착용하고 있는 코르셋보다 훨씬 멋지다고 말하고 싶었지만, 입 밖에 내지는 않았다.

이튿날, 일요일 정오 무렵에 치히로는 사무에를 입고 히토미가 사는 아파트로 향했다. 신발은 운동화여서 좀 이상했지만, 창피하지는 않았다. 검도복 차림으로 도장까지 자전거로 다니는 아이들은 대부분 운동화를 신는다.

승강기에 타고 있을 때 별안간 심장이 두근두근하더니, 초인종을 누를 때는 목이 바싹 타들어 갔다. 하지만 되돌아갈 생각은 없었다.

인터폰을 받은 히토미 어머니에게 이름을 대고 히토미가 있는지 물었다. 기다리는 동안 심호흡을 했다. 아직 심장이 두근댔지만 '괜찮아, 말할 수 있어'라며 자기암시를 걸었다.

문이 열리더니 히토미가 나와 "그 옷은 또 뭐야?"라며 눈을 동그랗게 떴다.

"그냥 운동복 대신."

"흠." 히토미는 시큰둥한 반응을 보이더니 표정이 밝아졌다.

"아 참, 댄스 교실 신발, 언제 사러 갈 거야?"

치히로는 다시 한번 심호흡을 했다.

"그 얘기 말인데⋯⋯. 네가 춤 배우자고 해서 얼떨결에 그러자고 했지만, 사실 난 춤에 관심이 없어."

히토미의 입이 벌어졌다.

"아, 그랬어?"

"응. 같이 배우자고 약속했는데 미안, 난 아무래도 그만둬야겠어. 전화로 말하려다 이런 말은 직접 하는 게 좋을 것 같아서."

"⋯⋯."

히토미는 갑자기 무서운 표정을 지었다.

"미안, 히토미."

"뭐 괜찮아. 왠지 그럴 것 같았어."

히토미는 그 말을 하자마자 문을 쾅 닫고 사라졌다. 그러더니 문을 잠그고 체인 거는 소리가 연이어서 들려왔다.

역시 화났어. 하지만 왠지 모르게 화해할 수 있을 듯한 기분이 들었다. 히토미는 성미가 조급한 구석이 있지만, 금세 언제 그랬냐는 듯이 행동할 때가 많다. 더구나 자신이 화해하고자 하는 마음이 확고하다면 분명 그럴 수 있을 것 같았다.

집에 오자마자 바로 히토미에게 전화가 왔다.

"아까는 미안." 히토미가 먼저 말했다. "아까는 좀 화가 났지만, 지금은 아니야."

"정말?"

"응. 솔직하게 말해줘서 다행이야. 그 말을 하고 싶었어."

그날 오후, 치히로는 컴퓨터로 할아버지에게 메일을 보냈다. 친구들과는 때때로 메일을 주고받지만 할아버지에게 보내기는 처음이었다.

'할아버지, 박꽃 덕분인지 오늘 작은 기적이 일어났어요. 제가 친구를 화나게 했는데, 바로 화해할 수 있었거든요. 박꽃이 기대돼요. 여름이 되면 또 보러 갈게요.'

새 학기가 시작되자 치히로는 원예 동아리에 들어갔다. 할아버지 집에서 생긴 일 덕분에 식물 키우는 일에 조금 관심이 생겼기 때문이다.

히토미는 혼자서 댄스 교실에 다니기 시작했는데, 곧 거기서 친구를 몇 명 사귄 듯했다. 서로 다른 반이 된 탓에 치히로는 예전만큼 히토미와 붙어 다니지는 않지만, 하교 시간에는 집이 같은 방향이라서 자주 함께 돌아간다.

그 뒤 할아버지한테서 박꽃이 쑥쑥 잘 자라고 있다는 메일이

한 달에 한 번꼴로 왔다. 하지만 '여름에 치히로를 깜짝 놀라게 하고 싶으니 자세한 얘기는 비밀'이라며, 그저 순조롭다는 소식만 알려주었다.

여름방학이 다가오자 할아버지에게 '언제 올 거니?'라는 메일이 왔다. 치히로는 아빠 엄마에게 그 이야기를 했고, 여름방학 첫 주에 할아버지네로 놀러 가게 되었다.

저녁, 기차역에 마중 나온 할아버지는 햇볕에 많이 그을려 있었고, 몸놀림도 이전보다 훨씬 가벼워 보였다. 이날도 역시 사무에 차림이었는데, 꽤 닳고 낡은 상태였다. 치히로의 눈빛을 느꼈는지 할아버지는 "얼마 전에 한 벌 더 사서 번갈아 입고 있어. 이건 네가 골라준 거야"라며 소매를 손가락으로 당겼다.

곰매미와 유지매미가 여기저기서 합창을 하고 있었다.

할아버지네 집이 있는 길목에 들어서자 치히로는 "우와!" 하는 외침과 함께 그 자리에 멈춰 섰다.

할아버지가 "하하, 어떠냐"라고 말했다.

길을 사이에 두고 양쪽으로 늘어선 집들의 울타리와 나무, 그물에 엄청나게 많은 꽃이 피어 있었다. 연한 파란색, 분홍색, 보라색, 하얀색…… 그리고 눈이 부실 지경인 잎사귀의 초록색. 길 양쪽이 박꽃으로 가득했다. 굵고 튼튼해 보이는 덩굴은 울타리와 나무를 단단히 휘감고 그물을 타고 올라가 처마까지 뻗어 있었다. 커다란 잎사귀들은 서로 경쟁하듯 빽빽하게 자라 있었다.

문득 옆을 보니 나무 앞에 큰 나무판자가 세워져 있었다. '박꽃 골목'이라고 새겨져 있다. 할아버지가 가볍게 치히로의 등을 두들겼다.

"굉장하지? 깜짝 놀라게 하고 싶어서 입이 근질근질한 걸 꾹 참고 있었단다."

"……어떻게 이런……."

"처음에 귀여운 떡잎이 나왔는데, 집 앞에 줄지어 있는 화분을 본 이웃 둘이 자기들도 심고 싶다고 하더구나. 그러더니 그 옆집도 한다고 하고, 또 그 옆집도 하면서 4월 초까지 여덟 집 정도가 박꽃을 심게 된 거야. 나중에 박꽃이 자라니 석양을 가려줘서 시원하다고 소문이 나면서 박꽃을 심으려는 집이 더 늘었어."

"그래서 10반 전체가 박꽃을 심게 된 거예요?"

"그래. 박꽃 운동 덕분이기도 하고."

"박꽃 운동?"

"치히로, 봄방학 때 할아버지네에 와서 '까마귀가 울어서 집에 가는 게 아니라 박꽃이 피어서 집에 간다'라고 했었지?"

"그랬나?"

그러고 보니 그런 말을 했던 기억이 나는 것도 같다.

"박꽃 운동은 사실 그 말에서 힌트를 얻었어. 박꽃 피는 시간이 되면 아이들에게 이제 집에 가자고 알리는 운동이거든. 마을에 초등학교 학부모회 임원이 있어서 박꽃 운동을 제안했더니, 임원회에서 동의해 지역 주민들이 다 같이 아이들에게 위험한 일은 없는지 살피게 된 거야. 그러자 지역 신문사에서 그 일을 보도했고, 방범협회와 경찰도 여러모로 협력해주면서 조금 유명해졌단다."

"와……."

치히로는 다시 길 양옆을 둘러보았다. 초록, 초록, 초록 그리고 다양한 꽃들의 은은하고 시원한 빛깔, 이 장소만큼은 주변의 삭막한 주택가와는 다른 세계였다. 우거진 덩굴과 나뭇잎 사이로 금방이라도 요정들이 얼굴을 불쑥 내밀 것만 같았다.

"왠지…… 거짓말 같아요."

"그래, 거짓말 같지."

할아버지는 허허 하고 조금 뿌듯한 듯 짧게 웃었다.

할아버지네 주방에서 보리차를 마시며, 박꽃 운동을 소개한 신문 기사 스크랩과 방범협회가 만들었다는 팸플릿을 보았다.

신문 기사에는 사무에 차림의 할아버지가 아이들에게 웃으며 이야기하는 사진이 떡하니 실려 있었다.

서쪽 창밖에는 그물에 박꽃이 달라붙어 무성하게 자라고 있었다. 치히로는 이 방에 에어컨이 켜져 있지 않다는 걸 알아차렸다. 대신 방충망으로 의외로 시원한 바람이 들어와 풍경을 울리고 있었다. 작년 여름까지만 해도 이 방은 저녁에는 에어컨 없이는 도저히 있을 수 없는 곳이었다.

할머니가 시원한 복숭아를 잘라서 가져왔다.

"할머니, 정말 대단해요. 동네 분위기가 완전히 바뀌었어요."

"여자들은 말이지." 할머니가 말하면서 치히로에게 부채질을 해주었다. "머리 모양을 바꾸거나 화장하고, 새 옷 입는 걸 좋아하는데, 그건 그렇게 하면 기분도 달라지는 걸 알기 때문이야. 마찬가지로 마을도 멋을 내니 활기를 띠는 게 아니겠니?"

할아버지가 "멋진 말을 하네"라며 검지를 세워 가볍게 흔들었다.

"당신치고는 말이지."

"마지막 말은 빼요."

할머니가 할아버지에게 내민 복숭아 한 조각을 입으로 가져갔다.

박꽃을 또 보고 싶어 치히로는 집에서 가져온 사무에를 입고 밖으로 나갔다. 해가 저물어 가면서 길가에 그림자가 길게 드리워져 있었다. 어느새 여러 사람이 와 있었다. 박꽃에 물을 주는 사람들. 타지에서 박꽃을 보러 온 듯한 아주머니들이 물을 주는 아주머니와 웃으며 이야기를 나누고 있다. 가을에 씨앗을 많이 얻을 수 있을 텐데 드릴까요? 어머 기뻐라, 뭐 그런 말들이 오가고 있었다.

외지인으로 보이는 할아버지와 할머니 커플이 다가왔다. 치히로에게 "안녕하세요"라며 인사를 건넸다. 어디선가 향 피우는 냄새가 풍겨왔다. 콧속이 시원해지는 향이었다. 치히로는 멀리서 오는 손님들을 반기는 냄새라고 느꼈다.

검은 개를 데리고 있던 여자아이가 왔다. 치히로는 기타하마 미즈키라는 이름이 생각났다. 그 아이도 치히로를 알아보고는 손을 흔들었다. 개도 오늘은 짖지 않고 꼬리를 흔든다.

기타하마 미즈키가 먼저 말을 건넸다. "언제 왔어?"

"아까."

"치히로 말이 맞았네."

"뭐가?"

"기적."

"아……." 치히로는 쑥스러워하며 웃었다. "우연이야, 우연."

"아니야. 역시 기적이 일어난 거야."

"그런가⋯⋯."

"박꽃 덕분에 동네 사람들 얼굴과 이름을 자연스럽게 알게 됐거든. 전에는 만나도 그냥 지나치거나 무뚝뚝한 표정으로 마지못해 인사만 했는데, 이웃집 아저씨와 아줌마가 학교는 재밌냐, 잘 지내냐며 말을 걸기 시작하는 거야. 나도 어른들과 말하는 거 싫어했는데, 지금은 아무렇지도 않아. 이건 분명 기적이야."

치히로는 기타하마 미즈키의 집을 바라보았다. 2미터가 넘는 침엽수를 칭칭 휘감은 박꽃이 빼곡히 피어 있다. 진짜 여름 크리스마스트리 같았다.

"미즈키네 어머니는 박꽃 심는 거 싫어하셨는데."

"맞아. 그래서 내가 치히로네 할아버지께 씨앗을 받아서 맘대로 나무 밑에 심었어. 덩굴이 자라면서 발견됐을 때, 내가 심었다고 털어놓으니까 어쩔 수 없다고 하시더라고. 사실 다른 집들이 박꽃을 심기 시작하니까 내심 초조하셨던 게 아닐까 해. 그래서 내가 맘대로 심었다는 걸 알고는 마음이 놓이신 것 같아."

"그렇구나."

거리에는 점점 더 많은 사람이 오가고 있었다. 다들 서로 인사를 건네고, 웃으며 이야기를 나누고 있다.

다른 집 아저씨가 남색 사무에를 입고 나타나 길에 물을 뿌리기 시작했다. 할아버지의 영향을 받은 모양이다.

거리가 멋을 부리고, 거리의 표정이 달라진다. 하지만 달라진 건 거리뿐만이 아니다. 그곳에 사는 사람들도 달라진다고 치히로는 생각했다.

그리고 설레는 기분으로 해내겠다고 마음먹었다.

내년에는 우리 동네에도 기적이 일어나게 하겠어.

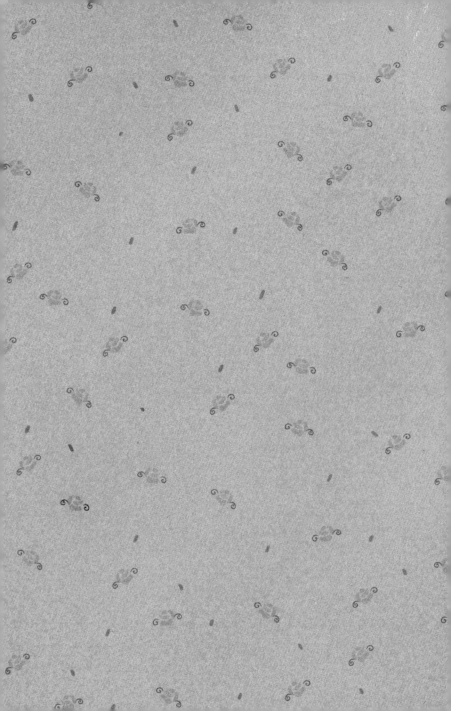

옮긴이 | 정미애

한양대학교 문화인류학과 졸업. 현재 바른번역에서 일본어 번역가로 활동하고 있다. 옮긴 책으로
는 『나는 네가 듣고 싶은 말을 하기로 했다』 『내가 사랑한 물리학 이야기』 『백 살에는 되려나 균형
잡힌 마음』 『오른손에 부엉이』 등이 있다.

수상한 이발소

초판 1쇄 발행 | 2023년 11월 22일

지은이 | 야마모토 코우시
옮긴이 | 정미애
펴낸이 | 김선준

편집본부장 | 서선행
기획편집 | 이주영   편집1팀 | 임나리, 배윤주   디자인 | 엄재선, 김예은
마케팅팀 | 권누리, 이진규, 신동빈
홍보팀 | 한보라, 이은정, 유채원, 유준상, 권희, 박지훈
경영지원 | 송현주, 권송이

펴낸곳 | ㈜콘텐츠그룹 포레스트   출판등록 | 2021년 4월 16일 제2021-000079호
주소 | 서울시 영등포구 여의대로 108 파크원타워1 28층
전화 | 02) 332-5855   팩스 | 070) 4170-4865
홈페이지 | www.forestbooks.co.kr
종이 | ㈜월드페이퍼   출력·인쇄·후가공·제본 | 더블비

ISBN | 979-11-92625-93-5 (03830)

㈜콘텐츠그룹 포레스트는 독자 여러분의 책에 관한 아이디어와 원고 투고를 기다리고 있습니다.
책 출간을 원하시는 분은 이메일 writer@forestbooks.co.kr로 간단한 개요와 취지, 연락처 등을
보내주세요. '독자의 꿈이 이뤄지는 숲, 포레스트'에서 작가의 꿈을 이루세요.